# 鴉片戰爭

肆之參

## 海疆煙雲蔽日月

王曉秦 著

清代外銷畫：黃埔島上的琶洲塔，一八三〇年，畫家不詳。

耆英、牛鑒、伊里布登上「皋華麗號」，畫家不詳。

Commodore Bremer und
Tschusan; auf dem
Hafen zu Tschusan.

英中兩國官員在「威裡士厘號」上會談。左側是英國遠征軍艦隊司令伯麥，陸軍司令布耳利和「威裡士厘號」艦長梅特蘭德，右側是定海知縣姚懷祥等，郭士立居中翻譯。
此圖是根據英軍第十八團 Harry Darell 中尉的畫稿製作的蝕版畫，取自湯瑪斯．阿羅姆的《圖說中國》。

Zusammenkunft zwischen dem englischen
Chang, dem chinesischen Gouverneur von
Schiffe Wellesley am 4^t Juli 1841. im C

Carlsruhe im Kunstverlag.

1841.

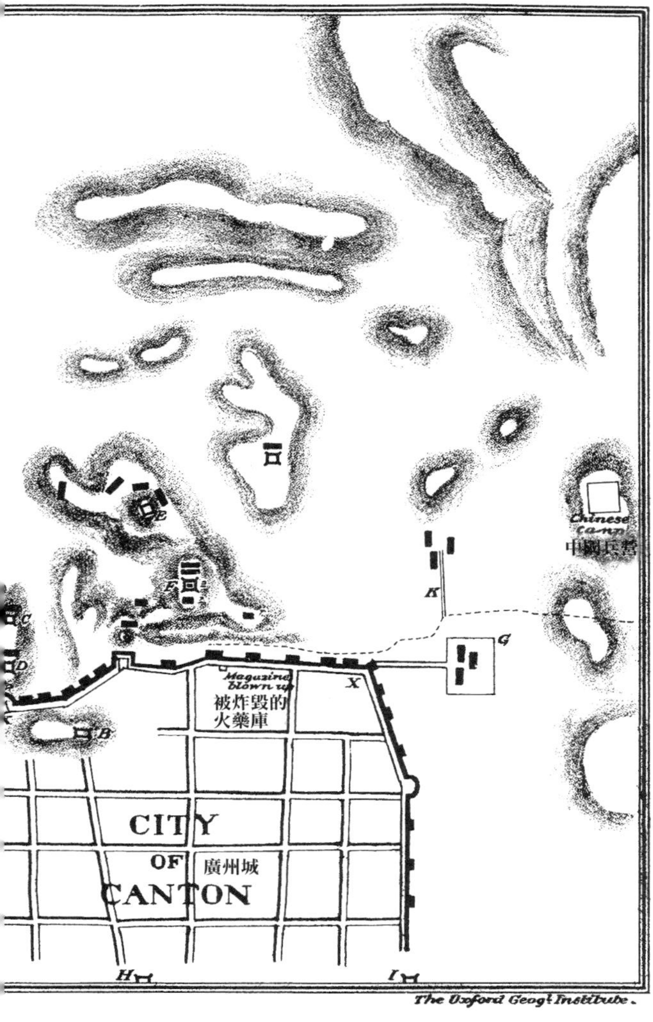


此外，三元里之戰的傷亡情況中英雙方記錄差之甚遠。林福祥在《平海心籌．三元里打仗日記》記載：「鄉民殺得夷兵二百餘名，而水勇鄉民戰死者共二十名。」郭富在寫給 Elphinstone 勛爵的報告（載於《在華二年記》附錄，第 297 頁）中說：「很難準確估算敵人的傷亡情況，但廣州知府（余保純）告訴我，五月二十五日（即英軍攻打四座炮臺和東得勝兵營之日）清軍陣亡五百人，受傷一千五百人。三十日（即三元里事件爆發之日）中國人多次攻擊我的側翼和補給線，傷亡肯定比上述數字大一倍。」

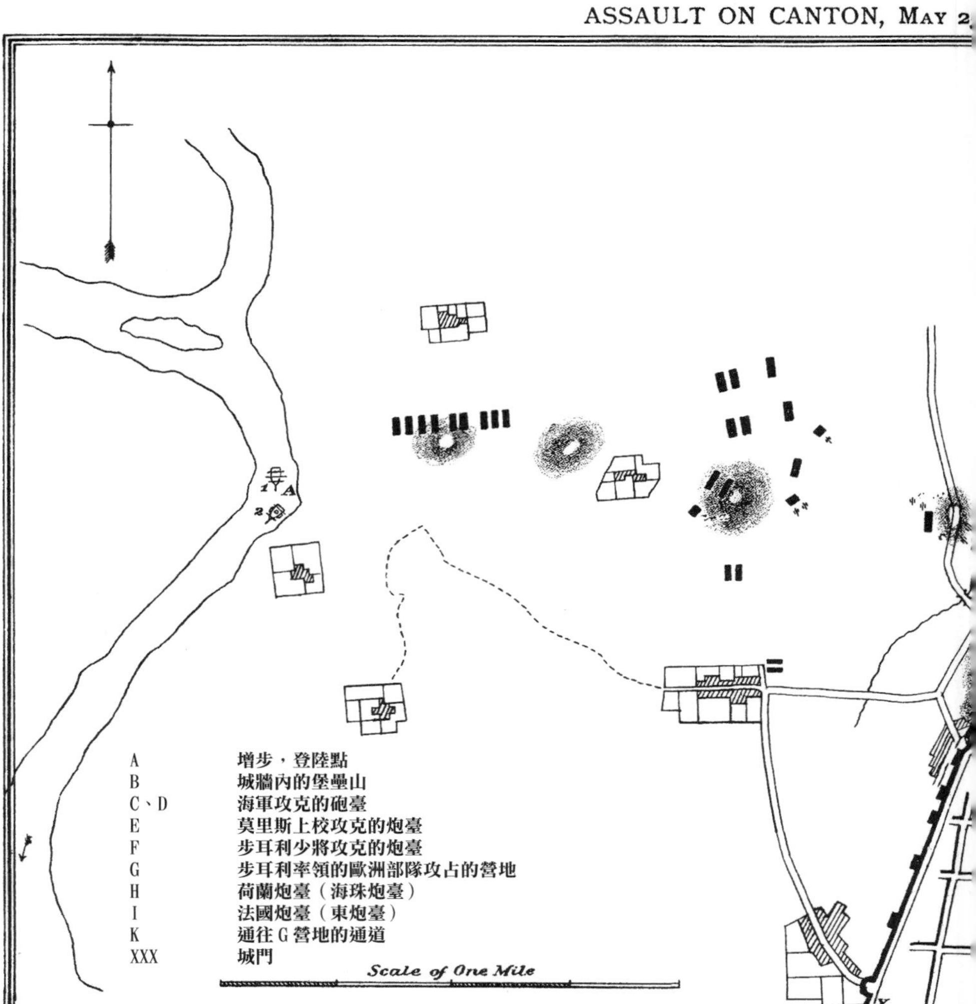


廣州城北作戰示意圖。英國牛津地理研究所繪製，作者譯，取自 Robert S. Rait 撰寫的《陸軍元帥郭富子爵的戎馬生涯》Volume I。

根據蒙泰編制的傷亡清單，英軍在這場軍事行動中總共陣亡十五人，受傷一百二十七人。作者未查到清朝的官方統計數字。

廣州內河之戰，畫家不詳。這幅畫描繪了施拉普納子母彈在空中爆炸的情景。

圖為雷爆槍的撞擊式鎖具。
雷爆槍的鎖具是 Alexander John Forsyth 發明的，能在雨天使用，是槍械工藝的革命性進步。在鴉片戰爭初期，只有海軍陸戰隊配備了這種槍。
根據 Thomas Carter 撰寫的《第二十六步兵團暨卡梅倫團的歷史記錄》第 194 頁，一八四一年十二月二十六日，「朱庇特號」運輸船將大批雷爆槍運到寧波，燧發槍被徹底淘汰。

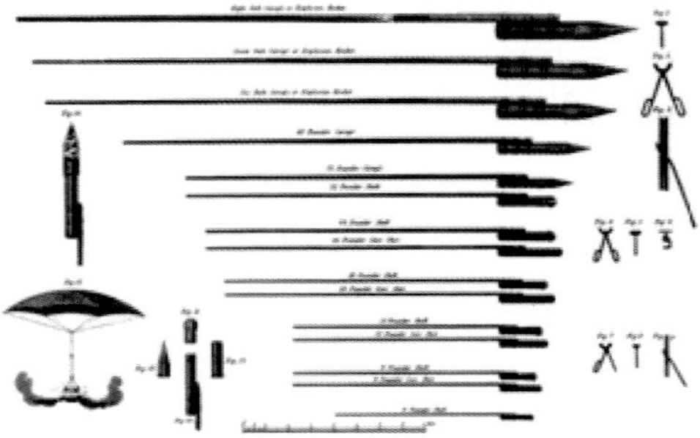

**左上**　康格利夫火箭的示意圖。
**右上**　康格利夫的畫像（James Linsdale 繪）。
**左下**　一八〇七年的艦載康格利夫火箭發射架。
**右下**　陸軍使用的車載火箭發射架。

康格利夫（Sir William Congreve, 1722-1828）是英國兵部上校，發明過十多種武器，其中最著名的是康格利夫火箭和軍艦裝甲。康格利夫火箭於一八〇二年問世，它有圓錐形燃料倉，木製火箭用三十二磅黑火藥和 A 型金屬發射架。它有多種型號，小型火箭用三磅黑火藥，大型火箭用三十二磅黑火藥，最大射程三千公尺。在風帆戰艦和土木建築時代，康格利夫火箭威力極大，於拿破崙戰爭中發揮了重要作用。在鴉片戰爭期間，清軍師船全是木船，中國房屋大都是土木建築，康格利夫火箭再次發揮了重大作用。隨著裝甲艦逐漸取代木殼軍艦，它才漸漸退出武庫。

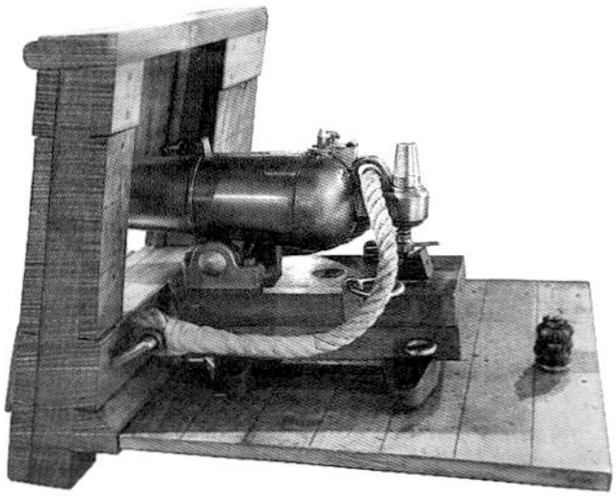

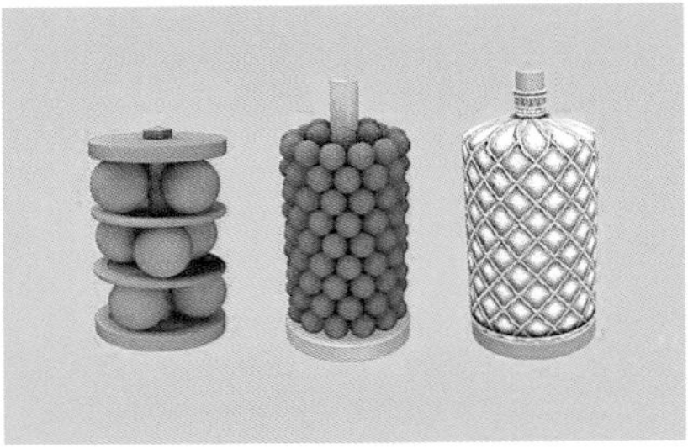

葡萄彈是歐洲人在十八世紀初期發明的古老炮子，專門用來驅散密集隊形的步兵。
左圖是一位卡倫炮模型，炮身後有一枚葡萄彈。
右圖內含兩種不同型號的葡萄彈：左側是有九顆實心彈丸的葡萄彈，中間是有一百多顆實心彈丸的葡萄彈，安放在一個有中軸的木托上。右側則是用布包裹並捆紮結實的葡萄彈。

火箭船在發射康格利夫火箭。根據英文史料，有四條火箭船參加了虎門之戰。

威廉·巴加（Sir William Parker, 1781-1866）的畫像。
他十四歲加入英國海軍，十八歲成為「窩拉懿號」代理艦長，參加過拿破崙戰爭，一八三〇年晉升為少將，一八四一年封為從男爵，同年派往中國接替伯麥，任印度兵站司令兼遠征軍艦隊司令。

郭富（Hugh Gough, 1779-1869），愛爾蘭人。
一七九四年加入英軍步兵，參加過南非的開普頓戰役，西印度群島的波多黎哥戰役，蘇利南戰役和拿破崙戰爭，一八三〇年晉升為少將，一八四一年三月二日到中國，任東方遠征軍陸軍司令，同年晉升為中將，鴉片戰爭結束後，晉升為上將。而後參加了克裡米亞戰爭，第一次和第二次錫克戰爭，八十三歲晉升為陸軍元帥。
他一生指揮了十六次戰役，包括鴉片戰爭期間的四次：廣州戰役，廈門戰役，浙江戰役和長江戰役。

顏伯燾（1792-1853），字魯輿，廣東連平縣人，道光十七年（一八三七年）任雲貴總督，道光二十一年（一八四一年）調任閩浙總督。

# 推薦序

史學家陳寅恪先生有「以詩證史」說，小說是廣義的詩，亦足證史。王曉秦先生這部新著《鴉片戰爭》，即是充滿詩意的歷史小說。他用如椽大筆，繪形寫神，潑墨重彩地勾畫出一幅鴉片戰爭全景圖：虎門禁煙，英酋遠征，突襲舟山，關閘事變，廣州內河戰火，廈門島上烽煙，浙江鏖兵，長江大戰，斡旋媾和，簽字《南京條約》等等。其場景廣闊，情節跌宕起伏，可驚可怖之衝突，可歌可泣之故事，紛至沓來，讓人不忍釋卷。

人物從中英兩國帝王將相，到鴻商巨賈、煙民海盜，乃至販夫走卒，個個刻畫生動，個性鮮活。

在宏大敘事中，作者激情迸射，長歌當哭，把一部民族痛史演繹得迴腸蕩氣，著實是一部不可多得的文學佳作，讀之不亦快哉。

好的歷史小說不唯文學性強、有可讀性，還必須有史學品質，即可以證史。這就要求作者具有三方面的準備：一要掌握充分的史料，二要目光如炬，有去偽存真的史識，三要獨立思索，對歷史有自己深湛的見解。

王曉秦先生是優秀的學者，研究並講授英國文學，學風嚴肅，已有多部學術著作面世。然其對清末災難頻仍的歷史情有獨鍾，二十年前即有「以詩證史」之夙願，欲揭示大清帝國崩潰之因由，以警後人。於是，傾盡心力廣泛彙集相關史料。

因其嫻熟英文，在國外得到許多國人罕聞的原始英文資料，且多具當時性和真實性，以是，其作品所涉及的時間、事件、人物、文獻、資料、插圖都有案可考，極具信史意義。如本書所配圖片，大多出自十九世紀畫家和參戰官兵之手，另一部分收集於中國、英國、美國、澳大利亞等國博物館和畫廊。這些圖片首次見諸國人，格外珍貴。在攝影尚不發達的時代，它們準確記錄了當時的事件，不獨可以以圖證史，亦可以增加閱讀的興味。本書史料的詳實，於此可窺一斑矣。

更值得稱道的是王曉秦先生的史見。他不崇權威，不墜時風，堅持獨立思索，敢於質疑曾經的歷史成見。在前幾年出版的歷史長篇小說《鐵血殘陽—李鴻章》中，他就洗刷了李鴻章漢奸、賣國賊的惡名。在學界雖有爭議，畢竟打開了一扇自由思索的窗。如今這部百萬字的新著中，思索的空間更大，識辨的問題更多，需要讀者去發現。

小說畢竟不是說教，乃以不說為說，陳述史實，以形象啟人，是禪悟的公案耳。讀這部小說，你會有傳統良史秉筆直書的感覺，這也正是作者的風骨所在。

歷史塵封在史料裡，不是人人願意翻閱；歷史要說的話，不是人人聽得懂；歷史默默地展示自己，不是人人看得透。這段話是作者的感言，猶如《紅樓夢》作者的一歎：都云作者癡，誰解其中味。

甲午戰爭百二十年紀念日於羊城四方軒遵囑　班瀾謹書

# 壹 抄家與出征

刑部尚書阿勒清阿接到皇上的諭令後立即簽了火票，發給直隸按察使和奉天將軍，要他們抄查琦善在保定、天津和山海關外的所有家產，包含田莊和當鋪。他與吏部尚書奕經則帶了八十多個弁兵來到定阜大街，把奉義侯府圍得水泄不通，惹得臨近居民們駐足圍觀。

奉義侯府是頗有來歷的豪門大院，前明時期，徐增壽追隨燕王朱棣造反，被建文帝斬首，朱棣當了皇帝後追封徐增壽為定國公，賞了他的家人一座大宅院，叫定國公府。琦善的祖先恩格德爾從龍入關，南征北戰，因戰功卓著，被封為奉義侯，皇上定都北京後把定國公府賞給恩格德爾，改稱奉義侯府。

琦善經常往來於保定、天津和北京之間。他有一妻二妾，正室葛畢氏住在保定，二妾住在天津，三妾佟佳氏住在奉義侯府。佟佳氏是二十七八歲的熟女，未生育，雖然過了荳蔻年華，依然保持著楊柳腰身、桃花臉蛋，細皮嫩肉，風姿綽約，走起路來搖曳婀娜，配上柳綠桃紅的衣裝，乍一看就像剛出閣的大姑娘。

她是知書達禮、講究女德的人，舉手投足透著大家閨秀的風範。琦善走到哪裡都帶有大群親兵和轎夫，只要到了北京，就在奉義侯府落腳。侯府裡常年為親兵和轎夫們留出二十多間房子，琦善不在北京時，奉義侯府非常清靜，只有佟佳氏，外加一個管家、兩個女僕和三個雜役。

弁兵們突然圍了侯府，管家靳圻嚇了一跳，急急惶惶去後院通報。佟佳氏正在對鏡梳妝，用黛筆細描柳葉眉梢，在薄唇上輕施桃紅胭脂，一頭烏絲梳理得一絲不苟，鬢角像刀裁一樣齊整，打上少許蛤蚧油光可鑒。

她正要把一支金簪插在髮髻上，靳圻突然闖了進來，「三姨太，大事不好，咱家被官兵圍了！」

「什麼？」佟佳氏的手一抖，簪尖扎破了手指。她把簪子朝梳妝檯上一丟，捏著指尖止血，「清明世界朗朗乾坤，什麼人這麼大膽子？」

管家的聲音在打顫，「是刑部的。」

佟佳氏悚然一驚，情不自禁地站起身來，踩著花盆底繡花鞋往外走，旗袍上的漢玉墜子碰得叮叮作響。靳圻縮著肩膀跟在後面。

佟佳氏穿過垂花門，進了前院，果然見一隊官兵兇神惡煞似的闖進來，刑部尚書阿勒清阿摸撫著又黑又硬的鬍子站在庭院當中。佟佳氏認得他，琦善與京城裡的勛臣貴胄經常往來，阿勒清阿是琦善家的常客。

佟佳氏立即滿臉堆笑，對阿勒清阿蹲了個萬福，怯聲問道：「阿中堂，這是怎麼回事？」阿勒清阿指著身邊的人道：「如夫人，這位是吏部尚書奕經老爺，妳先給他請安。」

這時佟佳氏才注意阿勒清阿旁邊有一個五十歲左右的大官，身穿仙鶴補服，腰繫黃帶子，顯然是皇室宗親。她趕緊側過身子，「奴婢給奕中堂請安。」

奕經是成親王永瑆的孫子，道光的侄子，籍隸滿洲正紅旗。他不是長門嫡孫，無緣繼襲王爵，只好自己奔前程，從乾清門侍衛做起，一直做到頭品大員。他中等身量，方臉龐，嘴稍大，下巴臉頰和腦門剃得乾乾淨淨，衣服不打褶子，官靴不黏汙泥，腦後的辮子梳理得一絲不苟，一看就是個極愛乾淨的人。

他打量著佟佳氏，不由得暗自歎道，這女人還真有點姿色，豐容靚飾，膚如凝脂，手如柔荑，高領梅花夾衣外面穿了一個昭君套，水紅綾紗裙下伸出一雙半大不大的秀腳，白淨的瓜子臉上黛眉含煙，紅唇如玉，顰著的嘴角似笑不笑，兩頰的酒窩若隱若現。奕經嘴上不說，心裡卻暗羨，琦善真他娘的有豔福！

他打了個手勢，憐惜道：「起來吧，起來說話。」奕經幹什麼都有點兒誇張，裝扮、語速、走路的步態，甚至甩手臂的幅度，都有點兒誇張。

佟佳氏直起身子，玉立在天井中。

阿勒清阿道：「如夫人，琦爵閣是我的老朋友，沒有旨意，我是不敢帶兵擅闖侯府的。但是，琦爵閣在廣州辦砸差事，犯了國法，皇上派我和奕中堂抄查家產。我們帶來的弁兵都是吃皇糧、辦皇差的，是粗手粗腳的人，妳且將就一下，別妨礙公務。等我們清查完，貼上封條，妳代琦爵閣在清單上簽字畫押，妳看可好？」

佟佳氏這才知道琦善犯案了，但不知犯了什麼案，不禁花容盡失、身子骨發軟。但她畢竟是見過世面的人，愣怔片刻後吩咐：「靳先生，給奕中堂和阿中堂上茶。」

靳圻答應一聲，屁顛屁顛地轉身去了。

這時，佟佳氏才撲通一聲跪在地上，哭泣得如同梨花帶雨，「嫁雞隨雞，嫁狗隨狗，既然我家老爺辦砸了皇差，奴婢只好跟著沾包。但請奕中堂和阿中堂手下留情，為我家老爺說幾句好話。」

阿勒清阿低頭看著她，「如夫人，妳是知書達禮的人，這種場合，什麼話都不要說，帶著僕人到西廂房安生坐著，別擾了公務。當說話的時候，我們自然會替琦爵閣說話。可好？」

這番話講得十分客氣，更帶著徵求意見的口氣，給足了面子。佟佳氏噙著淚水，輕移蓮步去往西廂房。

奕經微微一笑，「沒想到琦善金屋藏嬌，養了這麼一個美人，只是不知道他享受了如花似玉的上半截，敗花殘柳的下半截誰去受用。」

阿勒清阿沒回答，一提嗓音，對弁兵們發佈命令：「各位聽著，琦府被封後，裡面的東西都是皇產，抄查時要輕拿輕放，誰要是毛手毛腳扯了字畫、摔了玉器、砸了茶壺、碰了杯盞，一律照價賠償！聽明白沒有？」

弁兵們的回答像炸雷一樣響亮，「明白！」

不一會兒，管家靳圻端來一壺茶和兩只茶盞，縮頭烏龜似的送到院子裡，卻沒處放，「二位中堂大人，請用茶。」

奕經眼皮抬也不抬，「放到正堂裡。」

靳圻忙低頭把茶壺送進去。

阿勒清阿一展手，「請。」引著奕經登上臺階，進了正堂。

正堂裡擺放著上好的花梨木仿明傢俱，倚東牆是一排什錦文物架，架上擺滿了鼎鐺玉石、金石朱礫，西牆掛著一幅徐渭的《水墨牡丹圖》。奕經頭一次來奉義侯府，立馬被那幅畫吸引。他站在畫前仔細端詳，只見畫面上色彩淡雅，草木扶疏、小蟲精細，畫的左側題有一首小詩：

五十八歲貧賤身，何曾妄念洛陽春，
不然豈少胭脂在，富貴花將是寫神。

右下角的印鑒有「青藤道人」四個小字。徐渭是晚明的著名畫家，「青藤道人」是他的號。奕經酷愛書法字畫，喜歡玩璋弄玉，有收藏癖，「喲，沒想到在這兒碰上徐渭的真跡了！」他摘了畫幅，捧在手中仔細品味，讚賞的表情流露著貪慾。

阿勒清阿看得清爽，知道奕經想據為己有，順水推舟道：「奕中堂，你要是喜歡，登記造冊時，我就不記了。」

奕經呵呵一笑，「那敢情好。」小心翼翼捲了畫軸，扯出一張宣紙包住，背著手欣賞起文物架上的古董玉器，準備再挑幾件可心的小物件，在別人的災難中發一筆小財。

靖逆將軍受命出征，首先得組建行營。奕山在六部三院、京城武營、御前侍衛裡調用了三十多名文武官員，接下來羽檄飛馳，從湖南、湖北、廣西、江西、貴州、雲南和四川七省抽派一萬多弁兵，命令他們直接開赴廣東。嘈嘈嚷嚷折騰半個多月後，才整裝待發。

靖逆將軍掛印出征屬國家大事，皇上親自在午門舉行出征大典。紫禁城的城樓上龍旗飄飄，鼓樂大奏，在禮部的主持下，授印、宣誓、跪辭、山呼萬歲。國家大典具有象徵意義，每招每式都有板有眼，與社稷之命運和國運之興衰有關。

出征大典與私情無關，動私情的是出征將士們的眷屬，他們不能去午門觀瞻，全都聚在齊化門外。出征大典還未結束，齊化門外已是熙熙攘攘，人來人往，男男女女、老老少少彙聚成人流，逶迤延綿一里多。當出征官弁們出了齊化門，拉衣襟的、牽袖口的、流眼淚的、話離別的，千種離情，萬種別愁，真有種「爺娘妻子走相送，塵埃不見咸陽橋」的味道。

齊化門外的護城河與京杭大運河一脈相連，若是在別的季節，奕山可以乘船出行。但是，北京的二月依然天寒地凍，護城河與大運河結著一層薄冰，奕山只好乘車。

同行的還有戶部尚書隆文，兩位頭品大員離京出征，隨行護衛的弁兵和跟班雜役多達一百八十多人，調用的騾馬大車七十多乘，其中半數載著鑲銅邊的大木箱，裡面裝著上百萬兩戶部紋銀，外面掛著沉甸甸的鐵將軍，那是道光皇帝特批的兵費。

奕山是康熙皇帝第十四子胤禵的四世孫，他與奕經一樣，不是長門嫡孫，必須靠自己打拚前程。他也曾在紫禁城裡當過乾清門侍衛。道光七年，他隨軍遠征新疆喀什噶爾，因功晉升為伊犁領隊大臣，率領兩千弁兵在巴爾楚克屯墾戍邊寓兵於農。他手下的弁兵來自湖南，大都是精於稼穡的好把式，把湖南農民的精耕細作精神發揮得淋漓盡致，開墾出十六萬畝良田，因屯田有功，晉升為伊犁將軍。

在宗室皇親裡，他是打過仗、種過田、吃過苦、耐過勞的人。今天，他穿一套頭品武官的麒麟補服，國字臉上不留鬍鬚，由於皮膚保養得好，雖然年過五十歲，乍一看像四十來歲的人。

隆文年近七旬，四方臉，八字眉，嘴大，猛一看，那張臉像麻將牌裡的「四」字，牌友們給他起了一個外號，叫「四萬口」。他是滿洲正紅旗人，伊爾根覺羅氏，進士出身，當過駐藏大臣、兵部尚書和戶部尚書。

奕山和隆文與送行的京官、僚屬、家人們依依話別，足足拖了小半個時辰，直到巳時整，奕山才貓腰鑽進一輛景泰藍圓包頂驛車裡。

驛夫喊了聲：「大將軍爺，坐穩了您哪！駕！」紅花鞭梢在空中打出一聲脆響，兩匹健馬聞聲使勁，馬轠繩騰地綳得筆直，兩只鐵蘑菇頭大輪轂軋軋滾動。隆文的驛車緊隨其後。隨行的親兵們揚鞭催馬，大道上立即轔轔蕭蕭，怒馬如龍，車行如風，踏起片片黃龍般的滾滾浮塵。

奕山的車廂裡面裝滿了東西，右壁掛著鑲紅邊牛皮甲、七星寶劍和一張彎弓，左壁掛著一支素鐵蓮花口燧發槍，槍柄上拴著一只牛角鑲玳瑁火藥袋。這支槍是西洋國贈送的禮品，用料考究，做工精良，比英軍的燧發槍還好。但是，身為領侍衛內大臣的奕山從來沒想過仿造一批燧發槍裝備軍隊，僅把它當作私人的防身利器。

行走不到一里，奕山便聽見有人在後面揚聲高呼：「靜軒兄，等一等！靜軒兄，等一等！」靜軒是奕山的字，只有交情極好的宗室才這樣叫他。

奕山把腦袋伸出車窗，就見奕經騎著一匹豹花驄尾追而來，後面跟著兩個騎快馬的戈什哈。奕山和奕經是同宗兄弟，年齡僅差半歲，幼年時一起撈過蝌蚪、捉過青蛙，少年時一起在宗人府學堂裡念書習武，成年後一起在乾清宮當侍衛，兩人都去過新疆參加平叛，熟稔得無話不說。

奕山揚聲叫道：「潤峰兄，你還想著我？我以為你不來送行呢！」潤峰是奕經的字。

奕經拍馬向前，「大將軍上戰場，哪能不送一程？但衙門裡事多，遲來一步。」

「什麼事把你忙得團團轉呀？」

「琦善的正堂夫人葛畢氏從保定府來了，一大早就在我的府邸門口長跪不起，涕泗滂沱，哭天搶地，哭得如怨如訴、如泣如河，惹來一大群人圍觀，不安慰幾句說不過去。哦，十里長亭相送，我送你到八里橋。」

兄弟二人一個乘車，一個騎馬，隔窗說話很不方便。奕山叫了一聲：「停車。」驛夫一拉銅手閘，「吁——」驛車穩穩地停了下來。

奕經蹁腿下馬，把轡繩遞給隨行的戈什哈，抬腳上了驛車，貓腰鑽進車廂。車夫的鞭梢一響，驛車重新軋軋向前。

車廂裡有銅腳爐，暖洋洋的。奕經笑道：「嘿，你老兄真會享受！」他坐在奕山身旁，摘下手套，在銅腳爐上烤火，「二月春風似剪刀，你看我這手凍得都僵了。」

兄弟二人並排一坐，有點兒像又不大像。兩人都是方臉盤，但奕山的臉像「國」字，臉頰右側有顆黑痣，像國字裡的那一點；奕經的臉盤像「冏」字，倒八字眉，嘴大，聲音厚重。

奕山問：「查抄琦府是京城裡的頭號新聞。琦府裡什麼寶貝？」

「二百年的侯爺府，從外面看樸素無華，裡面卻別有洞天。粗估一下，不算房子，琦善的在京私產至少價值三萬兩銀子。他的私產大都在保定和天津，得等奉天將軍和直隸按察使把抄查結果稟上來才知曉。說起來挺可憐的，幾代人流血流汗、盡心盡忠掙下來的家業，一夜之間抄得精光，鐘鳴鼎食之家立馬一貧如洗。僕人、丫頭靠主子豢養，斷了工錢後樹倒猢猻散，走得一個不剩。」

奕山歎道：「琦善是個精明人，怎麼糊塗了，不請旨就私割香港？」

「是呀，我也覺得奇怪。皇上三令五申不得再與逆夷理論，他中了邪似的不遵旨。」

奕山問：「刑部和吏部打算怎麼處置烏爾恭額？」烏爾恭額因為丟了舟山被罷官，在伊里布手下留營效力，誰也沒想到，一個月前，皇上突然改變主意，一道嚴旨頒下，將他逮送北京，由刑部和吏部共同審理。

奕經說：「烏爾恭額雖然是罪臣，畢竟是封疆大吏，如何定罪，得等皇上發話。」

奕山道：「據我看，輕不了。琦善被鎖拿抄家，烏爾恭額被關進刑部大獄，伊里布被撤差。皇上是要殺雞給猴看，意思明擺著，要是我們剿不了逆夷，誤了軍務，下場與他們一樣！」話語透出陰森森的氣息。

他是領侍衛內大臣，負責皇上的警蹕關防，最瞭解道光的秉性。道光對臣子的要求極高，高到凡人難以做到，只要出了紕漏或辦砸差事，絕對嚴懲不貸，懲罰之重，讓人刻骨銘心。

奕經說：「別說不吉利話，有楊芳當參贊大臣，你怕什麼？」

奕山頓了頓，「可惜楊芳老了，聽說他連馬都騎不動，出行乘肩輿。要不是皇上偏愛我，本來應當讓他當靖逆將軍，我當參贊大臣。」

奕山深知自己的本事不如楊芳。楊芳十五歲從戎，平定過苗民叛亂、川楚白蓮教叛亂和湖南天理教叛亂，屢立戰功，三十一歲晉升為寧陝鎮總兵，成為最年輕的漢族提鎮大員。奠定他一世英名的是平息張格爾叛亂。二十年前，張格爾在新疆喀什噶爾裂土立國，成為本朝最大的邊患，朝廷屢次發兵進剿將其擊潰，但張格爾每次都逃至境外死灰復燃。五年前，道光皇帝飭令楊芳再次出征，他苦戰兩年，終於生擒張格爾，平息了新疆叛亂。

那時奕山四十多歲，楊芳六十多歲，皇上要奕山在楊芳的麾下效力，幫辦軍務，為的是讓他在戰場上歷練。奕山目睹了楊芳在艱難百絕之境運籌帷幄、妙計百出，對其佩服得五體投地。

奕經嘿嘿一笑，「楊芳固然是名將，但是，你統率三軍的能力不一定比他差。外人以為咱們愛新覺羅氏的人自小過著肥馬輕裘的日子，個個都是吃喝玩樂的五陵少年，卻不知曉所有宗室男兒都經過嚴酷歷練。」

大清是愛新覺羅氏的天下，本族子弟保家衛國責無旁貸。為了江山永固，開國皇帝定下了鐵打的規矩：宗室覺羅的子弟必須嚴加管束，男兒八歲入宗學堂或覺羅學堂，讀四書念五經，學刀馬弓矢，烈日暴寒，不得偷閒。奕山和奕經都是經過歷練和打熬的，但兩人的性情不同，奕山比較踏實，奕經略顯浮躁。

奕山頗有自知之明，「咱們兄弟二人位極人臣，一半靠自己求上進，一半沾了皇親國戚的光。楊芳不一樣，他是貴州的農家小子，從卒伍幹起，擐戈磨盾，履臨疆場，嚴冬列陣，中夜鏖兵，一刀一槍拚出來的侯爵，沒有真本事是不行的。哦，你看那些銀車，整整三百萬，一半實銀，一半銀票，這僅是給廣東的兵費，不算給其他省的。皇上從來沒這麼慷慨過，我怕辜負了皇上的重託啊。」

「靜軒兄，你別把逆夷看得有多了不起，不過就是區區幾千越洋蟊賊。只要不跟他們在海上鬥，他們敢竄到內地來？咱們大清有二十三萬八旗兵和五十多萬綠營兵，隨時隨地都能招募勇丁，我就不信鬥不過英夷！你當過伊犁將軍，好孬指揮過上萬兵馬，還治不了那群小蟊賊？」

奕山不像奕經那麼輕敵，「要是在戈壁灘上追擊回教逆匪，我還能說出個三六九來，也敢比試比試，但我沒打過海仗。別的皇差是優差，打仗是苦差，說起來容易做起來難。宗室裡帶過兵的不少，打過仗的不多，打過大仗惡仗的更是鳳毛麟角，也就你我二人。別看你今天是吏部尚書，保不準明天皇上就派你領兵出征。」

奕經莞爾一笑，「我的本事比不上你，要是皇上派我出征，我只配當參贊。靜軒兄，你準備花多少天趕到廣州？」

「皇上命令我風雨兼程，恨不得讓我插上翅膀飛過去。但我有幾十車實銀拖著拽著，想快也快不了多少。」說到這裡，他朝窗外瞥了一眼，「喲，八里橋到了。」

奕經掏出一個精工細製的玳瑁扳指，「兄弟我送你一件小禮物。喜歡，就留用；不喜歡，賞給立功的將士。」那枚扳指是奕經在琦善家裡搜羅來的。

奕山接了，套在拇指上，「你送的禮物，哪能賞給別人，我自己留用了。」

奕經貓腰下車，拱手道別，「靜軒兄，我等你的捷報。一路保重！」

# 貳　虎門之戰

停泊在伶仃洋上的各國商船越來越多，羈留在澳門的商人和水艄也越來越多，他們盼星星盼月亮似的等著開港貿易，盼來的卻是一次又一次的失望。軍隊越來越煩躁，士兵們本以為戰爭即將結束，沒想到弭兵會盟竟是一場沒有結果的國際玩笑。澳門的馬路攤檔旁，香港的臨時兵營裡，伶仃洋的商船上，人們牢騷滿腹，怪話連天。

在商務監督署裡，義律正與遠征軍的將領們開會，商議攻打虎門和廣州事宜。

辛好士爵士打開皮包，翻出一封信函，神情嚴肅，「今天上午，我軍的巡邏船在虎門附近攔截一條清軍哨船，查獲出這一封公函，是琦善發給關天培的，要他在三江口用石頭、木樁和沉船堵塞武山南面的水道。這說明中國人一直在備戰。」

副監督參孫拿出一紙間諜發來的密信，「根據可靠消息，中國皇帝將派一個叫奕山的兵馬大元帥到廣州來，還派了兩個副司令官，一個叫楊芳，一個叫隆文。廣東巡撫怡良在內地發佈了賞格——擒獲義律、伯麥和馬儒翰者，每人賞銀五萬元，獻出首級者，賞三萬；緝獲英國軍官者，賞一萬，獻出首級者賞五千；緝獲我軍士兵者，賞五百，獻出首級者賞三百；緝獲印度士兵者，賞一百，獻出首級者賞五十。」

馬儒翰訕笑道：「沒想到我的身價如此高昂，居然與公使閣下和總司令等同。不過，據我所知，清朝官憲經常失信於民，就算把我們擒獲，廣東官憲也會賴帳的，他們付不起這麼高的獎金。」

伯麥道：「懸賞我們的頭顱是戰爭行為，這意味著中方已經放棄和談。我曾經兩次照會關天培，要他篤實為心，不得稍作武備。可關天培明面上掛白旗虛稱和好，暗地裡調兵遣將、加強武備。我軍不能繼續姑息！廣州之戰，箭在弦上，萬事俱備，只等公使閣下的批准。」

孟加拉志願團的五百官兵提前返回加爾各答，義律擔心兵力不足，「舟山駐軍什麼時候抵達珠江口？」

辛好士爵士回報：「即使沒有舟山駐軍，我們的現有兵力也足以攻克虎門，不僅能攻克虎門，還能攻克獅子洋的蓮花炮城和烏湧炮臺，直抵廣州。」他已藉弭兵會盟之機仔細觀察清軍的防禦體系，信心十足。

義律仍然有些猶豫，「虎門是一隻紙糊的老虎，一捅即破，難點是廣州。廣州是亞洲的第一大碼頭，城區和郊區有近百萬人口，牽一髮而動全身。攻打它固然能給予清政府震懾，也會引起複雜的國際糾紛。美國代理領事多喇納和法國駐澳門領事沙拉耶多次找我，說美國政府和法國政府密切關注廣州事態。如果我軍攻打廣州，中國商民勢必星散逃命，各國商人就會失去貿易對手。顛地和馬地臣等僑商也擔心，萬一清軍殊死抵抗，我軍勢必以暴制暴，把珠江兩岸的所有商館、碼頭、倉庫、作坊打成廢墟。各國領事和商民全都懇請溫柔攻城，保全廣州。

「伯麥爵士，辛好士爵士，破壞容易重建難，一旦把廣州打爛，恢復通商就不是一朝一夕的事情。伶仃洋上聚集了近百條各國商船，它們隨時都在敲打我的神經，喊著通商！通商！通商！我們不得不構想出一個兩全其美的方案。」

伯麥皺著眉頭，「你的意思是，廣州就好比是一件精美實用的瓷器，既要砸它，又不能砸爛它？」

義律道：「是的。我們的目的不是攻城掠地，是逼迫中國人按照我們的意願簽署條約。發動廣州戰役，上策是作出巨石壓卵的姿態，圍而不打，逼迫中國人簽訂城下盟約。中策是打破城池，震懾敵人，但不駐防。下策是軍事佔領，這是最糟糕的選擇。在異國作戰，最忌諱打巷戰，進入可怕的貼身肉搏。萬一清軍利用房屋街巷強起抵抗，刀矛弓矢就有了用武之地。此外，打破城池後，局面必然失控，商賈流離，人民失所，官員逃逸，我們將失去談判的對手，商人也將失去交易夥伴。」

伯麥聽完這段分析後也同意，「我也認為不宜佔領廣州。佔領廣州就得承擔起管理城市的職責，我們沒有管理人才，不具備管理條件。數千官兵與中國人同居一城，等於讓他們置身於黑暗的叢林裡，風險不言而喻。」

馬儒翰道：「攻心為上，攻城為下，這是舉世公認的戰爭法則。打廣州是為了通商，不是為了摧毀它，商民一逃走，通商就會變得遙遙無期。我認為，進攻廣州之前必須穩定人心，要想穩定人心，首先要穩住十三行；要想穩住十三行，首先要穩住伍秉鑒和伍紹榮父子。他們不走，行商就不會走；行商不走，各行各業的商民才可能留下來，傭工雜役才不會逃亡，廣州貿易才不會受到大的損害。」

伯麥翕動著鼻翼，「如何才能穩住伍秉鑒父子和十三行？」

義律說：「美國代理領事多喇納和旗昌行的查理·京與伍家人的私交很好，我想請他們轉告伍家人，我軍將保護黃埔碼頭上的全部商業設施，保護所有行商的家園和倉庫作坊，必要時，可以派兵保護他們的人身安全。」

伯麥翹起眉梢，「要是伍家人和十三行不合作呢？」

義律不這麼認為，「一場戰爭足以教百萬富翁一貧如洗。我國商人焦灼，他們更焦灼，利益所在，他們會仔細掂量的。」

馬儒翰提醒：「我建議印刷一批漢字告示，寫明『保護商民』、『和平貿易』、『大英國軍隊不害民人』等字樣，雇用蜑民滲入內地，廣為張貼。我軍攻入珠江後，所有兵船都要懸掛安撫民心的漢字標語。」

伯麥稱讚道：「你提了一條很中用的建議。」

廣州戰役打響了。

珠江的江心有一小島，叫下橫檔島，像一根砥柱似的把江水一分為二，距離東岸一千五百米，距離西岸一千三百米，與上橫檔島間隔八百米。伯麥發現，關天培是按照中國火炮的射程估算下橫檔島的戰術價值的，沒在島上派駐一兵一卒。英軍野戰炮的射程大大超過中國火炮，完全可以在下橫檔島建立一個前沿炮兵陣地，轟擊虎門各炮臺。在開仗的頭一天傍晚，伯麥果斷命令「復仇神號」把一支炮兵分隊和一百五十名馬德拉斯步兵送到下橫檔島上，卸下一位榴彈炮和兩位推輪野戰炮。

英軍強佔下橫檔島時，虎門各炮臺螺號嗚咽、警鐘齊鳴，威遠炮臺和上橫檔島炮臺相繼開炮轟擊登島英軍。但是，清軍的火炮不能轉動，只能直擊，而且射程較短，只能打到下橫檔島的邊緣，打不著英軍。英軍雖然只有三位炮，卻可以調整射角，射程遠、炸力大，每一炮都有效力。

入夜後，虎門各炮臺全都熄燈瞎火，兩軍摸黑互射。夜空中火光閃閃，鉦鼓聲、螺號聲絡繹不絕。空氣中瀰漫著濃烈的硝石味和硫黃味，弁兵們緊張得一夜無眠。

關天培不敢有絲毫鬆懈，在威遠、靖遠和鎮遠三臺之間不停巡視，直到夤夜時分炮聲稀落，他才回到提督行轅，想找口水喝。

家僕孫長慶聽到炮響後，一直在行轅門口候著，不時爬上山腰，隔著石壁觀望夜戰。白天裡，虎門兩岸的山峰險峻秀麗，入夜後像聳立在黢黑之中的幢幢鬼影，形態各異的山石樹木像神話裡的鬼怪精靈，散發出一股陰森之氣。滾滾奔流的江水在幽壑墨谷之間蜿蜒斗折，滔滔的激水聲與隆隆的爆炸聲攪和在一起，震得人耳膜嗡嗡作響。

開仗期間嚴禁燈火，官邸裡沒點燈，孫長慶憑著腳步聲知道主子回來了，焦急地問了句：「老爺，要緊嗎？」

關天培只說了一個字，「水。」

孫長慶摸黑從水缸裡舀起一瓢水，關天培咕咕咕一飲而盡。孫長慶又問一遍：「老爺，要緊嗎？」

關天培這才回答：「明天必有一場惡戰。我死後，拜託你把我的屍骨送回老家。」語調又悲又重，悲重得像灌了鉛。

他心知肚明，英軍是強大的虎狼之師，清軍是膽寒心顫的疲弱之旅，和談全無指望，緩兵之計用到了盡頭，虎門崩潰在即！

他疲倦極了，想回屋裡小寐片刻。一隻腳剛踏上臺階，猶豫了一下，沒進，轉身沿著石板道返回靖遠炮臺。

飯蘿排與威遠炮臺之間，横檔山炮台與靖遠炮臺之間，各有一道攔江鐵鍊，它們是關天培的傑作。但在英軍看來，只是浮雲似的廢物，出自不瞭解歐洲軍事工程的頭腦。第二天一早，「復仇神號」把一支小分隊送到飯蘿排上。幾十個守排清軍被鐵甲船嚇得魂飛天外，沒開一槍便束手就擒，英軍輕鬆地拆除了攔江排鍊。

正午時分，英國艦隊利用南風漲潮攻入虎門。

辛好士爵士指揮第一分艦隊攻打武山。武山由北向南延綿五里，花崗岩山體像刀削斧鑿一般壁立東岸，山腰山頂樹木交錯，黛赭紛雜，山基山腳草木叢生，江水滔滔。在海風的吹颭下，樹濤和水濤齊聲喧x，如龍吟，似虎嘯。威遠、靖遠和震遠三臺共有一百四十個炮位，像一百四十個青面獠牙的張口怪獸，隨時準備把闖關的敵船一口咬碎。但是，辛好士知道清軍炮子的爆炸力如同禮花彈，根本打不爛英軍兵船的船板，指揮無所顧忌。

「伯蘭漢號」駛向威遠炮臺右側，在五百五十米遠處下錨，「麥爾威厘號」駛向左側，在三百七十米遠處下錨。這兩個位置是經過仔細測算的，與炮臺恰好形成三十五度夾角。清軍火炮安在炮洞裡，只能直擊，發揮不了作用。兩條戰列艦輪番轟擊，威遠、靖遠和鎮遠三臺被炸得石倒牆裂、火星四濺，隆隆的炮聲讓人心驚肉跳。最令人驚駭的是施拉普納子母彈，它們是比清軍炮子強百倍的殺人利器，「砰砰砰」凌空炸響，成千上萬顆鐵丸子似的小炸彈劈頭蓋臉從天而降，落地後再次爆炸。清軍躲無處躲，藏無處藏，刀槍劍戟、斧鉞錘叉全都派不上用場，活生生地挨打挨炸。

「皇后號」火輪船拖著四條舢板駛入虎門水道，每條舢板安放一臺火箭發射架，向炮臺旁邊的建築群打出一支又一支康格利夫火箭。那些建築群是虎門稽查口和十三行的辦事房，有二百多間廳堂和庫房，各國商船入境前都在那兒註冊登記。它們是大清國的臉面，鑊耳大屋，雕樑畫棟，精工細作，寬敞豁亮，廳堂之間有抄手遊廊。它們被火箭擊中後相繼燃燒起來，火勢在江風的吹颳下四處蔓延，殃及附近的村舍，很快形成一里多長的滾滾濃煙和沖騰的烈焰。

第二分艦隊由「威裡士厘號」、「都魯壹號」、「加勒普號」、「薩馬蘭號」、「先鋒號」、「鱷魚號」和「摩底士底號」組成，共有七條兵船，專門轟擊上橫檔島。上橫檔島是個方圓一里的江心小島，島上的橫檔炮臺和永安炮臺共有七十六位炮，平常只用二百弁兵戍守。但是，關天培不瞭解歐洲戰法，以為英軍將以短兵相接和貼身肉搏的方式強攻上橫檔島，在彈丸之地派駐一千八百多弁兵。從遠處看，島上人影幢幢，密密麻麻，猶如矗立在江心的螞蟻山。

七條英國兵艦載有二百八十多位火炮，從三面圍住上橫檔島輪番轟擊。上橫檔島上黑煙翻滾、裂石飛濺、炮聲隆隆。子母彈在空中爆炸後鋪天蓋地一瀉而下，火箭發出尖厲的嘯音，竄天猴似的狂飛亂舞。島上的兵房、神堂、庫房、帳篷相繼著火，清軍被打得暈頭轉向，沒頭沒腦地四處亂躲，卻躲不勝躲。

炮擊持續了整整一個時辰，數百弁兵被炸得脫皮露骨、折臂斷筋，橫七豎八躺在地上呻吟蠕動，陣地上瀰漫著濃烈的血腥味。

駐守上橫檔島的主將是督標中軍副將達邦阿和遊擊多隆武，達邦阿分守橫檔炮臺，多隆武分守鞏固炮臺。戰鬥剛打響時，他們還能據險力守，指揮弁兵開炮還擊，但很快發現不是英軍的對手。清軍炮少，炸力又小，連英軍的船板都打不透。表面上看是兩軍對壘，實際上是「人為刀俎，我為魚肉」。

上橫檔島的火藥庫被敵炮擊中，引爆了八千斤炸藥，發出山崩地裂似的巨響，強大的氣浪撼得上橫檔島搖搖晃晃，附近的兵丁們被炸得血肉橫飛，破碎的頭顱、斷裂的胳膊、血淋淋的大腿濺落得到處都是，與泥土黏在一起，呈現出觸目驚心的慘狀。緊接著，島上的神廟被摧毀，關帝的泥胎塑像跌落在地上，摔得粉碎。弁兵們越打越迷亂惶惑，越戰越膽怯動搖。

一隻斷手重重地打在達邦阿的臉頰上，就像有人狠狠摑了他一記耳光。他一摸臉，有血跡，立即膽虛心寒，逃命的念頭在腦際裡火光一閃，堅守的意志迅速崩潰。

上橫檔島四面環水，是不折不扣的絕死之地，英軍兵船三面轟打，只有北面是唯一的逃路。達邦阿喝了一聲：「張江、李海！」

「有！」

「快去小碼頭！」

兩個親兵立即明白達邦阿要逃跑。大危大險之前，人人都想活命，他們也想趁機溜號，趕緊撒腿朝小碼頭跑去，迅速打開木柵。達邦阿緊跟在他們後面。

小碼頭裡泊著四條八槳快蟹船，還有幾十名水兵在守船。達邦阿把所有廉恥置於腦後，朝水兵們一招手，「快，上船！」水兵們連滾帶爬上了快蟹船。

達邦阿抬頭一望，多隆武和二百多陸營弁兵在鞏固炮臺上盯著他們，一絲愧赧劃閃而過，旋即被逃命的慾望壓滅。

為了防止多隆武攔阻，達邦阿喝道：「張江、李海，鎖上木柵！」

兩個親兵手腳麻利，拉緊木柵，用鐵將軍鎖住，扭頭跳上舢板。

達邦阿抽出腰刀使勁一揮，砍斷纜繩，「起！」

水兵們喊著號子、蕩起船槳，四條快蟹船像水蚤一樣一聳一衝，駛離了上橫檔島，比賽龍船划得還快。

多隆武一下子火了，指著快蟹船破口大罵：「達邦阿，我操你姥姥！」他一個箭步跳到垛口，抄起一杆臺槍，扣動扳機，卻沒打中。幾個兵丁接踵而至，端起抬槍朝逃跑的快蟹船射擊，一個水兵被擊中，身子一歪，掉到水中。

一個兵丁揪下灰布纏頭狠狠摜在地上，「賊娘的，當官的溜了！老子不賣命了！」

另一個炮兵吼道：「操他祖宗的，達邦阿這傢伙就會作威作福！老子要打他的黑炮！」說動手就動手，他一招呼，幾個炮兵立即過來幫忙，推動一位千斤小炮，點燃炮撚，砰的一響，炮子朝快蟹船飛去，可惜只在江中打出一個水柱。達邦阿惶然一驚，但他命大，僅僅濺濕了衣裳。

全島官兵眼睜睜看著達邦阿和幾十個水兵溜之大吉，軍心立即大亂，守兵們全然喪失鬥志，索性躲在炮洞和坑道裡聽天由命。

經過狂轟濫炸後，英軍的近千海軍陸戰隊從三面搶灘登陸。登陸戰就像漁夫收大網，漁網罩住了所有的魚，每根網線都掛著鋒利的漁鉤。魚兒越是驚懼就越掙扎，越掙扎就死得越慘。漁獵者們因為戰果豐盛而興奮無比，落網的清軍卻驚魂不定，惶恐萬狀，不得不放下武器舉手投降。

多隆武臥倒在地上，臉龐被炮火熏得烏黑，戰袍上黏滿了泥土，雙手皮破血流。他閉著眼睛、抱著腦袋，聽天由命。當他發現自己成為俘虜時，痛苦得神茫心悸、嘴角扭曲。他絕望地坐起身來，狠狠搧了自己一個巴掌，恨不得把牙床打碎。

威遠、靖遠和鎮遠三臺的清軍看得真真切切，上橫檔島就像座屠宰場，島上的清軍集體投降了。

半小時後，辛好士爵士親率三百多海軍陸戰隊在武山南面登陸，對威遠、靖遠和震遠炮臺發起衝鋒。山坡上和巷道裡槍聲大作，爆豆一般劈啪作響。清軍陣腳大亂，威遠炮臺的守軍像惶亂的綿羊，被一群鬥志昂揚的獵狗追得膽虛心寒、望風披靡。儘管有班格爾馬辛坐鎮威遠炮臺，依舊彈壓不住，隨著敗兵向虎門寨潰逃。

兵敗如山倒。關天培站在靖遠炮臺的巷道口，唰地抽出鋼刀，厲聲吼道：「誰敢臨陣潰逃，殺無赦！」

他掄起大刀，企圖擋住潰退的激流，甚至惡狠狠地朝一個逃兵砍去。不知是那兵丁逃得快，還是關天培的刀鋒下留有一絲惻隱，刀尖僅劃破其胳膊，那個兵丁呀的一聲慘叫，捂著創痛，落荒急走，鮮血從指縫間流出，點點滴滴落在巷道裡。

潰兵們像決堤的洪水一樣奔湧而過，任何力量都無法遏阻。關天培絕望了，他能用衣物換錢留住兵丁，卻留不住他們的抵抗之心，轉眼之間，靖遠炮臺只剩下關天培和七八個親兵。

英軍沿著巷道衝上來，親兵們如同困獸，挺槍持刀簇擁在關天培身旁，眸子裡閃過七分惶恐和三分頑抗的微芒，既像是護衛主帥，又像是雛鷹在尋求老鷹的庇護。

十幾個英兵衝過去，圍成半圓形，黑洞洞的槍口瞄向他們，刺刀寒光閃閃。一個英國軍官發出怪吼：「Put down arms! Show up your hands!」（放下武器，舉起手來！）

關天培把辮子往脖子上一繞，左手緊握藤牌，右手緊攥大刀，腮間肌肉繃得鐵板一樣緊，眉毛壓得極低，牙關咬得極死，泥塑一般紋絲不動。

英國軍官又喝一聲：「Put down arms!」

關天培聽不懂，也不想聽懂。他挺起藤牌，邁著沉重的步伐朝英軍走去。英軍以為他要投降，但很快意識到他要拚命！一陣霹靂般的爆響，藤牌被擊碎，關天培被打得搖搖晃晃，站立不穩，撲通一聲跪在地上，滿身都是血窟窿。他把大刀插入石縫，想撐起身子，但刀片吃不住勁兒，啪的一聲，斷了[1]。

1 根據伯麥寫給印度總督奧克蘭勛爵的戰報（載於D.Mcpherson的《在華二年記》附錄Ⅷ，第277頁），在虎門之戰中，英軍無人陣亡，受傷五人。他估計，在上橫檔島之戰中清軍傷亡兩百五十人左右，被俘一千三百人左右，在武山之戰中清軍傷亡兩百五十人左右。作者沒有查到清朝官方的統計數字。

# 參 哀榮與蒙羞

虎門之戰像一場血肉淋漓的大屠殺。虎門寨和太平墟的一萬多眷屬隔江眺望著武山上的濃煙，心情隨著槍炮聲的疏密上下翻騰。未時以後，成群的敗兵翻過武山，湧向江邊，如蜢如蝗，爭搶渡船，搶不到船的兵丁們乾脆丟盔棄甲，把藤牌當作救生筏鳧水過江。他們一上岸就被眷屬們團團圍住，亂哄哄地打聽親人的下落。很快地，趙梅娘從潰兵的口中得知關天培為國捐軀了！

夜幕降臨後，虎門兩岸的山崖和峭壁上翳天老樹在燃燒，木棉樹在燃燒，連野草都在燃燒，濃煙烈火綿延了五六里，騰起的黑煙遮天蔽月。在海風的吹拂下，方圓幾十里都能聞到燃燒的焦糊味兒。

武山的殘火殷殷微微地燒了整整一夜。虎門寨和太平墟的夜晚是悲痛的夜晚，父母妻兒們的哭泣聲通宵達旦。趙梅娘傷心欲碎，徹夜無眠，天一亮，她就叫上老僕人孫長慶，準備過江尋找丈夫的遺骸。

她頭戴白巾，腰繫白布，一身孝裝從虎門寨的街巷走過。寨子裡許多人家掛著白幡，披麻戴孝的眷屬們站在門口，臉上帶著淚痕，默默地注視著虎門寨的第一夫人。

沙角和大角之戰、晏臣灣之戰、武山之戰與上橫檔島之戰，一仗接一仗，每場戰鬥都是噩耗，重創了他們的心！

李賢、班格爾馬辛和幾個老軍官聞訊趕到江邊，苦言相勸，「關夫人，千萬別去。」「英國鬼子已經占了武山，妳去不是尋死嗎！」

可趙梅娘鐵定心要找到丈夫的遺骸，「落葉要歸根。我家老爺交代過，死後要把他的遺骨送回老家。他清清白白地生，清清白白地死。要是找不到遺骸，誰能說清他是失蹤還是戰死疆場！」

此話一語點中了要害——朝廷規定，戰死者找不到遺骸，按失蹤論處[2]，將領得不到恤典，兵丁得不到優撫。「陣亡」與「失蹤」一詞之差，死者的名聲、眷屬和子孫們的待遇，差之甚遠。

2 根據清朝的規定，副將以上高級軍官戰死有恤典，父母可以得到贍養，有功名的成年兒子可以做官，未成年的兒子可以入國子監讀書，失蹤者則沒有這些待遇。故而，將領戰死後家屬都要尋找遺骸。在鴉片戰爭期間，狼山鎮總兵謝朝恩死後沒有恤典，便是因為沒有找到他的遺骸。

班格爾馬辛見她不聽勸告，婉轉道：「關夫人，這樣吧，讓孫長慶過江，要是英夷肯歸還關軍門的遺骸，妳再過江也不遲。」

趙梅娘打定主意要親自過江，「不，敵人不會要我一個老太婆的性命。就是死，我也要與我家老爺死在一起。」

武山與虎門寨只隔一條十五丈寬的小河，人們用肉眼就能看見武山頂上的米字旗和英軍哨兵。班格爾馬辛見勸阻無效，只得讓她上船，為了安全起見，特意叫人在船頭插上一面白旗。孫長慶搖櫓與趙梅娘一起過江。

主僕二人上岸後走到武山腳下，孫長慶怕出事，「夫人，您別上山，我去。您要是傷心，就在這兒哭一場。」

趙梅娘咬著嘴唇，憋了半天才顫巍巍道：「不，我不想在豺狼的笑聲中哭泣。」

孫長慶不再吭聲，打著白旗朝靖遠炮臺走去，趙梅娘跟在後面。孫長慶熟悉這裡的每一條小徑，知道關天培犧牲的地方。

馬德拉斯工兵隊開進了武山，運來鋼釺和炸藥，準備炸毀所有炮臺。辛好士爵士正與工兵隊長說話，他拍打著花崗岩石壁，「看，它是一件多麼了不起的傑作，堅固無比，易守難攻。虎門相當於地中海的直布羅陀，佔領它就卡住了中國的咽喉。這座要塞要是由西班牙軍隊或法國軍隊駐守，我們不知要死多少人。」

工兵隊長喟歎，「中國人既無滑輪又無吊車，更沒有蒸汽機和起重機，僅憑人力和粗簡的工具，居然修築起這麼浩大堅固的工程，真的令人歎為觀止！可惜我們必須摧毀它。」

「摧毀它需要多少時間？」

「至少十天。」

這時，英軍哨兵把趙梅娘和孫長慶領到辛好士爵士跟前。辛好士見孫長慶打著白旗，後面跟著一個披麻戴孝的老媼，想起一個月前他準備攻打虎門時，一條小船攔住了艦隊，那個老媼就是小船上的送信人。

辛好士叫來一個澳門通事，當作翻譯。他問道：「你們是信使嗎？」

孫長慶弓下身子，「不，在下是關軍門的家人。」

「她是誰？」

「也是關軍門的家人。」

「你所謂的關軍門是關天培嗎？」

「是。關軍門犧牲在靖遠炮臺，在下想把他的遺體運回去。」

英軍並不知曉關天培死於戰場，擊斃大清朝的海軍司令是件了不起的戰功，足以讓辛好士爵士彪炳英國戰史！聽完通事的翻譯和解說後，他興奮得滿臉通紅，周邊的官兵發出一陣熱烈的歡呼聲，過了許久才靜息下來。

一個老太太和一個老僕人兩次不顧安危跑到敵軍陣地，這種事情在英國聞所未聞，大大超出常人的想像。辛好士爵士猜出老太太是關天培的妻子，但沒有點破，豎起拇指道：「老夫人，妳很勇敢，少見的勇敢。」

為了確認關天培是否真的死了，他道：「昨天傍晚，我軍在靖遠炮臺後面掩埋了二十多具屍體，你們不妨去看一看。」說罷，親自引著趙梅娘和孫長慶朝埋屍坑走去。

十幾個工兵用鍬鎬清除封土。趙梅娘和孫長慶很快辨認出關天培的遺骸。他雙目閉合，面色灰白，身上有好幾個彈洞，血跡與泥土混合在一起……

孫長慶撲通一聲跪在地上，拂去關天培臉上和身上的泥土，淚水橫流，撫屍痛哭。趙梅娘不忍細看，緩緩屈身跪在地上，卻沒有放聲——她果真不願在敵人面前流淚。在微風的吹拂下，她的孝衣輕輕撩動，像凋萎但尚未落英的白蓮。

待他們把悲情宣洩殆盡，辛好士爵士才問：「這座炮臺是關將軍設計的嗎？」

孫長慶依舊跪在遺體旁，哽咽道：「回大人話，是。」

「關將軍多大年紀？」

「回大人話，六十整。」

兔死狐悲，物傷其類，辛好士爵士鄭重其事地說：「軍人以戰死疆場為榮。關將軍死得其所，雖敗猶榮！我向勇敢的敵手致敬，允許你們把他的遺體帶回去。」

為展示英國人的紳士精神——尊重恪盡職守的敵人，他雙腳一磕，向遺體行了一個莊重的軍禮，「傳令，全體官兵列隊，鳴放六十響禮炮，為中國海軍司令關天培將軍送行！」

兩個馬德拉斯工兵把關天培的遺體小心翼翼地抬起，放在擔架上，蒙上一塊白布，緩步送往山下。趙梅娘和孫長慶跟在後面，一列英印士兵沿著山道排成一行，像條彎曲的長蛇，行持槍注目禮。「伯蘭漢號」戰列艦連放六十響禮炮，砰砰的炮聲在虎門的山水之間迴盪，驚起一片飛鴻[3]。

琦善進退維谷，前有英國的虎狼之師，後有鐵心剿夷的道光皇帝，但他看得非常清爽，清軍不堪一擊。他明知事不可為，卻不得不強為，支應一天算一天。蓮花崗會盟後，他以等候皇帝的旨意為藉口，一面拖延，一面抓緊時間備戰。他帶領官佐員弁們登山崗查水口，四處巡視，生怕偏僻港汊有遺漏、沙袋炮臺有浮松、樁木等件有損失，在所有應當設置攔江筏和沉石堵塞的地方增派了兵丁和義勇。以前他是實心求和，現在他是故意泡蘑菇，把緩兵之

3　關天培之死在中國影視節目裡被演繹得五花八門。幸好士爵士歸還關天培遺體，下令鳴放禮炮的事蹟，載於 D.Mcpherson 的《在華二年記》，第 99 頁。

計運用到極致。

如此拖了二十多天，終於等來援軍。貴州總兵段永福、湖南鎮筸鎮總兵祥福、江西總兵長春率領的四千援兵陸續抵達廣州。琦善立即派段永福馳援太平墟，祥福開赴烏湧，長春開赴大黃滘。珠江兩岸漸呈重兵雲集之象。

不過，他等來了援軍，也等來了戰爭。

壞消息接踵而至。先是虎門七臺全部失守，八千守兵潰不成軍，關天培為國捐軀，接著是烏湧之戰。烏湧位於虎門和廣州之間，鎮筸鎮總兵祥福率領九百湖南兵和六百粵兵在那裡拚死抵抗，但只守了一個時辰就全線崩潰，祥福戰死。伍秉鑒和伍紹榮父子捐贈的「甘米利治號」武裝商船是一條千噸級的三桅大船，經過改裝後配備了三十四位火炮，那些火炮還是伍家人託美國旗昌行從英國人手中套購的。沒想到水兵和炮兵尚未訓練出來，「甘米利治號」就被英軍炸成碎片，外加三十條內河哨船被打沉，清軍的傷亡十分慘重！

虎門和烏湧相繼失守的消息傳到廣州，士農工商心驚神悸，流言蜚語滿天飛舞。數千域外寇仇被渲染成強橫霸道、殺人如麻的妖魔，有金剛不壞之身，降龍伏虎之術，通七十二變之奧。堅船利炮，所向披靡，萬餘清軍以肉身抵禦大炮，立成齏粉。人們紛紛出城遠遁，逃避兵燹，廣州的大小城門人流如注，騎驢的、推車的、挑擔的、背簍的，千姿百態，牽衣的、頓足的、扶老的、攜幼的，熙熙攘攘，呼兒喚女、哭爹喊娘的聲音不絕於耳，湯澆蟻穴似的慌亂與雜鬧。

琦善寫完虎門之戰和烏湧之戰的奏折，叫錢江謄寫留底，加蓋印鑒後用六百里紅旗快遞發往北京。

錢江剛去簽稿房，余保純來了，他帶來了烏湧鄉紳們的聯名稟帖，狀告湖南援兵軍紀廢弛，進駐烏湧後爭搶民房，擾民累商，弄得當地紳民怨聲載道。

烏湧之戰是鎮篁鎮總兵祥福率兵打的。祥福戰死後，湖南的散兵潰勇們群龍無首，掠擾四鄉。

琦善對余保純道：「現在軍情緊急，我沒有工夫處置這群湖南丘八，只能命令貴州總兵段永福就地收編湖南潰兵，退守廣州。」

余保純頭一次經歷戰爭，心亂如麻，「琦爵相，烏湧距離廣州僅六十里，途中只有琶洲炮臺、琵洲炮臺、獵德炮臺和二沙尾炮臺。那些炮臺由汛兵把守，規模小，兵力少，逆夷兵船勢如破竹，一衝可過，您得盡快拿主意啊！不然，逆夷就兵臨城下了！」

琦善也急得眼冒金星，「我也是滿心焦惶啊！虎門地險水險山勢險，有重兵把守，是道金城鉅防，關天培沒守住。烏湧炮臺設炮四十二位、駐兵一千五，祥福也沒有守住。相形之下，其他炮臺形同擺設。我擔心各臺守兵風聲鶴唳，不戰自潰哪！」

錢江把琦善的奏折謄寫完後放入大信套，加蓋了印鑒，用火漆封口，準備送往驛站。他剛出辦事房，就見白含章和鮑鵬回來了。琦善要他們去澳門投遞照會，再議和談事項。但英軍獲悉清軍在暗中備戰後先發制人，發動了廣州戰役，他們二人沒見到義律，只好返回。

錢江痛恨鮑鵬，沒理他，只與白含章打招呼。剛說了兩句話就聽見有人高喊：「大事不好，八旗兵圍了衙署！」

錢江一怔，果然聽見大門外面腳步雜沓，兵器鏗鏘，在門口當值的師爺神色張惶地朝裡跑。錢江嚇了一跳，提著袍角朝大門外走去，白含章和鮑鵬緊跟在他身後。錢江一腳跨出門檻，果然見一隊八旗兵朝總督衙署奔來，領頭的是副都統英隆，他騎著一匹栗色戰馬。

錢江火急火燎地問：「哎喲，英大人，這是怎麼回事？」

英隆翻身下馬，「錢知事，我是奉命行事。沒有皇上的旨意，我不會帶兵包圍總督衙署。」隨即一眼認出後頭的鮑鵬，「你叫鮑鵬吧？」

鮑鵬不知出了什麼事，滿目驚詫，點頭哈腰，「卑職正是鮑鵬。」

英隆斜睨著他就像看一個卸了妝的戲子，「你小子真有兩下子，渾水摸魚混得有模有樣，覥顏當了大清的談判使者！」

鮑鵬一臉懵懂，「卑職不明白您的意思。」

英隆的口氣又刁又橫，「你是前任總督林大人通緝的逃犯。林大人發下海捕文書，各級衙門放出捕快，上窮碧落下黃泉，犄角旮旯全翻遍，他娘的，沒想到燈下黑，你就在鼻子眼兒底下！」他一招手，厲聲喝道：「拿下！」

四個旗兵一擁而上，不由分說把鮑鵬按倒在地，拿繩子捆了。

白含章的臉色煞白，「英大人，鮑鵬是琦爵閣的人，奉命與我共同辦理夷務，你怎能不請憲命就捕了他？」

英隆下巴一揚，「阿將軍和怡大人馬上就到，他們會跟你解釋。」

說話間，果見阿精阿騎馬而來，怡良的大轎便跟在後面。

阿精阿翻身下馬，把韁繩甩給隨行的旗兵，怡良也下了轎，兩個人並肩走到總督衙署的石階前。怡良對白含章和錢江道：「白守備、錢知事，我和阿將軍是奉旨而來，你們不要阻擋，否則以忤逆罪論處！」

看這架勢，錢江和白含章就知道出了大事，不敢再攔阻，閃到一旁。

阿精阿、怡良和英隆在八旗兵的簇擁下進入儀門。總督衙署的佐貳雜官和胥吏師爺們亂哄哄地出了辦事房，探頭探腦地打問出什麼事。

琦善聽了門政的稟報，把紅纓大帽扣在頭上，滿腹狐疑地出了花廳，正好見阿精阿等人疾步而來，「阿將軍、怡大人、英大人，你們這是什麼意思？」

阿精阿一臉正色，拱手道：「我和怡大人是來傳旨的。」

怡良語氣不陰不陽，「琦爵閣，有上諭，您燃香接旨吧。」

琦善的臉色蒼白，頓了頓，一展手，「請進。」將阿精阿、怡良和英隆領進西花廳。接著，他把一塊蒲團放在地上，設案燃香，撩衽跪下，「奴才琦善，恭候聖旨。」

阿精阿取出黃綾聖旨，展開宣讀：

……據怡良奏報，英逆盤踞香港，稱系琦善說定讓給，已有文據……覽奏殊堪痛恨。朕君臨天下，尺土一民，莫非國家所有。琦善擅予香港，擅准通商，膽敢乞朕恩施格外，危言要脅，不知是何肺腑！如此辜恩誤國，實屬喪盡天良！琦善著即革職鎖拿，派副都統英隆……押解來京嚴訊，所有家產查抄入官[4]！

琦善像聽見一聲旱天雷，撐著身子的胳膊微微打顫，額頭上浸出豆大的汗珠。他沒想到自己從榮耀登場到悲情謝幕只有幾個月的工夫，更沒想到是怡良在背後捅了一刀。這傢伙平日悶聲不露痕跡，一俟出現難局，就陰施刀斧，暗放冷箭！他瞥了怡良一眼，旋即低下頭，後悔沒有看透其人。

4　摘自《上諭》，《籌辦夷務始末》卷二十三。

怡良的臉色有點兒難看，聖旨裡寫著「據怡良奏報」字樣，等於明白告訴琦善，他淪為階下囚是自己使了絆子。但是，抓捕琦善的諭旨出自皇上，必須原原本本念給琦善聽，無法跳讀。怡良掩飾著尷尬，轉身喝道：「把鮑鵬押上來！」

兩個旗兵連推帶搡地把鮑鵬拽進花廳，按倒在地上。鮑鵬本想叫琦善救他，見琦善也跪在地上，立即傻了眼。在他眼中，琦善是個了不起的大人物，出警入衛，八面威風，腳一跺，地動山搖，手一揮，從者如雲。沒想到如今，竟然會喪魂落魄到自身難保的田地，萎靡得不成樣子！

英隆油腔滑調地說：「鮑鵬，你這小子本事可真夠大的，連皇上都知道你的大名，親自下旨抓你。」

鮑鵬驚得張大嘴巴。他無論如何想不明白，他與皇上隔著十萬八千里，皇上怎麼知道他這個區區小人物？

阿精阿抖開另一份廷寄朗聲宣讀：

琦善現在帶往廣東之鮑鵬，著怡良密委員弁鎖拿，同琦善一併解京審辦。倘走漏風聲，至今遠颺，恐該署督不能當此重咎。至琦善欽差大臣關防，著怡良摘取妥貯，俟有便員來京，飭令帶京呈繳[5]。

鮑鵬本以為紅運當頭，搖身一變，青雲直上，成了殿閣大學士的股肱和朝廷的傳信使者，沒想優雅轉身變華麗撞牆，一頭撞到朝廷的大獄裡。他稀泥似的癱軟在地上。

「宣旨完畢，還不謝恩！」阿精阿的聲音冷冰冰的。

琦善這才想起應當說一句感恩話，頭深深紮向地面，「奴才叩謝天恩。」

鮑鵬沒經歷過這種場面，不知該說什麼。

英隆一腳踹翻他，「還不謝恩！」

鮑鵬才明白要謝恩，忙強打精神，模仿琦善把頭紮向地面，跟著說：「奴才叩謝天恩。」

英隆補了一句，「你小子分明是林大人通緝的逃犯，卻鼻孔裡面插大蔥——裝象（相）。你他娘的臉皮夠大夠厚，卻忘了留著鼻孔出氣，爛了人面桃花。帶走！」

兩個旗兵一擰胳膊，把他拎麻袋似的拎了出去。

錢江沒敢進去，一直在門外看熱鬧。他見鮑鵬突然交了狗屎運，幸災樂禍道：「梅斑發

---

5　摘自《廷寄二》，《籌辦夷務始末》卷二十三。

呀梅斑發，你今天果然沒辦法了！」

鮑鵬抬眼看了錢江一眼，依然裝蒜。兩個人曾在揚州驛萍水相逢，轉眼在一個衙門辦事，愣是假裝互不相識，傲氣著、嘚瑟著，搬演了一場「誰裝誰，誰就像誰」的活劇。

阿精阿這時才朝前邁一步，將琦善扶起，「琦爵閣，人在官場上，榮辱進退由不得自己，你得想開呀！」

琦善撐著膝蓋站起來，摘下紅纓大帽，「雷霆雨露都是君恩。我是罪臣，當不起爵閣的稱呼了。我是一片忠心為朝廷著想、為朝廷解難，沒想到轉眼成了階下囚！」說著，眼睛掛起濕乎乎的水霧。他指著左面的客座道：「坐，請坐。」說完才猛然想起自己不再是主人，尷尬地換了方向，指右面的座位，「哦，坐這邊。白含章，給阿將軍、怡大人和英大人上茶。」

白含章愣在一旁，聽到吩咐才答應一聲，出了花廳去茶房。

阿精阿、怡良和英隆次第入座，琦善垂手站在一旁。阿精阿道：「琦爵閣，你也坐吧，不論你的前程是好是賴，咱們都同城為官一場嘛。」

琦善斜簽著身子，坐在給佐貳雜官預備的杌子上。

怡良說：「皇上要我和怡大人嚴密抄查總督衙署，這是很傷面子的事兒，您還是自己移交吧。」

琦善站起身，走到什錦架前，取下兩廣總督和欽差大臣關防，放在怡良跟前，歎了口氣，「欽差大臣是臨時奉旨辦差，我的兩廣總督官銜前有『署理』二字。我本以為幹上三五個月就回直隸本任，沒想到來到廣州後步步涉險、處處艱難。我沒帶什麼東西，也沒在廣州置辦私產，眷屬和家產在保定、天津和北京，恐怕已經查抄殆盡了。我來時只帶了兩箱衣服和一箱書。哦，錢櫃裡有兩千多兩銀子，是各地官員們送的規禮和程儀。怡大人，你造冊登記吧。」

怡良詳細記下，「還有什麼要移交的？」

「只有一堆公牘，幾十份奏折底稿和府縣官員的稟帖。哦，有件事我得說一說。我是主撫的，皇上早先定下的調子也是撫，所以我才與夷酋義律議出一個《穿鼻草約》，但我沒有便宜行事之權，只能代逆夷轉奏，沒想到激怒了皇上。有句話我一直憋在肚子裡，現在不得不說。

「本朝向來以天朝自居，視域外番國為化外蠻夷，但域外之邦是強大還是貧弱，是死水一潭還是生機百變，誰也說不出個子丑寅卯來。英夷兵船開到大沽口，船堅炮利歷歷在目，我認定他們是不可小覷的強敵。我到廣州後如實奏報皇上，認為廣東水師不足恃，無力禦強敵於國門之外，珠江兩岸的炮臺不足以控扼水道，民心不堅、軍心不固，句句是實情。但皇上不信，反而斥責我張敵人之膽，滅自己之志。皇帝位居九五之尊，各省封疆大吏們順其心、順其意，盡講入耳之言、順耳之話，一俟有逆耳實話上達天聽，反而引起震怒，如此一來，誰還敢講實話？要是無人講實話，豈不置皇上於雲山霧罩的虛幻縹緲之中？」這番話講得破皮入骨，他雖沒點名，但句句隱指在座的諸位不會銜奏報實情。

怡良把話岔開，「夷務上有什麼要交代的？」

琦善意猶未盡，自行辯解道：「義律逼我在《穿鼻草約》上簽字，我一直在拖延，沒簽，更沒有私割香港。」

怡良頓了頓，「蓮花崗會談我們都沒去，有簽還是沒簽，只有你知道，你自己跟皇上解釋去吧。」

英隆哼了聲，「要是沒簽，那倒是好，但得有人證、物證。這條約不能簽，誰簽了誰就是千人唾萬人罵的賣國賊。」

琦善苦苦一笑，「青史留名的都是強起抵抗的耿介臣子，在危難之際辦理和議的臣子沒有一個是光彩的。但面對強敵，我不得不委曲求全。阿將軍、怡大人，我走後，你們恐怕也難逃議和的宿命。」

怡良再次岔開話頭，「琦爵閣，皇上的諭旨是鎖拿你，我只好公事公辦。」他把「鎖拿」二字說得極重，「你收拾一下東西，過兩天我給你送行。」

琦善的話講得軟軟的，「謝怡大人關照。」他熟悉《大清律》，犯有公罪的官員不戴枷鎖、不乘囚車，步行去刑部報到。但皇權大於法權，既可以法外施恩，也可以法外加刑。

白含章提著大茶壺回到花廳，給大家倒茶。怡良啜了一口才說：「白含章，你是琦爵閣從直隸帶來的，朝廷要我把琦爵閣的隨員一併解赴，你也準備一下，一塊兒同行，順便照顧琦爵閣的起居。」

琦善搖搖頭，「我是罪臣，無須別人照顧，自己照顧自己。」

該講的都講了，該移交的都移交了，阿精阿、怡良和英隆起身告辭。

琦善把他們送出儀門，待他們走遠，才衝著怡良的背影呸了一口，「狼心狗肺！」

白含章安慰道：「琦爵閣，您用心良苦，一心做成撫局。到北京後，卑職甘願冒死證明您沒有私許香港。」

一個知恩感恩的下屬在他落難之際講了句撫慰話，就像在烤焦的心田上澆了一杯涼水，兩滴混濁的淚水湧上琦善的眼眶，「白含章，你的好心我領了。皇上急於見成效，在痛剿和急撫之間來回遊移。我一心想為皇上做點兒事，讓國家免於塗炭，沒想到我像飛蛾撲燈，被燭火燒殘了翅膀。哎，大清的官場不是好官場，大難臨頭之時，那麼多人在皇上和強敵之間左右騰挪、上下躲閃，明哲保身，但求遠禍。他們很累，很費心機，把本應和談解決的危機拖成一場華夷大戰——這場仗，我們輸定了！」

# 肆 英中名將

陸軍少將郭富爵士搭乘「巡洋號」兵船從印度的班加羅爾來到珠江口。他是奉命接替布耳利的陸軍司令之職的。雖然已經六十二歲，依然精神矍鑠，灰白色的虬髮絡鬢就像給臉龐鑲了一道灰白色的邊兒，在倒八字眉宇和高鼻樑的襯托下，眼窩既凹且深。鉛灰色的眸子貌似平淡無奇，一旦盯住某個目標，立馬目光炯炯，機警閃爍。他是久經沙場的老將，對戰爭的理解犀利而透澈，能把奔襲戰、陣地戰、運動戰、遊擊戰、攻堅戰、殲滅戰等，演繹得出神入化。他給部隊下達戰鬥命令的時候常常以「當心」二字作為結束語，以致於官兵們背地裡叫他「老當心」。

他一到中國就急於瞭解情況，恰好從舟山撤回的英軍抵達香港，他立即請布耳利和參謀長蒙泰到「巡洋號」上會晤，並共同巡視珠江口。

查理．義律陪著布耳利少將和蒙泰中校一起登上「巡洋號」。由於舟山疫情十分嚴重，布耳利受到追究，免去了陸軍司令之職，他的心情沮喪，頭髮被海風吹得像凌亂的羽毛，眼神裡瀰漫著長途航行的疲勞和倦怠。蒙泰患了一場痢疾，臉上帶著大病初癒的蒼白。

「巡洋號」是排水量三百八十二噸的雙桅護衛艦，空間狹小，司令艙只有八平方米，頭頂距天花板僅三十釐米，裡面堆放著郭富的背包、皮箱等私人用品，木板牆上掛著手槍、千里眼和測繪儀等工具。義律、布耳利和蒙泰進去後，立即把空間擠得滿滿的。

布耳利不得不自行辯解：「奧克蘭勛爵免去了我的司令之職，我服從命令，但我對特別調查法庭的指控持保留意見。我不是醫生，對舟山疫情只能承擔有限的責任。」

郭富安慰他，「布耳利將軍，你在佔領舟山的戰役中立下汗馬功勞，奧克蘭勛爵對你的工作評價很高，他要你依然擔任第十八步兵團的團長。」

「郭富爵士，我將服從你的調動和指揮。」

郭富在印度就聽說英軍在舟山受到瘟疫的困擾，關切問道：「疫情很嚴重嗎？」

布耳利回答：「我軍飽受水土不服之苦，每天與蚊子、蒼蠅、臭蟲和老鼠為伍，天花、爛襠、赤痢、夜盲、打擺子、生疥瘡，非戰鬥減員非常嚴重。士兵們骨瘦如柴，像乾屍一樣慘不忍睹。」

蒙泰補充，「布耳利將軍曾寫信給奧克蘭總督，要求增派一條醫療船和幾名醫生，但至今沒有結果。截至我軍撤離舟山之日，疫情依然沒有控制住，五百官兵死於疫病，埋葬在舟山島。」

郭富不喜歡粗枝大葉，要求數字精確到個位數，「是五百整嗎？」

「是五百整，我們二十六團在過去二十年的大小戰鬥中總共才犧牲十人，這次疫情就奪走二百零一人的性命。」蒙泰兼任第二十六團的副團長，提起這個團就有點兒動情，眼眶微微濕潤。

布耳利接著道：「舟山是我軍的傷心之地，陸軍官兵上上下下嘔吐、便血，損失之慘重，遠勝一場大戰。官兵們在痛苦和沮喪、焦慮和煩躁、苦悶和思鄉中煎熬。有一個士兵禁不住疾病的折磨，開槍自殺了。」

蒙泰重整情緒，接過話，「當我軍最後一批士兵登船離開舟山時，就像離開地獄一樣，激動得淚水漣漣，許多士兵跪在甲板上放聲大哭。舟山大疫是一場不見血的戰爭，一場沒有勝算的宿命，死神在冥冥中揮動鐮刀，肆意屠宰我們的官兵，我們徒有刀槍，卻無力反抗。」

郭富道：「病因查清了嗎？」

布耳利的醫學知識有限，說不清原因，「軍醫們說是一種週期性的土風病，士兵們說是邱吉爾-奧格蘭德咒語在起作用。」

郭富在印度就聽說斯賓塞·邱吉爾勛爵和奧格蘭德少將未戰先亡，明白「邱吉爾-奧格蘭德咒語」的意思。他接著問：「當地居民也得同樣的疾病嗎？」

「他們患天花和瘧疾，但對其他疾病好像有天生的抵抗力。」

郭富喟歎，「死亡率如此之高，足以成為經典案例載入軍事史冊。這是一場醫學災難，不是人力所能控制的。看來，最危險的敵人不是中國人，是瘟疫。陸軍現在有多少官兵？」

布耳利回秉：「陸軍原有四千人，孟加拉志願團的五百官兵和幾百病號提前撤走，只剩下三個英國團和一個馬德拉斯步兵團，外加一個炮隊和三個工兵連，都不滿員，總計兩千三百九十四人。各團嚴重缺員。」

郭富大感失望，「兩千三百九十四人，而且疾病纏身。這麼小的軍隊進入廣州，就像在大水池裡撒進一勺鹽，轉瞬便被稀釋得無影無蹤。我來前就覺得遠征軍兵力不足，要求奧克蘭勛爵至少增派一個英國團和一個印度團，但印度的局勢並不輕鬆，兩萬大軍捲入阿富汗戰爭。兩面作戰是軍事大忌，奧克蘭勛爵告訴我，印度和阿富汗重於中國。阿富汗之戰是拓土之戰和殖民之戰，動關大局，中國之戰是報復之戰和通商之戰，孰輕孰重，不言而喻。只要中國皇帝接受《巴麥尊外相致中國宰相書》的條件，即可停戰。他認為，除非萬不得已，不宜再向中國增兵。」英國政府高度重視阿富汗戰爭，投入的兵力和物力是遠高於投入中國的。

說話間，「巡洋號」駛入虎門，郭富和蒙泰隔著舷窗看到戰後殘景。一座又一座炮臺被戰火摧毀，石壁上的彈孔像蜂窩一樣稠密，珠江兩岸的懸崖峭壁黑乎乎的，樹木野草被燒得精光，寸綠無存。馬德拉斯工兵正在石壁上打炮眼，準備摧毀所有炮臺，周遭不時傳來單調的爆炸聲。顯而易見，這些地方曾經發生過瘋狂的戰鬥，英中兩軍像豺狼一樣大撕大咬。

郭富指著炮臺問：「這裡有過一場激戰，中國人抵抗了多久？」

義律目睹了整個戰鬥，「兩小時。我軍用兩小時攻克上橫檔島，兩小時攻克威遠、靖遠和震遠炮臺，第二天用兩小時攻克烏湧炮臺。我們的艦隊已經佔領了黃埔島和扶胥碼頭，對廣州形成威脅，廣東官憲慌了，派知府余保純和十三行總商伍秉鑒來見我，他們打著白旗，乘花舫順流而下，與我的坐艦在黃埔相逢。他們說琦善已被朝廷罷黜，廣州城裡的其餘官員沒有談判的權力。中國皇帝另派皇上的侄子奕山和兩位參贊大臣來廣州，余保純和伍秉鑒懇請我軍息兵罷戰，等奕山到後再洽談有關事宜。我告訴他們，大英國出兵意在通商、索賠、增開口岸和修訂稅則，無意攻城掠地、屠殺民眾，我決定暫時停戰，給中國人一個重新估量局勢的機會。」

郭富若有所思地道：「我在印度就聽說過伍秉鑒是世界級的富豪，是嗎？」

「是的。他對英中貿易的影響舉足輕重，是個有利用價值的人物。」

蒙泰插話，「公使閣下，你為什麼對廣州如此仁慈？」

義律解釋：「是出於商業利益和國際政治的考慮。我不是好戰分子，我有兩大顧慮，一怕黃埔碼頭的商業設施遭到破壞，影響貿易，二怕清軍垮得太快。要是把中國官憲嚇跑了，我們就失去了談判對手。我軍兵臨城下作出巨石壓卵之勢，中國人會重新估量自己的力量。」

蒙泰不以為然，他是個愛提反面意見的人，「在戰爭期間對敵人施以慈悲是危險的，我們很可能為此付出高額代價。中國人不乏勇敢精神，他們失敗是因為武器太差。打爛廣州，中國皇帝才會清醒過來。」

義律進一步解釋：「我不能只從軍事角度考慮問題。廣州是亞洲的第一國際大港，牽一髮而動全身，伶仃洋上聚集了近百條各國商船，要打仗的話，必須先讓它們離開，最好是滿載離開。」

兩個多月前，他曾樂觀預言，新年之後，廣州貿易就會恢復。消息一出，駟馬難追，為了趕上季風，各國商船揚帆起碇來到中國海疆，卻發現珠江口戰雲密佈，義律為此承受著巨大的壓力。

蒙泰繼續追問：「公使閣下，要是中國皇帝依然不肯屈服呢？」

義律盯著這位咄咄逼人的參謀長，「那就另擇戰場，重新制定軍事方案。我已經給奧克蘭勛爵寫了報告，提議不打廣州[6]。」

郭富初來乍到，不瞭解中國，不願亂發議論，謹慎地問道：「義律公使，廣州總共有多

6 義律反對打廣州，他在致奧克蘭勛爵的信中寫道：「可以毫不誇張地說，同廣州政府和人民維持和平的商業關係，比同皇帝締結一項和約，對於我們是更加重要的。」（《中華帝國對外關係史》中譯本第一卷，第716頁）奧克蘭勛爵批覆：「寬恕廣州是明智之舉。」

少人口？」

「估計有五十多萬，算上郊區人口，差不多一百萬。」

郭富思忖片刻，「這麼大的城市，世所罕見。打爛廣州容易，要是不能立即擔負起管理的責任，就會產生災難性的後果。官衙和公共建築會遭到搶劫，犯罪率激增，城市將陷入暴力和混亂，而人們只會將所有災難都歸咎於我們。義律公使，我贊同你的意見，廣州之戰，上策是擺出進攻的姿態，逼迫中國人簽訂城下盟約，下策才是打破城池和軍事佔領。」

就在郭富抵達中國的第三天，參贊大臣楊芳也趕到了廣州。

接到滾單後，廣州的文武大員和地方紳士一起到天字碼頭迎迓。英軍兵船距離廣州城只有十幾里，但是，由於余保純、伍秉鑒與義律達成停戰協議，廣州沒有遭受攻擊的危險，迎迓儀式一點兒都不含糊。阿精阿、怡良、英隆、林則徐，以及余保純等府縣官員紛紛前來，接官亭旁彙聚了上千名百姓，人人都把禦敵的希望寄託在名聲赫赫的楊芳身上。

全體行商也來迎迓，排在官員佇列的末尾。錢江官小，恰好站在官員和官商之間，挨著伍紹榮。

伍紹榮悄聲問道：「錢知事，據說楊侯武功精深，學術駁雜，陰陽八卦、奇門遁甲，無所不通，武功達到飛花摘葉不滯於物的地步。他有傳說中那麼神異嗎？」

錢江呵呵一笑，「楊侯是不可低估的人物。琦爵閣和楊侯都是侯爵，但琦爵閣的爵位是世襲的，楊侯的爵位是一刀一槍從戰場上掙下來的。自從康熙朝以來，一共有五個漢人封公封侯，一是康熙朝的張勇，因為平息吳三桂叛亂封靖逆侯，二是雍正朝的岳鐘祺，因為平定川康藏民叛亂封威信公，三是乾隆朝的孫士毅，因為征討緬甸、安南和西藏叛亂封謀勇公。第四和第五便是本朝的楊遇春與楊芳，合稱『二楊』，因為平息新疆的張格爾叛亂，楊遇春封忠武侯，楊芳封果勇侯。楊遇春封侯不久就去世了，楊芳命大壽長，成為本朝的頭號名將。楊侯南征北戰，履險如夷，匠心獨運，機變百出，年輕時英華灼灼，老年後口碑豐盈。」

另一個官員補充，「楊侯有太子少傅的榮銜。朝廷設太子太傅和太子少傅，名分上是皇子們的文師傅和武師傅。軍機大臣潘世恩和王鼎是太子太傅，楊侯是太子少傅。只要楊侯進京，所有龍子龍孫都得執弟子禮。」

第三個官員插話道：「楊宮傅熟讀兵書，望塵知兵，糧草、醫藥、堪輿、占候無所不通，觀敵情如觀掌紋，一絲一縷，纖毫畢現。他是嘉慶和道光兩朝知遇的名將，功績可與漢朝的霍去病、唐朝的郭子儀相埒，連皇上都叫他老神仙。」

經錢江等人這麼一譬講，周匝的士紳們無不對楊芳刮目相看，人人都期盼著他在關鍵時刻施展謀略和神通。

三聲炮響後，楊芳下了官船，這位營前點兵一呼萬諾的人物終於出現在眾人面前。楊芳年逾七十，鐵骨身，滄桑貌，瘦骨骼，瘦脊樑，像一根又枯又硬的老竹竿，橘皮似的老臉綴著十多顆老人斑，記載著他的滄桑閱歷。他身穿頭品武官補服，外罩一件黃馬褂，紅纓官帽後面拖著一支綠油油的三眼花翎，手執一根龜頭拐杖，但並不拄行，只把它當作倚老賣老的道具。

楊芳的戰馬從未踏入廣東，阿精阿和怡良與他不熟，堆著笑臉迎上去。阿精阿道：「楊宮傅，一路勞頓，身體可好？」

楊芳耳背，抬起左手攏住左耳，作側耳聆聽狀，「什麼？請大點聲！」他的嘴裡損兵折將，缺了三顆門齒，像個黑洞。

阿精阿見他耳朵不大好，大聲重複道：「楊宮傅，您身體可好？」

楊芳道：「七十老翁，好不到哪裡去。」他是貴州人，十五歲從軍，在車塵馬跡和戰火硝煙中轉戰了半個中國，家鄉話夾雜著南腔北調。

怡良挑高嗓音奉承道：「楊宮傅，您老瘦似梅花硬如鐵。廣州軍民聽說您勛勞懋著，勞瘁於奔走，搏殺於戰場，平教匪於三楚，殲小丑於中州，合城軍民如大旱盼雲霓一樣地盼著您哪！」

楊芳的老臉笑瞇瞇，嘴巴一開一闔，「噢呀，哦是老朽之身，打開衣襟是滿身傷疤，早就該休致還鄉了，但皇上不讓吃安生飯，一道聖旨把哦老漢打發過來。辦實事還得靠諸位，靠諸位。」他長年在陝甘任職，陝甘人把「我」念成「哦」，他刻意模仿，模仿到後來成了口頭語。他念「哦」字，就像嚼碎了咽入喉中，再從喉頭一噴而出，帶著狠狠的重音。

他一眼瞥見佇列裡的林則徐，捏著拐杖踅過去，「少穆啊少穆，你怎麼這麼倒楣呢，分明幹了一件利國利民的大好事，卻被罷官。軍機處的大佬們是怎麼想的？讓人憤憤不平啊！」

楊芳資歷老功勞大，但愛生事，走到哪兒都動靜大，講起話來口無遮攔，除了皇上，誰都敢譏評。他屢次因為信口開河、言出其位而招惹是非，惹得皇上大發雷霆，致使他在官場上大起大落，罷官的次數無人可比。

他曾被罰到新疆贖罪，但剛走到半道貴州就發生苗夷叛亂，皇上想起他，命令他去貴州平叛，在他不負眾望凱旋而歸後，事才算平。可沒多久又犯老毛病，罵權臣、罵貴冑，再被罰，再出征，再打勝仗。如此反覆多次，道光皇帝認定他是功可參天的名將，心直口快，沒有邪心，不得不曲意涵容，特意頒旨，任何人不得以口孽為理由彈劾他，等於給了他一道護身鐵牌。

他下船伊始就公開苛評朝中大佬，換了別人，絕沒這個膽量，但他是異數。隨著年事漸高，朝中的大臣們也不再計較他的直言快語。

林則徐當湖廣總督時，楊芳當湖南提督。林則徐權重，楊芳位尊，林則徐讚賞楊芳勇冠三軍，楊芳讚賞林則徐務實幹練，他們一直互謙互讓，稱兄道弟，平起平坐，關係融洽。

楊芳老聲老氣地對林則徐道：「哦本想赴京請訓時替你美言兩句，沒承想剛走到江西就接到廷寄，要哦來廣州打仗。哦是頭老牛，早該歇歇蹄子，當個糊塗神仙。但是軍機處的大佬們也不問問『廉頗老矣，尚能飯否』，給皇上瞎出主意，硬扭著哦老漢的牛角來打仗。」

林則徐笑道：「誠村兄，你又犯口孽了，軍機大臣是不能隨便議論的。」

楊芳脖子一挺，「噢呀，他們辦了錯事，還不許哦老漢說兩句？難道天公還鉗笨口，不許哦老漢牢騷一兩聲？」

楊芳風趣幽默，莊諧齊出，逗得阿精阿、怡良和周匝的官員們哄然大笑，全都感到楊芳與眾不同、個性逼人，而眼下需要的，正是敢於當擎天柱的人物。

怡良滿口奉承：「楊宮傅，您是本朝第一驍將，人人都知道您老漢是老虎膽獅子口，滿腹韜略。我估計靖逆將軍奕山一個月後才能到廣州，他來前，廣東的軍務就請您作主，我和阿精阿，還有林大人，都聽您的。」

楊芳剛一下船，就被怡良推到首席，不過他大包大攬慣了，毫不謙遜，一口應承下來，「哦老漢只管軍務，不管民政。軍務哦作主，民政你們說了算。」

林則徐笑道：「你們看看，老漢和老漢就是不一樣。有的老漢是老手老腳老糊塗，楊宮傅是老而通透的老狐老精老神仙，大慧大勇大智謀，熬到了滴水成珠的境界。」

楊芳瞇縫著笑眼，「過獎過獎，老神仙不敢當。不過論打仗嘛，哦老漢還是能說出個子丑寅卯來。」這話貌似謙遜，實際上信心滿盈，因為他從來沒打過敗仗。

與文官見過面後輪到與武官見面。楊芳一眼瞥見貴州省的安義鎮總兵段永福，「噢呀，這不是大口段嗎！」

段永福年過六旬，口闊鼻隆，每逢喜事就哈哈大笑，嘴巴咧得像一張瓢，於是弁兵們送他一個生猛有趣的綽號「大口段」。

段永福挺胸收腹，一副標準的軍人姿態，行抱拳禮，講一口嘎嘣脆的四川話，「老軍門，我已經成老段，頭髮都花白了。」十幾天前，他率領一千貴州兵抵達廣州，被琦善派往太平墟，但他剛到那裡，英夷就攻佔了虎門，他不得不領兵退回廣州。

楊芳指著段永福，對阿精阿、怡良和林則徐道：「大口段是哦的老部下，也是本朝有名有姓的人物。當年在新疆平叛，哦當固原提督，他當西固營都司。西固營是騎兵營，追剿張格爾就是他那個營打先鋒，一直追到喀爾鐵蓋山。他親自與張格爾對仗，兩個人在馬上對打，刀打飛了，又在地上滾，他手下的兩個馬兵，一個叫楊發，一個叫田大武，助他一臂之力，合夥兒捉了張格爾。皇上樂得合不攏嘴，賞了九個功臣紫光閣繪像，楊遇春排第一，賞侯爵，哦排第二，也賞侯爵。浙江提督余步雲排第五，大口段排第七，賞利勇巴圖魯勇號，越級擢拔為參將，兵丁楊發和田大武排第八和第九，雙雙擢拔為守備。本朝開國以來，以兵丁之身躋列紫光閣繪像的，就兩個人，都是他的兵！」新疆平叛奠定了楊芳的一世英名，一提那場戰爭，他就話多。

段永福笑道：「那得歸功於您老漢提調有方，不然，張格爾早逃到天涯外面去了。」

一番寒暄後，怡良引著楊芳與前來迎迓的官紳們見面，把大家的姓名一一報給他聽。楊芳年高耳聵，記憶力衰減，記不住眾人的姓名和官銜，提線木偶似的跟在怡良後面虛應場景，見一個人點一下頭，道一聲「久仰」，實際上一個也不認識。

楊芳應酬完後，四個隨行兵丁抬來一乘肩輿。楊芳年事高腳力弱，不再騎馬，一屁股坐進肩輿裡。隨行儀仗立即簇擁過來，擎起兩塊飛虎清道牌和五塊紅底黑字官銜牌，上面寫著「太子少傅」、「二等果勇侯」、「參贊大臣」、「湖南提督」、「乾清門一等侍衛」。周匝的官員和百姓全都看出，這個老翁不是等閒人物。

司禮官噹的一聲敲響開道鑼，吊起嗓子長吼一聲：「起——轎——囉——！」四個兵丁抬起肩輿，甩開大步朝前走。迎迓的官轎一乘接一乘跟在後面，浩浩蕩蕩朝廣州城走去。

到了靖海門，阿精阿和怡良直接引著楊芳上城門樓。楊芳順著堞牆一看，城牆上三步一哨，五步一崗，警備森嚴，刀矛、弓箭、石雷、滾木一應俱全，抬槍、火銃、連環弩搭配得當，每隔三四個垛口就有一位千斤鐵炮。城牆外面有一道六丈多寬的護城河，與城上的槍炮裡應外合，足以延阻敵人的攻城步伐。

楊芳端起千里眼環視四周，只見廣州城三面環山，一面臨水，東有保釐炮臺和東得勝炮臺，西有西得勝炮臺和西大炮臺，東南有大黃滘炮臺，正對靖海門的江面上有一座小巧玲瓏的炮臺，叫海珠炮臺。廣州城分為內、外兩城，內城的城牆又高又厚，由八旗兵分段防守，外城的城牆稍矮，由廣州協分段防守。城裡城外的民居高樓鱗次櫛比，街頭巷尾佈滿了街壘和路障，屋頂上還架有弓弩和火槍。為了躲避戰火，不少居民正攜家帶口朝城外走。

江面上呈現出繁忙的戰備模樣，上千工役和鄉勇在打造竹排和火筏。竹排和火筏上安有木桶，桶內裝有棉絮，棉絮瀝以毒藥，浸以桐油，蓋以稻草，英船一旦迫近，守兵們就會點燃桐油，順水迎燒敵船。

看過城防後，阿精阿和怡良帶著楊芳進入城門樓，把《廣東軍兵分佈圖》攤在條案上。

阿精阿道：「楊宮傅，廣州城勢如危卵，您車馬勞頓，卻不能休閒。」

楊芳沒打過海戰，但對內河水戰並不陌生，他曾指揮大軍轉戰湘江、嘉陵江、大渡河和塔里木河，在那些河流的兩岸布兵列陣。怡良指著地圖，把戰爭過程簡述一遍——英軍闖入珠江，攻陷虎門，關天培戰死。後英軍炮擊烏湧，祥福殉國。接著英軍佔領黃埔島，奪下琶洲炮臺、琵洲炮臺和獵德炮臺，離廣州城只有十六里，其勢猖獗難擋。萬般無奈之下，怡良派余保純和伍秉鑒去懇求夷酋義律息兵罷戰，義律居然同意了，由此換來一段暫時的和平。

楊芳問道：「此事奏報皇上了嗎？」

阿精阿說：「琦善把虎門和烏湧敗績奏報給皇上，但琶洲、琵洲和獵德三臺失守的事還沒來得及報。」

阿精阿和怡良深知道光秉性刻薄，他的御臣之術就是教臣工們畏威懷德，臣工們一有小錯就會受到重罰，罰得各級官吏凜凜小心，不求有功，但求無過，一旦出現敗績，大家都會想方設法加以掩飾。琶洲、琵洲和獵德三臺失守兩天了，怡良和阿精阿卻相互推諉，誰也不肯奏報。

阿精阿的眼神裡帶著乞求，「楊宮傅，說句心裡話，皇上靠臣工治天下，但臣工辦差難免有不合聖意的地方，皇上的板子打得又重又狠，臣工們被打怕了，出了錯就心驚肉跳。您來前，廣州防務以琦善為首，我們為輔，琦善被鎖拿後，我們二人只要一奏報，就成了罪臣。您這事兒，您出面奏報比較穩妥。您初來乍到，皇上不會責罰您。」

楊芳把龜頭拐杖往地上一戳，「噢呀，二位老弟，哦剛到廣州你們就出了一道大難題。皇上日理萬機，煩心的事情不會少。他喜歡看紅旌喜報，不喜歡聽壞消息，你們何必拿壞消息折磨他？哦老漢打過多次大仗，軍情一日三變，要是把所有壞消息一一上奏，皇上還睡不睡覺，吃不吃飯？所以嘛，有些事既要報結果，又要報過程，有些事只報結果，不報過程。」

阿精阿和怡良沒想到這個出兵放馬、奔馳沙場的老神仙比他們還精通官場三昧，他的每句話都無可挑剔，句句為皇上著想，但言外之意卻餘音繞梁——該隱瞞時且隱瞞！

二人如同醍醐灌頂似的恍然大悟。怡良的臉色一紅，「英夷不是在川楚犯上作亂的白蓮教匪，也不是在新疆裂土稱王的張格爾，是有法力、有道行的異域強敵。你別看廣州城頭上兵甲林立，但我和阿將軍都拿不出退敵之計。」

楊芳自信地道：「哦老漢是奉命來打仗的，英夷是何等神仙、有多大法力，現在哦還一無所知。據哦看，只要在廣州四處築壘，堅壁清野，厚積米糧，英夷攻無可圖，野無可掠，氣勢自短。阿將軍，八旗兵是本朝精銳，守不住廣州嗎？」

阿精阿神情萎縮，「實言相告，沒有把握。」

從他們的言談話語中，楊芳預感到英夷不是可以輕易剿擒的草寇，「哦老漢打了一生仗，仗仗難打仗仗打，路路不通路路通，辦法總會有的。明天上午，請二位陪哦到珠江兩岸的大小炮臺轉一轉，然後商議禦敵之策。」

# 伍 明打暗談

廣州貿易中止了兩年，商人往來卻藕斷絲連，涓涓不塞。十三行與各國商人都借道澳門從事小額貿易，有訂貨、有結算、有帳目往來，澳門成了消息的交會點。

十三行在澳門的望廈村設有辦事房。望廈村有一座普濟禪院，是信眾們燃香禮佛的地方。禪院的佛堂有四角飛鳳的屋架、光怪陸離的菩薩、橫的匾額、縱的楹聯、筆劃繁複的漢字、裊裊不斷的香火和口念佛號的和尚。善男信女來這裡許願還願，小商小販在附近叫賣湯餅小吃，滯留在澳門的外國商人和水艄到這裡觀風俗看熱鬧。廣東官憲為了打探夷情，向這裡派遣間諜，英夷想瞭解內地的軍情和商情，向這裡派了密探，小偷竊賊們發現這裡有可乘之機，常來光顧遊走。於是，望廈村成了三教九流彙聚、萬國商賈盤桓的風水寶地，說是「村」，熱鬧程度卻不亞於一座縣，只差一道圍繞它的城牆。

廣州的仗打得如火如荼，這裡卻是另一番景象。普濟禪院的三大殿裡香火瀰漫，參拜菩薩的居民和遊觀的水艄熙熙攘攘，但後院十分清靜。禪院的方丈遮罩了所有遊人和香客，只有伍紹榮和美國代理領事多喇納在一間禪房裡密談。

伍紹榮頭戴嵌玉六合一統小帽，身穿蘇綢長衫，外罩一件巴圖魯坎肩，手指上套著一只嵌玉戒指。他來澳門處理帳目，順便打探夷情。多喇納穿著黑色西裝，戴著黑色圓筒禮帽，穿一雙黑色低口牛皮鞋，平展的臉上掛著微笑。由於他會講漢話，無須別人居間翻譯，因而此趟受義律的委託，在英中兩國之間斡旋。他從皮包裡取出一份公告副本，遞給伍紹榮，「義律老爺要我轉告你，他希望盡快恢復通商，以免雙方的仇恨越結越深。這是他簽署的《致廣州市民佈告》的副本，明天將在英軍佔領區內廣為張貼。」

朝廷不承認各國領事的外交官身分，領事們只能以「夷目」身分通過十三行投遞文書，而且必須在信套上加寫「稟」字，敝口遞交，否則廣東官憲會拒收。多喇納遞交的便是一份敝口稟帖。

伍紹榮接了信套，抽出佈告一看：

廣州市民，你們的城市受到了寬恕，因為仁慈的大英國主要求英國職官把關懷善良、和平的人民放在心上。但是，倘若天朝大吏不識時務，強行抵抗，我軍將以暴易暴，城市必將遭到沉重打擊。倘若本地商人不能與英國和外國商人自由貿易，廣州的所有貿易都必須停

止……[7]

伍紹榮幾乎不相信自己的眼睛，英國軍隊水陸並進兵臨城下，攻取廣州易如反掌，義律卻提出停戰做生意！他生怕看錯，又讀一遍才抬起頭，目光裡帶著困惑，「多喇納老爺，現在正在打仗，珠江上到處都是英國兵船。」

多喇納解釋：「伍老爺，義律的公告雖然措辭嚴厲，卻對你方有利。義律要我轉告你，英軍暫不攻城，但有兩個條件，一是貴國軍隊不得主動開槍開炮，二是立即恢復貿易，而且不能只允准別國商人貿易，也要允准英國商人貿易。貴國與英國的戰爭驚動世界，法國派『達納德號』兵船到貴國水域護商，我國政府也將派兵船護商。我們不願打仗，天天為和平祈禱。伍老爺，你們伍家人德高望重，影響力遍及官民。我們期盼著你把義律的稟帖轉呈廣東官憲，以和平手段處理這場危機。」

伍紹榮一臉無奈，「十三行與各國商人是交易夥伴，痛癢相關，一損俱損，一榮俱榮。

---

7　節譯自查理・義律的《致廣州市民佈告》，載於一八四一年《中國叢報》三月號（合訂本第 180 頁）。蒙泰在日記中對「你們的城市受到了寬恕」的措辭大為不滿，痛斥義律洩露了軍事機密，公開告訴敵人英軍不打廣州。

但英軍打入省河，廣州商民人心惶惶，大小商戶都把茶葉、生絲等貨物運往外地，九個旱城門和兩個水城門天天人潮如湧，雇工夥計們大量逃亡。就算我們想通商，恐怕一時間也找不到雇工。」

「問題就在這裡。義律要我轉告你，英國意在通商，英軍只攻打貴國的兵營和炮臺，不打商民，也不摧毀貿易貨棧和作坊。義律命令英軍全面保護黃埔島和扶胥碼頭。他還要我轉告你，請全體行商少安毋躁，不要逃走。他已經把你家和全體行商的宅院、貨棧、倉房、茶坊標注在地圖上，嚴禁炮擊和毀損，必要的話，他將派兵保護你們。」

伍紹榮的心咯噔一下，自己竟然成了英軍的保護對象！一種說不清道不明的苦澀湧上心頭。沉默良久，他喟歎一聲，「義律老爺想得真周到……他的好意，我領了，但我家不能由英軍保護。要是我家的宅院和貨棧由英軍看護，廣州民眾會指著鼻子罵我們是漢奸。」

多喇納表示理解，「現在是戰爭時期，戰爭有戰爭的行事標準。貴國有句老話，『識時務者為俊傑』，請你三思。」

伍紹榮道：「多喇納老爺，實話相告，我也期盼著早日通商。琦爵閣與義律老爺差不多快談成了，只為一座小島互不相讓。一方說『寄居』，一方說『給予』，再次大動干戈。香港雖然不大，但琦爵閣無權給予，皇上也有顧忌。」

多喇納說：「我們美國人有一句諺語叫『雞蛋與石頭打仗，失敗的永遠是雞蛋』。貴國軍隊打不過英軍。伍老爺，請你勸一勸廣東官憲，千萬不要意氣用事。」

伍紹榮無奈，「琦爵閣就是因為主張讓步遭到罷黜的，有此殷鑒，哪個官憲敢擅自答應義律老爺的要求？」

多喇納問：「琦爵閣被罷黜，如今誰在廣州主事？」

「新來的參贊大臣楊芳，職位相當於貴國的副總司令。他不管民政，只管軍務。」

多喇納道：「哦？原來如此。義律知道琦爵閣被罷黜，必須等大皇帝另派重臣重新談判，而北京與廣州相隔遙遠，公函往來起碼要一個月。為了佮仃洋上泊著的上百條各國商船，他提出一個權宜辦法，請你轉稟參贊大臣楊芳。」

「哦，什麼權宜辦法？」

「簽一份臨時協議，擱置爭議，只談兩條，第一，開埠通商，第二，息兵罷戰。但是，廣東官憲必須撤銷殺敵賞格，停止備戰，否則英軍將不再等候，全面封鎖廣州，並攻打沿海各省城市。」

伍紹榮一面用食指輕敲茶杯蓋，一面琢磨義律的建議，「義律的意思是，只要通商，就不攻打廣州？」

「是這個意思。」

伍紹榮點了點頭，「我可以把他的意思轉稟給楊參贊。」

多喇納補充，「義律請你轉告廣東官憲，他願意停戰若干天，讓他們重新估量局勢，以免生靈塗炭。」

十三行的家宅、作坊、貨棧、倉房排列在珠江兩岸，根本無法挪移，戰火一燃，勢必化為烏有，所以伍紹榮最怕打仗。他送走多喇納後，立即乘私家馬車星奔夜馳地回廣州去了。

一連幾天，楊芳在炮臺營、汛渡口港岔馬不停蹄地巡視，抓緊時機熟悉地形地貌，收編虎門和烏涌的潰兵遊勇，派出遊哨刺探敵情，調配援軍分守水陸要津，敦促鄉民搬運糧食，堅壁清野，督促工匠打造火船和火筏。

這天上午，楊芳去保釐炮臺和東得勝兵營巡視，下午去大黃滘炮臺和鳳凰崗巡查。他捏著手杖走平川、入溝壑、上山岡、下江河，與弁兵們在同一口行軍鍋裡吃飯，喝同一口井裡的涼水。七十老翁每到一處都與弁兵們談打仗鼓士氣，有時還說幾句笑話，一點兒架子都沒有。顛顛簸簸勞乏一天，直到酉時三刻才回到貢院。

貢院是他的行轅，明遠樓是他的下榻處，批閱考卷的致公堂是他的簽押房，考官們議事的聚奎堂是他的花廳，謄錄和評定名次的戒慎堂是他的辦公大堂。他一下肩輿，看門的兵丁就稟報說，一個姓伍的行商有密事相告，在致公堂候了一個時辰。楊芳一聽是姓伍的行商，不顧勞累，拄著手杖去了致公堂。

伍紹榮見楊芳進來，立即站起身，彎腰一揖，「卑職伍紹榮拜見楊宮傅。」

楊芳的壽眉往上一翹，「噢呀，你是大名鼎鼎的伍怡和？不像，哦聽說伍怡和的年紀與哦相仿。」

伍紹榮有點兒吃驚，楊芳才是大名鼎鼎的人物，沒想到他說伍怡和大名鼎鼎，解釋道：「您老人家說的伍怡和是我爹。伍家人何德何能，敢讓您老人家有所耳聞。」

楊芳抬手放在左耳旁，「哦耳聵，請大聲點兒。」

伍紹榮提高嗓音重複一遍，楊芳才放下手，「噢呀，大清朝的頭號富翁，連哦老漢都聽說你家的大宅院比皇上的避暑山莊還大。是嗎？」

伍紹榮誠惶誠恐地道：「都是虛傳。當今皇上以撙節表率天下，怡和行怎敢僭越規矩蓋豪宅巨院。伍家受惠於朝廷的雨露恩澤，只不過替皇上經管一筆生意錢財而已。」伍家最怕露富，但豪富之名還是傳到千里之外，想遮也遮掩不住。

楊芳道：「道光六年，哦去新疆平叛，就聽說過你們怡和行。那一年，十三行捐資助軍二十多萬兩，怡和行占了四成。道光十三年，哦領兵與張格爾在新疆打仗，你們伍家的怡和行又捐資助軍十萬。哦到廣州聽說，你們伍家人捐資助軍累積達百萬之巨！不愧是本朝的頭號皇商。說不準哪一天，哦要親自登門造訪看望你爹呢。他安生嗎？」

「託皇上的福，安生。」

楊芳一把拉住伍紹榮的手，「來，坐。」

伍紹榮不敢，推託道：「卑職何德何能，敢與您老人家平起平坐。」

楊芳不以為意，「凡是為國出謀劃策的、為國殺敵的、為國捐資的，都是大清赤子，都能平起平坐。」他在戰場上出生入死，經常與兵丁們在一個戰壕裡摸爬滾打，並不講究尊卑高下。

「那就恭敬不如從命了。」伍紹榮這才撩衽坐下。

楊芳道：「聽林則徐大人說，為了抵禦英夷，廣東的全體文武官員捐納三分之一養廉銀，按月抵扣。哦既然到了廣東，就得與廣東官員共甘苦。哦沒有你家有錢，但在國家薰蒸之時，捐資出力，在所不辭。哦老漢準備捐兩萬四千兩爵俸，按月抵扣，用於激賞弁兵殺敵。」

伍紹榮讚揚幾句後，將話題拉回正事，「楊宮傅，我有密事稟報。」

楊芳抬手攏住左耳，「不著急，慢慢說。」

接著，伍紹榮把美國領事多喇納轉遞稟帖的事情詳述一遍，並把義律的公告副本轉呈給楊芳。

副本上的第一句話「你們的城市受到了寬恕」是一種外交語言，楊芳沒有品味出它的全部含義，思緒依然圍繞戰爭轉悠。

他曾用千里眼遙望深艙巨舵的英軍兵船，每條船形同一座水上堡壘，清軍的師船絕不是對手。虎門九臺和珠江兩岸的半數炮臺失守後，清軍驚魂不定，水師完全崩潰，將逆夷趕出省河絕不是一件容易的事。

估摸楊芳看完，伍紹榮又道：「多喇納說，義律想與您面談。」

楊芳接到探報，英軍佔領黃埔島後立即派兵包圍扶胥碼頭，不僅沒燒沒搶，還修整被戰火損毀的設施，守護所有貨棧與庫房。他思索片刻，「英夷要求通商如此迫切，實在出人預料。夷兵遠道而來，深入內地，必有其短，只是哦老漢初來乍到，還沒看清他們短在何處。皇上命令沿海各省大申撻伐，嚴禁與夷人換文，但這不是打仗的正道。打仗就得打打談談、談談打打，沒有只打不談的。你這條線索好，不能廢掉。你與義律熟悉嗎？」

「熟悉，他是主管商務的夷官，經常與我們十三行交往。」

「你能見到他？」

「能。」

楊芳點了點頭，「與夷人打仗，得知曉他們有什麼訴求。哦老漢不能對夷酋的訴求置之不理，但恪於皇上的成命，不宜面談，只宜書信往來。」

楊芳親臨前線，就近觀察過敵人的鐵甲船和旋轉炮，也認真聽取了敗兵敗將們的敘述，他沒有戰勝英夷的把握。但他老謀深算，既準備打仗，還得為談判留下餘地。楊芳走到條案旁，拿起筆，從容寫了一封言簡意賅的回信：

照得本爵督使奉君命督兵，貴公使大臣領兵船來，公有戰，我有守，各盡其職，未便面談。如有所言，無妨以書與我[8]。

這封回覆既不強硬，也不綿軟，還為談判留出了餘地。楊芳把信放入信套，用火漆封了，在信套上寫上「照會」二字，對伍紹榮道：「你回澳門去，直接把信交給義律。不過此事務必保密，以免有人密奏朝廷，說哦老漢與夷人暗中往來。」

「卑職明白。」

楊芳又開口：「你把十三行的事務交給別人打理，自己留在澳門打探夷情，好隨時向哦稟報。」

伍紹榮敏銳地感覺到楊芳的謀略與皇上的旨意大相異趣，深知逆著皇上心思辦事的人大都沒有好下場，想拉一個人分擔責任，小心翼翼地說：「與夷人交往，向來是卑職與余保純大人共同經理。」

8 轉引自佐佐木正哉的《楊芳的屈服與通商恢復》，李少軍譯，《國外中國近代史研究》第十五輯。

楊芳沒辦理過夷務，聽了伍紹榮的解釋，點頭道：「也好，那就遵循前例，仍由你們共同打理。但是，哦得事先挑明，有些事既可說又可做，有些事只可說不可做，有些事只可做不可說，有些事既不可說也不可做。暗中交通英夷，就是只可做不可說的。」

伍紹榮原本對楊芳有種高山仰止的感覺，此時才覺得他平易近人，「人家都說您是威風凜凜、勇往直前的大將軍，沒想到您連退路都思慮得這麼周全。」

楊芳的豁牙嘴一開一合，「勇往直前？噢呀，只曉得勇往直前的是匹夫。提調數萬兵馬必須瞻前顧後，否則，一不小心就會葬送全軍！哦打仗向來作兩手準備，勝固可喜，敗也得有退路。義律不提賠款、不提割地，只要求立即通商，可見他求商心切。虎門、烏湧和沿江大小炮臺全都淪陷，以通商換取廣州的安全是權宜之計。你亦官亦商，便於與夷人打交道。現在廣州人心惶惶，必須穩住。你不亂，全體行商就不亂；行商不亂，民人就不亂，廣州也不會亂。至於你家的大宅院，哦會派兵守護的。」

「卑職明白。」

# 陸 兵臨城下之後

英軍攻克二沙尾炮臺後，距離廣州城只有十餘里，可就在這時，義律下達了停止進攻的命令，決定給廣東官憲一個重新估量局勢的機會。這道命令引起了軍官們普遍的不滿，辛好士爵士更是大發牢騷，勉強服從命令。

休戰七天後，義律收到了楊芳的回信。看著上面寫的「公有戰，我有守」幾字，他才認識到英軍距離勝利還有一段距離。儘管清軍在虎門和烏湧連遭重創，琵洲炮臺、琶洲炮臺、獵德炮臺和二沙尾炮臺相繼失守，新來的參贊大臣卻沒與英軍交過手，沒有掂量出英軍的戰鬥力，於是義律下令，重新開仗。

廣州附近大河小溪像蛛網一樣縱橫交錯、四通八達，義律打算探索出通往廣州的第二條水道。他親自搭乘「復仇神號」深入河南水道（即廣州市海珠區南面的水道，英文地圖上稱之為義律水道，中文地圖沒有名稱），那是外國人從來沒有涉足過的水域。「復仇神號」與三條舢板組成的小分隊趑趄行駛，一邊測量，一邊作戰。

清軍汛兵望風披靡，倉皇逃遁。「復仇神號」在三天內總計摧毀了三個汛地、六座炮臺、九條哨船，砸爛或炸毀了一百一十五位火炮，整個過程就像一次武裝郊遊[9]。

外國人常年在廣州做生意，但粵海關嚴禁他們測量水道、繪製水圖，黃埔島以西，英軍連一幅完整的航道圖都沒有。在珠江的主航道上，伯麥擔心大中型兵船擱淺，命令所有戰列艦和五級炮艦停留在烏湧炮臺南面，只派三條六級炮艦、兩條雙桅護衛艦、兩條火輪船和一支海軍陸戰隊參戰，總兵力不足兩千。這支分艦隊越過二沙尾，向東大炮臺、紅炮臺、西炮臺、西安炮臺、西固炮臺、大黃滘炮臺、鳳凰岡炮臺次第發起攻擊。

清軍的臨江炮臺前面都有木柵，釘有木樁，四周圍以竹筏。英軍艦炮把木柵、木樁和竹筏炸得支離破碎，一顆顆施拉普納子母彈射入高空，滿天星似的爆裂四散，江面上炮聲隆隆、黑煙滾滾。各臺守兵強起抵抗，但是，他們的槍炮窳陋，根本不是英軍的對手，守兵們只能像驚弓之鳥一樣棄臺潰散。

儘管義律嚴禁英軍轟擊兩岸的茶坊、倉庫和商業設施，依然有幾百間民房被戰火燒毀。

---

9 根據 T.Herbert 撰寫的戰報和簽署的傷亡統計表（載於英文版《在華二年記》附錄Ⅷ，第 287-291 頁），英軍在這次內河之戰中無人陣亡，七人受傷，估計清軍傷亡四百人左右。作者未查到清軍的官方統計數字。

江面上的蜑戶船民聞炮驚悚，像成群的蜉蝣水蛭胡竄亂逃。

海珠炮臺是最後淪陷的。它是一座漂亮的水上建築，距離廣州城牆僅半里之遙，採用荷蘭人的設計方案，小巧玲瓏，樣式可愛，帶有歐洲藝術風範，與其說它是炮臺，不如說是風景名勝，初到廣州的外國人都對這座美輪美奐的水上堡壘讚不絕口。但戰爭容不得溫情，炮臺守軍僅堅守了十分鐘就棄臺逃走。海珠炮臺的旗杆被打斷，瞭望塔傾圮，木梯篷頂四分五裂，變成一堆爛磚碎板、塵土泥塊。

戰鬥進入最後一天，英軍分艦隊橫行無忌，摧毀了珠江兩岸的所有炮臺和防禦工事。鳳凰崗是清軍在珠江南岸的最大營寨，由一千多江西兵分守。英軍的海軍陸戰隊發起了攻擊，戰鬥僅持續一個時辰，江西兵就死傷慘重，被迫撤離。

一小時後，三百多海軍陸戰隊在商館前的小碼頭強行登陸，清軍稍作抵抗後便亂哄哄地遁入城中。英軍佔領了十三座商館，升起英國旗，在樓頂和窗口架設燧發槍。十三行街、靖遠街、高第街、文津街全在英軍的俯瞰之下。最東面的商館與廣州城牆只隔一道護城河，夜深人靜時，用紙皮喇叭筒隔空喊話都能聽得一清二楚。

廣州城像被剝去了禦寒的冬衣，在惶恐中瑟瑟發抖。

義律搭乘「復仇神號」來到商館前的小碼頭，他曾與各國夷商一起軟禁在這裡達五十七天之久，時隔兩年，他在隆隆的炮聲中故地重遊，不由得百感交集。在哈爾中尉和卑路乍等人陪同下，他下了船，走入老英國館，沿著梯子上樓，找到了曾經住過的房間。推開窗子朝北看，十三行公所與商館僅一街之隔，公所裡面沒有人，街道上也沒有人，所有中國人都逃逸一空。

他復登上樓頂平臺，眺望珠江南岸。伍秉鑒父子的萬松園就在江對面，他們的私家碼頭泊著一條樓船和五條茶船。由於義律命令保護行商，戰火沒有殃及它們。

義律回過頭來道：「哈爾中尉，我們去對岸拜訪一下中國的頭號富翁，也可能是世界的頭號富翁。」

「遵命！」

卑路乍道：「公使閣下，我也想去看一看，為我的遊記增添一點兒素材。」他有寫遊記的習慣，走到哪裡寫到哪裡，隨時記錄海外奇聞。

義律點點頭，「好，你不妨寫一寫中國的頭號富翁，寫一寫他的家，他說不定比我們尊貴的女王陛下還富有。我見過不少富翁，有些人金齋玉膾、肥馬輕裘，渾身上下珠光寶氣。伍秉鑒卻是另一種人，他一半生活在巨額財富中，一半生活在憂心忡忡和恐懼中。有一次我與他閒談，他告訴我，他每天醒來都會想到腐敗的中國官吏將他壓榨得寸金全無，甚至沒有飯吃，過一會兒才想起，哦，他的錢永生永世都花不完。」

說笑間，卑路乍跟義律下樓，一起登上「復仇神號」。哈爾下令開船，司爐拉動銅手閘，蒸汽機突突作響，朝對岸駛去。

萬松園和怡和行的部分倉庫在珠江南岸，一字排開，長達一里，它們在隆隆的炮聲中瑟瑟顫動，幸虧英軍的特殊策略，方保持了一隅的平安。

伍秉鑒曾經想逃走，但是，多喇納傳話說英軍會保護行商，不會轟炸珠江兩岸的宅院和倉庫，楊芳也要求全體行商就地留下，甚至派了二十多個兵丁替他看家護院。

伍秉鑒相信多喇納，因為多喇納與伍家的私誼遠遠超出一般的交易夥伴。多喇納是旗昌商行的大股東，伍家人是旗昌行的保商，旗昌商行是伍家人在美國的商務代理，替伍家人購買了美國鐵路公司和航運公司的股票。此外，廣州貧富懸殊，盜賊叢生，伍秉鑒只要逃走，乞丐、流民、竊賊、小偷就會乘虛而入，像篦頭髮似的把萬松園洗劫一空。

伍秉鑒年高體弱，卻不糊塗，他明白伍家人是英中雙方都認可的地下傳話人。他決定不走，家眷也不走，僕人和傭工們原本搖擺不定，見主人不走，也留了下來。伍元菘把他們組織起來，拿起刀槍棍棒巡護宅院和倉庫。果不其然，江面上烈火烹油似的爆響連天，萬松園卻安然無恙，像一座安全島。

珠江之戰打了六天五夜，伍家的男女傭工們天天隔牆觀戰，眼見著清軍擺出鱷魚的架勢，卻像壁虎一樣弱小，一觸即潰，珠江兩岸的大小炮臺像骨牌似的一個接一個地淪陷。英軍佔領了北岸的商館後，槍炮聲才漸漸稀落。

伍秉鑒枯坐在帳房裡，神情木訥、蒼老頹廢。桌上擺著二十四串珠子的老算盤，古董一樣陳舊，算盤珠子因為經久摩挲，有手澤的浸潤，帶著包漿的幽光和歲月的風塵。他偶爾用手指撥弄兩下，誰也不知道他在想什麼。

突然，私家碼頭的管船闖進來，氣急敗壞地說：「伍老爺，大事不好，英軍來了，說要見您！」

伍秉鑒眼角抽了一下，腦門上的皺紋僵住了，「英軍？見我？誰？」他坐著沒動。

一個買辦進來，向伍秉鑒打千行禮，「伍老爺，義律老爺在外面，要與您說話。」

伍秉鑒漫不經心地撥弄著算盤珠子，過了良久才慢悠悠抬起頭，姿態矜持，聲音冷峻，「你是誰？」

買辦以為英軍打到伍秉鑒的家門口，他應當顫抖、痛苦、恐懼，沒想到他像泥胎菩薩一樣冷靜，反倒是自己被這個富甲天下的鉅賈鎮住。買辦囁嚅道：「鄙人姓黃，在澳門當買辦，受雇於義律。」

伍秉鑒瞥去一眼，目光裡透著輕蔑，好像在說「原來你是漢奸」。黃買辦手足無措站在他面前。對視片刻，伍秉鑒才拄著龜頭拐杖站身起來，慢悠悠踱到門口。

門口離私家碼頭有二十丈遠，隔一道門，門是敞開的——那裡本來有清軍值守，但他們逃之夭夭。透過門洞，伍秉鑒看見英軍士兵和鐵甲船的一角，聽見蒸汽機的突突聲，聲音聽起來很怪。

眷屬們神色張惶地圍過來，默默地注視著伍秉鑒，彷彿在懇求他拿出應急的方法。伍秉鑒的聲音又細又小，像要斷掉的細線，「潘氏，把茶爐上燒好的水拿來。」

潘氏猶豫一下，取來大銅壺。伍秉鑒慢手慢腳親自沏了一壺茶，對潘氏道：「妳跟那位漢……」他想說漢奸，但「奸」字跑到舌尖突然消失了，「哦，跟那位黃先生，給義律老爺送一壺茶，就說我不便見他。」

潘氏是伍紹榮的媳婦，見過義律。但是，鐵甲船載來的不是客人，而是荷槍實彈的英國兵！她有點兒膽虛，「爹，我去不方便吧？」

伍秉鑒抬了抬手，「去吧。義律老爺是懂規矩的，不會拘押妳。」

潘氏定了定神，提著茶壺擰著腳，怯生生去了。伍秉鑒忐忑不安地望著她的背影。

不一會兒，義律跟著潘氏進了門，卑路乍和哈爾跟在後面，腰懸短槍和佩劍。卑路乍和哈爾從來沒見過如此富麗的東方園林，奇花異草、瘦水殘石組成的桃源盛景讓他們豔羨得眼珠子發亮。他們跟著義律走到堂屋前，堂屋的門側有黑底泥金楹聯，上面寫著「珠聯璧合，鳳翥鸞翔」，房梁上有精美的木雕，刻著栩栩如生的麒麟、石鼓、石榴、如意和蓮蓬。他們雖然不能透徹領會它們的含意，卻對精緻的雕工讚不絕口。

義律不請自來，伍秉鑒不得不挪動步子迎上去。義律在蓮花崗會盟儀式上見過伍秉鑒，那時他的精神較好，沒想到時隔一個多月，竟然變得鳩形鵠面、垂垂老邁，彷彿在地獄裡走了一圈，被扒去一層皮。

義律抱拳行中國禮，「伍老爺安生。」

伍秉鑒木訥道：「安生？又打槍又打炮，如何安生？」

義律道：「打槍打炮是迫不得已，但不會殃及你。」

伍秉鑒語氣帶著些微的自嘲，「託您的福，請。」擺擺手，引著義律進入內廳，分賓主入座。

卑路乍和哈爾沒進去，站在門外觀賞園林的景緻。卑路乍觀察得十分細緻，他發現中國豪宅的窗子與英國豪宅的窗子迥然不同，英國窗子注重採光，打開時要通風透氣，閉合時要隔音隔息。中國人對隔音隔息的要求似乎很低，但對裝飾性要求很高，窗欞像畫框，從裡向外看，能看到漂亮的景緻，要是窗外的景緻不夠漂亮，就豎起太湖石，栽種芭蕉、綠竹和奇花異草，營造出人為的美景。

伍秉鑒把拐杖斜放在椅子旁，話音微微打顫，「怡和行和十三行的所有庫房、貨棧和作坊都在珠江兩岸跟黃埔島，貴軍打進省河，要是把它們都炸了，老朽就破產了。」

義律安慰道：「我鄭重承諾，你的怡和行不會破產，我國商人需要貿易對象。我已下令對你們實行特殊保護。」

伍秉鑒搖搖頭，「義律老爺，與你們英國人打交道真不容易，有些事情說著說著就說不下去了，聽著聽著就改調了，議著議著就等不及了，談著談著就動武了。」

義律呵呵一笑，「與你們中國人打交道也不容易，有些事情說著說著就變了，等著等著就沒下文了，看著看著就改主意了，想著想著就不敢信了。」兩個人的談話綿裡藏針，聽著有點兒艱澀。

伍秉鑒道：「義律老爺，我記得開仗前你曾多次抱怨，說廣州貿易制度是不公平、不公道、不公義、不公正的制度。既然你主張公平、公道、公義、公正，那麼，貴國兵船闖入內河，公平、公道、公義、公正何在？」

「貴國有句名言，矯枉必須過正。闖入內河開槍開炮是過正之舉，為的是實現公平、公道、公義、公正。」

伍秉鑒歎了口氣，「恐怕國家之間只有立場，沒有公義。」

「講得好！國家與國家打仗，我們只能站在各自的立場上說話。」

一陣沉默後，義律又開口：「據我所知，你捐鉅款買下了『甘米利治號』武裝商船，對吧？」

「是的。」

「是我批准把它出售給你的。」

「承蒙你的好意。」

義律把左腿搭在右腿上，「不過，駕駛三桅九篷大帆船需要完整的空氣動力學和航海學知識，我賭定你們的水師駕馭不了它。」

伍秉鑒沒說話。他不懂什麼叫空氣動力學，但知道廣東水師的確駕馭不了那條千噸大船。「甘米利治號」停靠在烏湧炮臺附近，從來沒有駛出過外洋，初次交戰就被焚燒殆盡，伍家的捐助沒有發揮任何效力。他用手指撫弄著拐杖，不說話。

義律繼續道：「向敵對國家出售武器必須經過政府特批，我是大英國政府的領事官，我只批准把船賣給你們，但禁止出售船上的火炮，沒想到你們還是配備了三十四位英國炮。」

伍秉鑒道：「那些炮是老朽託美國商人代購的。」

「耗資不菲吧？」

伍秉鑒點了點頭，「連船帶炮，外加經紀人的中間費，花了二十萬元。」

義律挑釁似的問道：「把巨額資財捐輸給貪婪腐敗的官府，你不心疼嗎？」

伍秉鑒沉默片刻，「國家有難，匹夫有責。」

義律呵呵一笑，「不對！國家有難，有權得利者有責，那些飽受權力壓軋、不能分潤毫釐的草民絕不會自作多情，只會袖手旁觀，甚至助我軍一臂之力。」

伍秉鑒露出一抹苦笑，「我們怡和行在大清朝的雜燴湯裡分潤了少許權力和利益。」

「難怪伍老爺這麼慷慨。不過，很抱歉，我軍把『甘米利治號』炸成一堆碎木板。」

伍秉鑒想轉換話題，「義律老爺，聽說您要廢除十三行公所和行商制度，用你們國家的自由貿易章程替代廣州貿易章程，是嗎？」

「是的。十三行公所是中國式的壟斷貿易機構，它用權力控制市場，充滿了單向的利益輸送。你們的貿易制度是一種黑箱貿易，一種沒有道德底線的貿易，它使所有來華的商人失去公平感和安全感。這種貿易制度假借大義，竊取美名，把國際貿易變成濟私助焰的工具，只會滋生出無窮無盡的貪腐、敷衍、獻媚和弄權。從歷史上看，佔有財富有多種方法。其一，古代人的生產方式和工具落後，用戰爭搶掠財物。其二，掌權者用權力佔有財富，你們國家是皇權和官權至上的國家，即屬這一類。其三，現代社會則通過貿易賺取財富。我國正在廢止壟斷，推行自由貿易制。我們與貴國的戰爭不圖佔領、不圖劫掠，僅要求開關貿易的戰爭，與貴國歷史上的所有戰爭迥然有異。廢止壟斷制勢在必行，只是遲早的問題。」

義律說得不疾不徐，自有其理，伍秉鑒卻認為是奇談怪論，「義律老爺，您是想整垮十三行嗎？」

「我主張破除壟斷，用歐美各國通行的貿易章程代替貴國的華夷交易章程。不過，新體制並不排除十三行，你德高望重，在未來的體制中仍將發揮重要的作用。」他想用外交辭令化解伍秉鑒的對立情緒。

伍秉鑒見話不投機，轉問正題：「義律老爺，我是風燭殘年的人，休致在家，既不打理商務，也不打理政務，您不會無事而來吧？」

義律點點頭，「伍老爺，我確實有一事相求。」

「哦，什麼事？」

「一樁小事。請你轉告楊芳將軍，我要與他面晤，商議停戰通商事宜。」

伍秉鑒枯瘦的手指撫摸著拐杖上的龜首，抬眼看著義律，「本朝明文規定，封疆大吏不得與夷人直接交往，恐怕老朽辦不成這件事。」

義律的身子微微一俯，「我可以屈尊，與廣州知府余保純會晤。請你現在就過江，通知楊芳將軍和廣州官憲，明天上午九時，即貴國的巳時整，我在十三行的老英國館裡等候他們。屆時請你一起出席，商議停戰通商事宜。」說著，把一只敞口信套放在桌子上，信套上有「照會」二字。

伍秉鑒搖了搖頭，「不加『稟』字，老朽不敢轉呈。」

義律譏誚道：「我軍兵臨城下，難道還要我低三下四地屈身下跪嗎？」

「不能等一等嗎？」

「現在是打仗，容不得從容。請你更衣，我們現在就送你過江。」

伍秉鑒隔窗望著院子裡的英國軍官，自知沒有討價還價的餘地。他慢騰騰地站起身來，「老朽只能盡力而為。」

「多謝。順告，為了你的身家安全，我將派兵保護萬松園和怡和行的所有茶坊和倉庫。」

伍秉鑒心頭一悸，是保護還是軟禁？是沒收還是強佔？他無法細想，對潘氏道：「更衣。」潘氏轉身去了內室，取來官服。

伍秉鑒慢手慢腳地更衣，樹皮似的老臉帶著徬徨，佈滿血絲的眼睛透著悲傷，肚腸卻在旋轉。他打定主意，在此關鍵時刻要與大清站在一起，否則就會成為遺臭萬年的漢奸！

卑路乍與哈爾的足跡踏遍半個世界，從來沒見過如此華麗的商人宅院，卑路乍歎道：「這位名聲赫赫的東方富翁其貌不揚，腦袋像一顆縮水鴨梨，身子像風乾的木乃伊，敲一敲能發出空洞的聲音，卻坐擁如此豪宅。」

哈爾說：「我國的鴻商巨賈都是天地間的羈旅者，足跡遍及四大洋、五大洲。中國富豪卻是頭坐地虎，從來沒有邁出過國門，壟斷貿易制度一俟廢除，他就會成為枯萎的竹竿，一撅就折。」

哈爾掏出懷錶看了看，時間已經過了半個多小時，「卑路乍艦長，義律公使辦事磨磨嘰嘰，廣州城明明唾手可得，他卻顧慮重重，把商業利益看得比天大，生怕打碎中國人的罈罈罐罐。」

卑路乍不屑地說：「我也有同感。他把一樁一個月就能解決的問題拖了三個半月，在他手下打仗，就像一群獅子聽命於一隻小貓。」

不久，義律終於談完了，與伍秉鑑並肩邁出堂屋。

伍秉鑑拄著拐杖，抬頭望了望天穹。天相極醜，東一片西一片的浮雲像破棉爛絮似的糾纏在一起，太陽猶如淡黃色的圓盤，在浮雲間緩緩挪移，有亮度，卻沒溫度。

第二天下午，楊芳、怡良、阿精阿、林則徐聚在貢院的明遠樓裡聽伍秉鑑和余保純的稟報。他們講述了與義律會晤的經過和英方的要求——立即通商，否則就攻打廣州！

怡良詫異道：「立即通商？英軍佔領了黃埔和扶胥碼頭，控制沿江的所有倉庫和作坊，還不搶走？拿什麼通商？」

伍秉鑑說明：「義律承諾，只要我方同意開埠通商，他將命令英軍撤出黃埔和扶胥碼頭，把所有倉庫和作坊歸還我方。」

楊芳幾乎不敢相信自己的耳朵，「歸還？這不等於是讓毒蛇把吞到肚皮裡的東西再吐出來嗎？」

余保純道：「我們的敵人很奇怪，義律說他不圖占城、不圖劫掠，只圖開關貿易。我問義律，廣州通商後，戰爭是不是結束了。他說沒有結束，他將保全廣州，擇地另戰。」打入家門的陌生之敵採用了陌生戰法，提出「保全廣州，擇地另戰」的奇怪要求，楊芳等人不由得面面相覷。

林則徐詫異道：「擇地另戰？他想在什麼地方開仗？」

余保純搖搖頭，「他沒說。」

阿精阿也覺得不可思議，「在廣州開關貿易，另選別處打仗——這是哪家的戰法？」

怡良更覺得難以理解，「一邊做生意一邊打仗，這種事聞所未聞。英夷心逆而險，行僻而堅，言偽而詐，恐怕咱們得當心其鬼蜮伎倆。」

楊芳的眼珠子佈滿血絲，嗓子有點兒沙啞，「孫悟空的本事再大，識不破妖魔鬼怪的利器和戰法，也是徒然。這幾天，哦老漢一直在城門樓上觀戰，琢磨著破敵的戰法。咱們的兵船與夷船相比，是大山和小丘的差別，尤其是人家的鐵甲船，橫衝直撞，所向披靡，船上的巨炮旋轉自如，指哪兒打哪兒。

「咱們的火箭使用弓弩彈射，人家的火箭使用發射架；咱們的炮子是實心鐵球，他們的開花炮子一打就是滿天星，打爛一座炮臺就像撕爛一張紙片，其中的機關不是三五天就能琢磨透的。哦愧對大家的期盼，想不出什麼退敵之計。」

楊芳到廣州後，當地官民視他為中流砥柱，指盼著他有通靈寶玉，想出一個四兩撥千斤的計策，高興得大家歡天喜地。但是，大清的第一驍將對英夷的兵器和戰法一概陌生，把英夷視為從天而降的煞星。楊芳的話講得大家心裡森涼，森涼得浸骨入髓。

怡良是在官場裡浸泡得酥透的人，唯上視聽，「皇上不准再向逆夷理諭，命令咱們大申撻伐。咱們恐怕不能違旨。」情況如此急迫，他依然習慣性地使用「恐怕」、「也許」、「大概」之類的模糊詞。

楊芳瞪起眼珠子，「皇上要大申撻伐，哦也想大申撻伐，但咱們得捫心問一問，能不能大申撻伐？英夷的鐵船利炮比哪吒的風火輪、金剛圈還凌厲，咱們卻沒有二郎神的三叉戟，更沒有孫猴子的金箍棒。哦老漢是刀林劍樹裡滾過來的人，不怕死，但凡領兵打仗，只要是敵弱哦強，吼一聲『七尺男兒生能捨己，千秋雄鬼死不還家』，就能把將士們鼓噪得嗷嗷叫。反之，要是弱兵對強敵，肉身禦大銃，哦就是高懸賞格，殺一個敵人賞十個金元寶，弁兵們也不肯在必輸的戰爭中賣身賣命。

「有人盲信小說，說什麼用三國周郎的火船之策，有人誤信稗史，建議用岳飛的湖草之策，將盈尺草葉投向珠江，困縛夷船的水輪，那些都是癡人說夢，不值一噱。城裡的八旗兵和潰兵們目睹過珠江之戰後，已是風聲鶴唳、一片悽惶，人人預感到城破在即。老兵油子們更是私下裡議論城破後如何逃生、從哪條路溜得快。要是英逆攻城，哦軍連一個時辰都堅守不住。」

怡良從口中吐出一句書生氣十足的話，「得道多助，失道寡助。英夷窮凶極惡，恐怕有悖天理。」

楊芳譏誚道：「得道多助，失道寡助，那是自欺欺人的屁話！打仗不是道學先生的說教，戰場上只講武力，不講天理，從來都是強者多助，弱者寡助。」

阿精阿畢竟是帶兵的人，贊同楊芳的意見，「皇上遠在十萬八千里之外，恐怕不能事事都按旨意辦理。」

楊芳老聲老氣地說：「哦說句大實話，在座諸公是有守土之責的，廣州城大兵單，要是丟了，諸位的腦袋能不能待在肩膀上就成了問題。」

怡良心旌徬徨，全無主意，「楊宮傅，您說怎麼辦？」

楊芳道：「眼下只能順勢而為，保住廣州城和城裡的數十萬軍民的性命。」

這是明目張膽地違旨！花廳裡死一般沉寂。

過了許久，怡良才側臉問林則徐：「林大人，你說呢？」

林則徐奉旨協辦軍務以來，天天在城上城下來回奔波，調配石雷、滾木、火球、火彈、弓矢、沙袋，忙得七葷八素，累得暈頭脹腦。他曾與楊芳一起在城上觀戰，商議退敵之計，目睹英夷的船炮之利與橫行無忌，如今終於擯棄了昔日陋見，贊同楊芳的意見，「國破山河，城深草木，眼下以務實為第一要務。」

阿精阿壓低嗓音，對著楊芳的耳朵說：「楊宮傅，這事要是讓皇上知道了，咱們恐怕會重蹈琦善的覆轍呀！」

楊芳道：「想咬別人得有鋒牙利齒，自己的牙齒不鋒利，咬不動硬骨頭還硬咬，只會自傷門牙。皇上如在天飛龍，高高在上，凌空蹈虛，不接地氣，體會不到前敵將領之難。我們的對手不是張格爾，而是從未見到過的域外強敵。眼下急務是保全廣州，要是城池不保，諸位的腦袋就得搬家。更何況義律降了價碼，他一不要賠款，二不要割地，三不要商欠，只要求以停戰換通商，並且承諾英軍退出珠江，只在商館和上横檔島保留少量駐軍。人家給了臺階下，咱們不下豈不是傻瓜？」

怡良很是擔憂，「要是皇上怪罪下來呢？」

楊芳道：「暫時瞞一瞞吧，救急如救火。」

怡良依然憂心忡忡，「這麼大的事，恐怕瞞天瞞地瞞不了皇上。我們不奏報，不等於別人不奏報。」他指的是巡疆御史。巡疆御史的職責是監視地方官，來無定時，居無定所，想住多久就住多久，想去哪裡就去哪裡。封疆大吏隱匿不報則罷，一旦報了，兩頭一擰麻花，無異於犯下欺君大罪！

楊芳幽幽開口：「誰在廣東巡疆？」

怡良回答：「駱秉章。」

楊芳用龜頭拐杖戳了戳地磚，「噢呀，駱秉章呀！哦親自找他交膝密談。以通商換廣州無虞是權宜之計，只瞞一時，不瞞一世，出了事，哦擔著！但哦有言在先，請在座諸公和光共塵，不要單銜上奏，一切等靖逆將軍奕山來了再說。」

一個多月前，琦善曾經要求大家和光共塵，人人裝聾作啞，現在楊芳要求大家和光共塵，大家全都點頭，因為人人感受到了戰爭的灼熱氣焰。

楊芳對伍秉鑒道：「伍老爺，義律親自拜訪你，可見你們伍家人在逆夷心中的分量。當此關鍵時刻，還請你出面與義律洽談，告訴他，我方接受他的條件，同意開艙貿易。」

伍秉鑒道：「我是風燭殘年之人，若不是義律闖進我家要我代為傳話，本不該出面的。但是，我們伍家與大清同命同運，大清興，伍家興；大清衰，伍家衰。當此關鍵時刻，老朽義不容辭。」

楊芳對余保純道：「你陪同伍老爺一起去見義律。」

「遵命。」

兩天後，楊芳和怡良會銜簽署出了一份公告：

查各國通商，原出聖主柔遠之至意……本大臣、部堂……特示諭所有商人軍民知悉，現准各國商人一體進（黃）埔通商，爾等商民與之交通來往，不得妨礙滋事……

特示欽遵毋違[10]。

10 該公告的英文本載於一八四一年《中國叢報》合訂本第十卷第182頁，譯文出自佐佐木正哉的《楊芳的屈服與通商恢復》，李少軍譯。

# 柒 盜亦有道

接到楊芳和怡良的會銜照會後，義律立即在澳門的多種新聞紙上發佈公告：英中雙方議定廣州立即開埠貿易，各國商船去黃埔裝卸貨物，廣東當局不得要求外國商人具結。在兩國爭議解決前，粵海關依照舊例徵收船鈔和關稅，鴉片等走私物品一經查獲，即行沒收。禁止扣押人質和人身刑罰，且為了保護英國商人的安全，英軍將在商館附近保留若干條兵船。

出乎預料的是，伯麥爵士也簽發了一份通令，警告各國商人，敵對行動隨時可能爆發，誰去黃埔貿易，風險自擔[11]！明白曉事的僑商們立即看出全權公使義律和遠征軍總司令伯麥意見兩歧，只是不知道分歧有多深。

停止兩年的英中貿易恢復了，伍紹榮忙得四腳朝天。他在澳門與各國商人議定了新的貿易條件。其一，鑒於朝廷要求行商限期清理商欠，今年開埠只收現銀，不做易貨交易。其二，因為打仗，十三行採辦的茶葉不多，武夷山的茶農大幅減產，茶葉供不應求，漲價六成。

十三行是朝廷指定的唯一對外貿易商，伍紹榮宣佈的價格和收款方式具不可動搖的壟斷性。各國商人遠航萬里，雖然心懷不滿，卻不願空手而歸，只得隨行就市，在憤怒和吵嚷中接受了十三行的貿易條件。與此同時，全體行商立即去黃埔和扶胥碼頭與英軍辦理交接，清點茶坊、倉庫，修理裝卸設備，招募傭工，計算損失。經過兩天的忙碌後，伍紹榮和盧文蔚率領全體行商與海關稅吏們一起去虎門掛號口。

十幾條官船和樓船舢艫相接朝虎門駛去，伍紹榮、伍元菘和盧文蔚同乘一條樓船。

盧文蔚坐在船艙裡，心緒茫然，「我們廣利行在扶胥碼頭的倉庫裡有價值五十萬元的茶葉，要是毀於戰火或被英軍搶走，我連死的心都有。沒想到英軍竟然歸還了！我好像是在作夢，一邊是螻蟻喋血，一邊是通海生意，這世道變得面目全非了。」

伍紹榮道：「我也是三分暗喜，七分暗悲。喜的是，積壓在庫房裡的茶葉盤活了；悲的是，不得不在炮口下做生意。」

伍元菘說：「五哥，這叫盜亦有道。」

「哦？」

「你看廣州城廂，到處都是漢奸們的揭帖（標語），什麼『英中和睦』、『保護商民』，

11　義律的公告和伯麥的通令載於一八四一年《中國叢報》合訂本，卷十，第 181-182 頁。

什麼『英軍只對朝廷宣戰，不打民眾』，連他們的兵船都掛這種揭帖。英國兵船沿江向廣州進發時，成千上萬的百姓竟然沿江觀望，坐觀成敗。」

盧文蔚也附和：「河南水道被裝滿石頭的沉船堵了，英夷的鐵甲妖船闖不過去，當地村民竟然幫助敵人清除障礙物！」

伍元菘半信半疑，「有這事兒？」

「有。我家廚娘孫二梅的家在那邊。她弟弟說，鐵甲船從河南水道駛過時，老百姓在遠處看稀罕，有人見夷人不開槍、不開炮，大著膽子到近處看，越聚越多。見沉船擋住夷船的去路，村裡的一個老人說『人家是過路的客人，碰到難處了，大家幫一幫吧』，於是村民們七手八腳下水幫忙，忙得不亦樂乎[12]。」

伍紹榮喟歎，「民可使由之，不可使知之！自古以來，歷代朝廷都以愚民為治國之大計，唯恐百姓知道得太多，唯恐百姓不愚昧，因為愚民好治，卻不知曉愚不可及的百姓是最難駕

12 此事載於英文版《「復仇神號」在中國》第144-145頁。當該船在河南水道作戰時，滿載石頭的沉船堵住航道，當地農民自發地幫助英軍清除障礙物。這種事還發生在別處，當英軍從吳淞口向上海挺進時，沿途村民沒見過英國人，更沒見過野戰炮，非常好奇，先是圍觀，繼而不請自來，成群結隊無償替英軍拉拽炮車。英軍十分驚異，中國竟有如此無知的村民！（見《Chinese War》, John Ouchterlony, 第300-301頁）

馭的人。當他們渾渾噩噩、無知無識，愚昧到敵我不分、良莠不明的地步時，就會出現可悲可歎的局面，令人感慨萬分，肝腸寸斷！」

伍元菘陰陽怪氣地道：「豈止愚弄老百姓，對讀書人和士大夫也要盡量愚其心智。科舉考什麼，考八股！那玩意兒沒用處，卻能經年累月地消耗人們的心智，令讀書人順遂、愚蠢、無知無識。封疆大吏們盲信英夷渾身裹束，膝蓋不能打彎。咱們跟夷人做買賣，誰見過他們的膝蓋不能打彎，一仆不能復起？」

盧文蔚也大講風涼話，「封疆大吏都說夷人『性同犬羊』，視夷人為愚人，連皇上的聖旨也這麼說。這一仗打明白了，敵人比我們聰明，視敵人為愚人的人才是真正的愚人！」

伍元菘同樣發出冷嘲熱諷，「民眾被愚化到這種田地，就會變得促狹，往好裡說叫拙樸純真、皎然無雜，往壞裡說叫白眼向天、無形無賴。與強敵相遇，愚人只會成事不足，敗事有餘。」

在大夥牢騷滿腹、東拉西扯間，樓船駛過烏湧，瘡痍之景躍入眼簾。烏湧炮臺被炸成碎石瓦礫，周匝的市廛化成灰燼，樹木和田畝大受創損，令人不由得陡生一種山川蕭瑟、血影成灰的淒涼感和酸楚感。

最讓人驚訝的是，兩條英國兵船停在附近，周匝有幾十條烏篷船絡繹往來，寡廉鮮恥的船民們送去柴米油鹽、雞鴨肉蛋，就像在市廛裡做買賣。

伍元菘指著烏篷船，「你們看看，從去年三月到現在，英夷封鎖珠江口快一年了，好幾千夷兵狼蹲虎踞在伶仃洋以外，要吃的有吃的，要喝的有喝的，全不發愁，有蜑戶給他們效力。蜑戶是化外之民，朝廷管不了，這就算了，沒想到英夷打進內河，有船民為他們效力。船民是化內之民，卻心甘情願當漢奸！」

盧文蔚又講風涼話，「朝廷治民，給過船民什麼好處？一大堆苛捐雜稅；兵丁胥吏又給過他們什麼好處？雁過拔毛，虎咬狼嚼；英夷給他們什麼好處？白花花的銀圓高價收買他們的東西。

「白鶴潭停著三條英國兵船，你要是到那邊看，能嚇你一跳，幾百條烏篷船圍著它們轉悠，爭先恐後地賣給他們淡水和蔬菜，整條江上的船民全是漢奸[13]！」

盧文蔚思索著，「大清的道與英夷的道的確不同，只是我還沒悟透兩種道有什麼差異。」

伍元菘說：「大清的道是樹敵之道，人家的道是借力之道。」

「怎麼講？」

「你看過《水滸》吧？《水滸》講的就是借力之道。吳用借林沖殺了王倫，施恩借武松

---

13 《楊芳又奏籌辦防剿及軍民情形折》說當英國兵船散泊在珠江時，上千條中國民船為他們效力：「省河謀生小艇，千百為群……而漢奸小艇千餘隻，遠近巡邏五六里。」（《籌辦夷務始末》卷二十七）

奪回快活林，宋江借盧俊義平了曾頭市，宋天子借梁山好漢打方臘。如今，英夷就是借蜑戶之力。大清朝不是不喜歡蜑戶嗎？他們喜歡，高價雇傭、高薪酬謝，借力使力，借勁使勁，把英軍的力量擴展了一倍。」

伍元菘搖搖頭，「一個月前，祥福率領湖南兵開進烏湧，當地民人本應提壺擔漿迎王師，沒想到那些霸蠻兵強佔民房、強買強賣，鬧得雞飛狗跳，民怨沸騰。祥福和湖南兵戰死戰傷，老百姓幸災樂禍，罵他們死得活該！這倒好，英軍打進內河，船民們搖櫓蕩槳迎逆旅。」

盧文蔚同意，「國家失政，軍隊虐民，百姓就會離心離德。國家視百姓為芻狗，危難之際，百姓就不肯援之以手。」

伍元菘道：「英夷打進內河花大氣力邀買人心，想方設法把國人的抵抗意志軟化成一堆爛稀泥，還把奪到手的戰利品完璧歸趙，這樣的敵人才是真正的強敵！」

伍紹榮幽幽地說：「他們好像比我們更懂老子的《道德經》——無為而無不為，不搶而無不搶，不掠而無不掠。這法子，陰毒，陰毒，陰毒！」他一連說了三個「陰毒」，一個比一個語氣重。

順流航行大半天，船隊抵達虎門。虎門地處形勝，逶迤的青山和茂密的叢林被炮子炸得千瘡百洞，露出赤裸的岩石，就像大自然被炸殘的身軀。上橫檔島駐有二百夷兵，島上炮臺被炸得殘破不堪，石壁上彈洞累累，所有鐵炮被鑿去炮耳，成了廢物。對岸的鎮遠、靖遠和威遠三臺一樣被炸得支離破碎，完全喪失軍事價值。

粵海關的第一掛號口位於虎門，所有夷船入境前都在這裡登記，稅吏們在這裡丈量船體、收取船鈔，行商們派人在這裡登船驗貨，開出沒有違禁商品的承保書，夷船在這裡啟去炮位，封存在掛號口的庫房裡。第一掛號口是大清的臉面，雖然是八品佐堂衙門卻建築恢宏，三進大院、九曲迴廊，高屋厝脊，畫棟雕樑，規制和模樣不亞於知府衙門。十三行的驗貨房和辦事房緊挨著掛號口，而今，它們被戰火燒得面目全非，只剩下斷壁殘垣。

粵海關的筆帖式濟爾哈圖下了船，後面跟著四五十個稅吏書吏和公差雜役，伍紹榮、伍元菘和盧文蔚撩起袍角，縱身跳上了岸，後面跟著經理買辦和家人通事。大家望著燒成灰燼的房屋，不免生出時光流逝、物是人非之感，臉色像遭到嚴霜摧殘的白菜一樣難看。

稅吏和公差們嘟嘟囔囔、罵罵咧咧，從廢墟裡抬出兩根二丈多長的旗杆，削去燒焦的炭灰，捆接在一起，釘上大釘，抬到石礎上固定搗實，升起水紅邊寶藍色海關旗，旗面上有「大清粵海關虎門掛號口」字樣。夫役們開始清理場地，搭起十幾頂帳篷，在帳篷前插上「船房」、「稿房」、「承發房」、「單房」、「票房」、「簽押房」等木牌。

未時二刻，第一條英籍商船駛入虎門。一個夷商走下舷梯，直接朝伍紹榮走去，用漢語招呼道：「伍老爺，久違了。」

伍紹榮一愣，覺得那人的聲音和模樣很熟，便又多看幾眼。那個夷商留著連鬢鬍，額頭上有兩道車溝紋，戴一頂白色禮帽，穿著白色短衫和短褲，仙鶴長腿裹著雙長筒白襪，襪口用鬆緊帶束緊，手裡提著一只大皮夾，居然是因義士！這傢伙是有名的無賴夷商，勇猛膽大，敢於涉險，只要有利可圖，即使刀口舔血也臨危不亂、心態怡然。兩年多前，他因為私運鴉片入口被鄧廷楨驅逐出境，行商們以為再也見不到他，沒想到他率先回來，第一個來到虎門掛號口！

伍紹榮有點兒尷尬，舌頭打結，「哦，因義士老爺，久違了……您不是在甘結上畫過押，承諾……永遠不來中國嗎？」

因義士哂然一笑，「那份甘結是在鄧總督的虎威之下被迫簽署的。依照我國法律，臣民在失去自由、生命受到威脅時簽署的甘結，並沒有法律效力。用武力逼迫別人放棄的，別人也會用武力奪回來。」

聽了這挑釁式的開場白，伍紹榮恨不得一腳把他踹到伶仃洋裡去。

因義士放緩了口氣，「伍老爺，你我二人都是商人，商人還是多談生意，少談戰爭的好。依照貴國的海關章程，我的小溪商行得重新掛號登記，十三行得重新為本商行指派保商。你精通貿易，法力通天，我想請你賞光，屈尊擔任本行的保商。」

伍紹榮語氣不陰不陽，「我倒是想做貴行的保商，但粵海關衙門三令五申，各國商船不得挾帶違禁之物，要是出了紕漏，對貴行和我們怡和行都沒有好處。」

因義士一聳肩膀，「你放心，義律公使簽署了公告，禁止我們攜帶鴉片入境。我們小溪行的鴉片船隻只會在公海上航行，不會開進內河。把鴉片輸入貴國的不是我們，是貴國的走私販。」

伍紹榮不願和他糾纏，「這兩年戰火紛飛，怡和行裁了不少夥計，忙不開，今年只給美國旗昌行當保商，您請別的行商吧。」

一個瘦高的英國水艄突然跑過來，氣急敗壞，嘰嘰咕咕講了幾句英語。伍紹榮聽得真切，原來是濟爾哈圖依照海關章程，要求夷船啟去炮位，但英國船長不幹，雙方爭執起來。

因義士聽罷，對伍紹榮道：「伍老爺，我有一件事要料理，抱歉。」說完轉身，朝英軍兵營走去。

一個買辦對伍紹榮道：「五爺，送上門的生意不做，是不是有點兒……」

伍紹榮的臉色飛紅，朝因義士的背影啐了一口，「他是大鴉片販子，屢次違規。我可不想為一筆醃臢生意糟蹋自己的清白，毀掉全家人的性命！」

不一會兒，因義士從兵營出來，身後跟著一個英國軍官和七八個士兵。濟爾哈圖陡然色變，書吏和稅吏們面面相覷。那個軍官瞪著眼睛，拍著腰間短槍，吼了一通鳥語，因義士譯成漢語，「軍官先生說，現在是交戰時期，為了各國商人的安全，炮位不能啟去。」

濟爾哈圖臉色煞白，後背沁出一層冷汗，兩腿微微打顫，不得不彎腰弓背，下氣柔聲道：

「哦，明白，明白，不敢，不敢。」

海關稅吏向來把丈量夷船視為利藪，玩弄雁過拔毛的遊戲，外國船東要是不給賄賂，他們量船時能把三丈說成三丈五。今天的情勢迥然不同，炮臺的廢墟上有英國兵，碼頭裡有英國船，掛號口有巡邏隊。在敵人的虎視狼窺之下，一不對景就會觸大楣頭。

濟爾哈圖忍氣憋聲吩咐手下人：「現在夷人當道，諸位有點兒眼力價，要是把紅毛鬼子惹翻了，沒好果子吃！」

澳門的商務監督署會議廳裡氣氛嚴肅。義律在主持軍政聯席會議，他草擬了一份擇地另戰的方案，請海陸兩軍的將領們提出修改意見，以便呈報給印度總督奧克蘭勛爵。伯麥爵士、辛好士爵士、郭富爵士、布耳利少將、副商務監督參孫、秘書馬禮遜等人都參加了會議。

義律把一份中國地圖攤在桌子上，簡述他的全部計劃，「鑒於攻打廣州會引起國際糾紛，奧克蘭勛爵批准了寬恕廣州的方案，並要求我們盡快拿出易地另戰的新方案。我以為，我軍應當轉攻廈門和寧波，這兩個地方是我國要求開放的口岸，人口眾多、商業繁華，一個在福建，一個在浙江，佔領它們同樣能給清政府沉重打擊，迫使中國皇帝接受我方的條件。但是，廣州依然是我軍控扼的重點。

「我擬在珠江口和香港保留一支威懾性力量，在上橫檔島駐兵二百，在香港駐兵五百，配以四至五條兵船。計劃任命副商務監督參孫擔任香港臨時政府行政長官，布耳利少將擔任香港駐軍司令。你們上任後要立即宣佈香港為自由港，招商引資，免交關稅，測量土地，統計人口，依照我國的法律拍賣商用土地和居住用地。我們捨棄了舟山，不能再捨棄香港。

「『麥爾威厘號』戰列艦、『硫磺號』測量船等數條兵船服役期限已滿，我將安排它們返回英國。在替換它們的兵船到來前，我軍將藉機休整，在五月下旬或六月初，發動廈門戰役和寧波戰役。鑒於我軍兵額不足，難以有效控扼珠江口、廈門和寧波三地，我將提請奧克蘭總督增派一個英國步兵團和一個印度團。」

伯麥道：「我軍本來可以輕而易舉攻佔廣州，既然奧克蘭勛爵批准了寬恕廣州的方案，我服從命令。我擔心的是，即使我軍攻克廈門和寧波，中國皇帝依然不肯屈從。這個國家幅員廣闊，佔領廈門和寧波就像蚊子在大象身上叮兩口，起不到傷筋動骨的作用。」

義律道：「如果中國皇帝依然不屈服，戰爭將向縱深發展。我提議發動一場更大的戰役，攻入長江，佔領吳淞口和上海，而後沿江西進，推進到揚州和鎮江。那裡是大運河和長江的交會點，卡住它就卡住了中國的經濟命脈。」

伯麥爵士繃著臉問：「要是皇帝依然不屈服呢？」

「那就繼續西進，攻佔南京。南京是中國的六朝古都，佔領它將會動搖中國皇帝的統治根基。」

辛好士爵士插話道：「我以為，陳兵大沽威逼北京，更有震懾作用。」

義律搖搖頭，「對華戰爭是謀求商業利益的戰爭，不以顛覆清政府為目標。陳兵大沽威逼北京只會把中國皇帝嚇跑，北京一亂，中國就會土崩瓦解，我們將失去談判的對手。」

辛好士覺得義律有點兒危言聳聽，「攻逼北京，中國會崩潰嗎？」

馬儒翰搖晃著肥胖的身軀道：「義律公使說得對。中國是由幾百萬滿洲人統治三億多漢人的國家，自從滿洲人入主中國以來，漢人的暴力反抗從來沒有停止過。這個國家民窮兵弱財匱、官僚腐敗、士大夫無恥，滿洲皇帝的統治基礎非常薄弱。我軍一俟攻打北京，中國將軸心一爛，迅速垮臺，甚至可能引發一場複雜和動盪的革命，局勢將向何處演變，完全不可預料。」

海軍將領與義律有明顯分歧，陸軍司令郭富不得不表態，「既然義律公使從政治角度闡述他的意見，我想從軍事角度談一談我的看法。陳兵大沽威逼北京是一個很迷人的方案，但能否成功受制於季節和氣候，大沽與北京相距一百五十多公里，我軍必須在合適的季節抵達那裡，並及時結束戰爭。據我所知，天津至北京的大運河很狹窄，只能供中國沙船行駛，我們的輕型兵船無法通行，遑論大型戰列艦。

「攻逼北京將主要依靠陸軍，陸軍一俟離了艦隊的支援，輜重、給養、後勤保障都有困難。如果中國皇帝不屈服，拖到冬季，北直隸灣和白河就會結冰，陸軍的行動將大受限制。

此外，根據我得到的情報，大沽與北京之間有連片的沼澤地，是蚊蠅叢生的地方，軍隊在沼澤地作戰，沒有不沾染瘧疾的。舟山大疫重創了我軍，陸軍官兵至今心有餘悸，我們不能重蹈覆轍。長江位於中國的柔軟腹部，冬季不結冰，沿長江作戰，陸軍隨時能夠得到海軍的支援，輜重、給養都有保障，發動長江戰役比陳兵大沽威逼北京簡便易行。」

布耳利附會：「我贊成郭富爵士的意見，以我們的現有兵力攻擊北京，難度太大。」

伯麥頓了頓，「既然兩位陸軍將領認為不宜攻打北京，我尊重你們的意見。」

辛好士譏誚道：「我軍可以易地另戰，但不能像廣州內河之戰這麼打。廣州內河之戰不痛不癢，像女人打架，溫柔有餘，嚴酷不足。」這話顯然是說給義律聽的。

義律的眉毛一聳，「辛好士爵士，你有何高見？」

辛好士道：「恕我直言，有幾件事我一直耿耿於懷。第一，我認為你的《致廣州市民佈告》公開聲明寬恕廣州，暴露我軍不打廣州的軍事秘密，這是嚴重的失職！第二，你把商業利益看得比天還高，在不恰當的時機讓軍事行動屈從於商業利益，在戰鬥正酣時屢次叫停，最令人遺憾的是，我軍控制了黃埔和珠江兩岸的大部分倉庫、作坊，你竟然下令還給中國人！那些茶葉是戰利品，是我軍將士浴血奮戰奪取的。依照我國的軍法，應當就地拍賣，所得款項用作軍費或上繳政府。第三，巴麥尊勛爵在第三號訓令中明確要求廢除廣州的壟斷貿易制度，以我國的自由貿易制度代之。你卻聽任中國行商繼續壟斷，肆意抬高茶葉售價，大發戰爭利市，允許他們徵收荒謬透頂的船鈔、行傭和高額關稅。」辛好士讓積鬱心中的塊壘一瀉而出，如同開槍開炮一般激烈。

義律的臉色極不自然，青紅互現，「這場戰爭源於英中兩國價值觀念的衝突，源於中國人對我國僑商生命和財產的侵害與漠視，但我不是戰爭狂。辛好士爵士，依照我國的《人身權利保護法》（一六七九年），私有財產神聖不可侵犯，它不僅適用於我國，也適用於我國的所有殖民地和軍事佔領區。如果那些茶葉和絲綢屬於清政府，理應作為戰利品就地拍賣，但它們是私有財產，不是敵國公產，應當歸還。征服中國不在於摧毀城市和殺傷人口，而在於把我們的價值觀和制度灌輸給他們，改變中國的顏色。」義律把自己的理念發揮到極致。

伯麥對此不以為然，「義律公使，戰爭與和平是兩種形態，你把它們混淆在一起。法律在戰爭時期緘默無語，要是用和平時期的法律衡量軍人的行為，我們都是殺人犯。」

郭富插話道：「現在雖然是戰爭時期，但敵國平民的財產也應當給予保全。」

他的話點到為止，不再細說，但伯麥立即意識到郭富是贊同歸還戰利品的。黃埔和珠江兩岸的倉庫、作坊全由陸軍看守，要是郭富不贊同，義律的命令根本無法貫徹和執行。

兩種意見針鋒相對，繼續爭議下去不會有結果，會議有點兒冷場。過了半天，伯麥爵士才說：「歸還茶葉是否妥當，我們不妨請奧克蘭勛爵裁決。義律公使，我想說的是，我們是勝利者，沒有必要給中國人納稅。中國人拿了稅款，只會製造更多槍炮與我們為敵。」

辛好士爵士在旁火上添油，「義律公使，你與楊芳議定的休戰協議，是把恢復通商建立在脆弱的基礎上，等於給中國人一個喘息的機會。一俟局勢有變，他們就會霍然翻臉，把我國商人當作人質。這是非常危險的！」

義律解釋：「請你們理解我的難處。廣州佇仃洋泊著近百條各國商船，而且與日俱增，它們時刻在催促我盡快通商。我原以為琦善有簽約權，沒想到他僅僅是皇帝的傳聲筒。現在，廣州的任何官員都沒有簽約權，我們不能空耗時間。恢復通商只是種權宜安排，先讓各國商人把貨物運走，否則他們會礙手礙腳。至於廢除廣州貿易章程，採用我們的自由貿易制度，不是三五天就能解決的，需要曠日持久的談判。我已經照會楊芳，在實現全面的公道和正義之前，我軍將擇地另戰。如果廣州貿易遇到妨礙，我將視之為違反臨時停戰協定，立即恢復敵對狀態。」

伯麥恨恨道：「我們便宜了廣州，攻打廈門和寧波不能像對付廣州這樣溫柔，必須有實質性的手段。」

義律問：「什麼是你所謂的實質性手段？」

「向中國人索要巨額贖城費！」

辯論得正激烈時，門口傳來咚咚咚三聲響，有人在敲門。一個工作人員進來，遞上一只信套，「義律先生，出事了。我們收到『波米吉號』運輸船的報告，該船滿載軍需品從英國開出，十幾天前抵達定海衜頭灣。他們不曉得我軍已經撤離舟山，當地的清軍禁止他們上岸。『波米吉號』的淡水已經用罄，斯台德船長不得不帶領三名水艄在雙嶴登陸，到附近的村莊購買淡水和食物，但遭到村民的誘捕和伏擊，三名水艄被打傷，僥倖逃回船上，斯台德船長不幸落入村民手中。中國的欽差大臣裕謙下令把他捆在柱子上，用亂箭活活射死[14]。」

會議室裡的氣氛頓時凝結如冰。這是戰爭爆發以來第一次殺俘事件，而且採用古老而殘忍的方式！

義律道：「國家與國家打仗，戰俘問題向來敏感。我一直主張優待俘虜，伊里布也承諾優待我方俘虜，甚至林則徐也對我方俘虜給予特殊待遇，傷給醫療、饑給飯食。馬儒翰，你是中國通，你給大家解釋一下，殺俘意味著什麼？」

馬儒翰道：「歐美各國優待俘虜是基於人道，中國人優待俘虜是基於懷柔，隨著戰與和、剿與撫的變化而變化。當他們採取羈縻之策時就善待俘虜，善待的標準往往大大高於我國；

14 此事英中雙方都有記載，但有細微差異。英文史料說斯台德是被當作箭靶射死的，《裕謙奏東渡定海日期並擒獲英人正法折》（《籌辦夷務始末》卷二十五）說：中國村民擒獲白夷「畏林示得」（即斯台德），「凌遲處死，梟首示眾」。此事引起英方的強烈報復。英軍把寧波定為打擊重點和摧毀的目標，與此事有直接關係。

當他們決定抵抗時就殺害俘虜，以彰顯戰鬥的決心。我以為，裕謙虐殺我方俘虜，意味著中國人將繼續戰鬥。」

伯麥一掌拍在桌上，口氣鐵硬，「我對殺俘者深惡痛絕。義律公使，我們不能以女人之心對待兇惡的敵人，更不能對殺俘事件等閒視之！我將命令『哥侖拜恩號』駛往出事地點，把誘捕斯台德船長的村莊全部炸毀！我不能把那些村民視為和平居民，只能視為民兵。此外，既然清方在寧波附近殺害我方俘虜，我提議把寧波作為打擊的重點，向它索要巨額贖城費，要是它不能如數繳納，就徹底摧毀它！義律公使，我們不能繼續打不痛不癢的戰爭，必須讓中國人有怵心之痛。如果你心存仁慈，不肯把摧毀寧波寫入擇地另戰的方案，我拒絕在新方案上簽字！」

郭富道：「伯麥爵士，修訂對華作戰方案、擴大戰爭規模、增加兵額追加戰費不是小事情。現在是休戰期，我建議你親自去加爾各答向奧克蘭勛爵彙報。」

伯麥點頭，「是的，我也是這樣想。我將把艦隊交給辛好士爵士指揮，親自回印度與奧克蘭勛爵面談。」

# 捌　聯手矇蔽聖聽

北京城春光明媚，微風和煦，紫禁城的太監和宮娥們脫去夾袍，換了單衣。兩隻燕子在養心殿的大廡頂下築巢，剛孵出的小燕嘰嘰喳喳叫個不停。一個小太監怕鳥雀吵得皇上心煩，找了支竹竿想把它捅下來，恰好被道光看見，他立即制止，「那是一窩小性命，捅了它豈不傷天害理？」

小太監嚇了一大跳，趕緊放下竹竿，控背蝦腰地退縮到一旁。

紫禁城宮牆壁立，莊嚴肅穆有餘，活力生氣不足，連道光都覺得氣氛嚴肅得令人難受，好不容易有幾隻燕子飛來搭窩，要不是被他止住，非得教太監捅掉不可。

道光轉頭對張爾漢道：「有句唐詩言『舊時王謝堂前燕，飛入平常百姓家』。所有鳥兒都跟人疏離，只有燕子不怕人，喜歡與人為鄰，時常把窩造在屋簷下。這種鳥是要保護的。」

張爾漢附會：「皇上聖明。麻雀跟人也近，但不會在屋簷下居留，牠們見人就飛。」

道光點點頭，「是這樣。朕小時候捉過麻雀，想放在籠子裡養，但麻雀不服養，只要進了籠子，寧肯餓死也不吃食。」

道光剛批閱完幾份奏折，想閒散一會兒，就見穆彰阿一手提著袍角，一手託著奏事匣子邁進垂花門，「皇上，這是剛收到的折子。」

道光的思緒又回到國是國非上，「誰的？」

「一份是巡疆御史駱秉章的，一份是果勇侯楊芳和廣東巡撫怡良的。」

道光先從匣子裡取出駱秉章的密折，站在石階上閱讀：

臣風聞湖南兵到粵，沿途騷擾，所過市鎮，居民多受其累。當逆夷進攻烏湧，其時湖南兵皆在烏湧駐紮，聞炮即逃，自相踐踏，落澗死者數百名。其餘逃到獵德，竟因搶奪財物，至有傷斃鄉民之事。粵民既苦於寇，復苦於兵，水深火熱之下，何堪設想[15]！

道光不由得怒火中燒，「這些丘八烏龜只會壞朕的大事！英夷攻入廣東省河，到處散發

15 《駱秉章又奏湖南兵到粵聞有騷擾情事片》，《籌辦夷務始末》卷二十八。

揭帖，用『保護工商』、『不害民眾』之類的謊言邀買人心。這些兵痞卻窮凶極惡，魚肉百姓，等於逼著民眾當漢奸！管帶湖南兵的人該殺！」

穆彰阿提醒：「皇上，管帶湖南兵的是鎮簞鎮總兵祥福，他已經戰死沙場。前幾天，軍機處剛發下廷寄，要按提督例優恤。」

道光怔忡片刻，「前幾天朕接到楊芳的奏折，他說湖南兵在烏湧奮勇抗敵，戰死沙場者達四百餘名，殺敵五百以上。駱秉章卻說湖南兵聞炮即逃，自相踐踏，落澗死者數百名。一場戰事，兩樣表述。誰在捏謊？誰在說實話？」他盯著穆彰阿的臉，憤懣的目光裡，還夾雜著一絲困惑。

穆彰阿舔了舔嘴唇，似乎想給道光吃寬心藥，「據奴才推想，駱秉章看重軍紀，楊芳看重戰績，所以才會一場戰事，兩樣表述。」

道光歎了口氣，「這個祥福呀，臨死給朕出了一道大難題！懲處他，他為國捐軀了；褒獎他，他的兵卻魚肉百姓，鬧得民怨沸騰。楊芳和怡良的奏折說什麼？」

穆彰阿把折子遞給道光，「楊芳和怡良說，美國、法國、荷蘭等國已經恢復貿易，久滯口外的貨物得以銷售，引起英商好一片歆羨。夷酋義律多次請託美國領事多喇納轉遞稟帖懇請通商，並說只要朝廷允准通商，他們就不再滋擾。楊芳和怡良還說，印度雖然是英國屬邦，但距離英國路程遙遠，從不滋事生非。各國貨船均已進口貿易，從不滋事生非的印度卻無辜受累，似乎不應令其向隅，而應根據該夷的順逆變通處置。」

道光越聽越不對味兒，臉上漸漸烏雲密佈，「屬邦與宗主國一脈相承，讓印度商人貿易等於讓英夷貿易。朕三番五次下旨，斷不准英夷貿易，也不准與之理論。要是貿易了事，何必徵調七省大軍？何必動用數百萬國帑？何必逮問琦善？又何必調換伊里布和裕謙？據朕看，楊芳和怡良是想重蹈琦善之故轍！逆夷情狀詭譎，反覆無常，屢屢傷我提鎮大員和沿海弁兵，若不大加剿洗和懲創，如何安慰忠魂？如何揚我國威？楊芳和怡良不顧國家大體，置朕的諭令於腦後，汲汲以通商為詞，只求遷就了事，殊不可解。朕失望至極。茲將二人照溺職例革職查辦，嚴加議處！」

穆彰阿在道光身邊辦事多年，知道他性情急躁，一激動就拿臣子撒氣，經常懲處過頭，便婉轉勸道：「皇上，現在正值剿辦吃緊之時，驟然處分前敵大員，是不是有點兒操切？奴才的意思是，楊芳與眾不同，經常舉措出格，褫花翎、摘頂戴、罷官貶職、革職遣戍，不下八九次，受的處分為本朝之冠。但他畢竟勛勞卓著，是本朝的頭號虎狼之才。為一篇不合聖意的奏折處分他，對他不過是毛毛細雨。」

穆彰阿說得在情在理，給道光發熱的頭腦澆一點兒涼水，道光稍稍冷靜，斂住火氣，「這個楊芳呀，有時立下天大的功勞，讓你高興得睡不著覺，有時能把你氣得半死，讓你鬱悶得吃不下飯。朕姑且念他的舊年勛勞，掛記一筆，以觀後效。英夷長於海戰，弱於陸戰。他們既然攻入內陸，深入堂奧，就不應當再放虎歸林，聽任他們輕易退回海上，否則他們會沒完沒了地騷擾我朝海疆。」

廣州與北京的間距是一道阻隔消息的天然屏障。道光和穆彰阿作夢也想不到，楊芳駕馭奏折的功力不亞於科場上的三鼎甲。他在官場上大起大伏，屢遭挫跌，挫跌得頭腦清明，悟透了皇上的心思，曉得哪些事能報、哪些事不宜報，報到何種田地才恰到好處。

他寫奏折就像布迷魂陣，半遮半掩，避重就輕，左右躲閃，上下騰挪，手法嫻熟得無人可比。他根本沒有如實奏報廣東敵情，對沿江炮臺悉數失守和英軍攻佔商館等事絲毫不提，對與義律談判之事隻字不講，把已經恢復的貿易說成是尚待請旨的提議。他還託言兵力不足，必須等雲貴陝甘湘贛川的七省援軍全部到達，才能對英軍大加剿洗。道光更不會想到楊芳威望鼎盛，竟然能勸說廣東官場集體緘口，如此一來，廣東局勢猶如籠罩在霧靄之中，不僅皇上看不清，軍機處的閣老們也被罩得兩眼迷濛。

靖逆將軍奕山與參贊大臣隆文車馬舟楫，星奔夜馳一路趲行，走了五十六天抵達佛山鎮，佛山與廣州只有六十里，順流而下，大約半天水程。與他們同時到達的還有新任兩廣總督祁貢。祁貢是刑部尚書，當過廣東巡撫。皇上派他去湖南和江西兩省提調糧草，調劑軍需。他剛到江西，皇上就罷了琦善，頒旨叫他接任兩廣總督。

奕山、隆文和祁貢剛落腳，兩千四川援兵也開到佛山。佛山縣黃鼎驛的驛丞既要為過境的川軍提供米糧，又要接待京師大員和新來的兩廣總督，忙得腳不沾地，役夫、驛卒、馬夫、伙夫們陀螺似的旋轉起來。

英軍控制著珠江水道，天字碼頭附近有兵船巡邏，楊芳、阿精阿、怡良和林則徐等人顯然不能在天字碼頭迎迓京師來的大員。他們接到滾單後乘船逆行，去黃鼎驛拜會奕山等人，致使一座小小的驛站聚集了一群位高權重的文武高官。

聽說楊芳和廣東大吏們都來了，奕山、隆文和祁貢齊出驛站，在驛站門口的臺階上等候他們。

楊芳下了船，拄著拐杖、遊著步子朝他們走去，「噢呀，奕大將軍，哦老漢來晚了，讓你們反客為主，出門迎哦們了。」

十幾年前奕山在新疆幫辦軍務，曾在楊芳麾下效力，與之相當熟稔。他走下臺階，模仿著楊芳的口氣，「噢呀，楊宮傅，我怎敢煩勞您老人家出城六十里相迎呢。」說著，逢場作戲，啪啪兩聲打下馬蹄袖，作出行弟子大禮的姿態。

楊芳趕緊止住，「這可使不得，萬萬使不得！你是天潢貴胄，堂堂正正的靖逆將軍，哦是來給你當參贊，作配角。你行這種禮，哦可消受不起。」

奕山道：「您老人家是太子少傅，京城裡的龍子龍孫見了您都得執弟子禮，我這個遠房皇侄更不能欠了禮數。」
楊芳連連擺手，「此一時也，彼一時也。現在你是大將軍，千萬不能尊卑倒置。」
奕山這才收了架勢，改行平行禮，「近來身體可好？」
楊芳缺了門牙的老嘴一張一合，撒氣漏風，「七十歲的老漢，好不到哪裡去，從外面看像模像樣，拉開衣襟，滿身都是魚鱗疤。」
接下來，楊芳與隆文和祁貢相互寒暄。隆文是嘉慶朝的老進士，比楊芳小幾歲，當年楊芳西征新疆時，隆文總理糧臺，與楊芳和奕山搭過夥計，但他不像楊芳那樣禁得起折騰，由於一路顛簸，車馬勞頓，不免面帶疲勞之色。祁貢六十多歲，長著一張峭壁似的瘦臉，兩道眉毛像兩撇枯草，眼角上的魚尾紋清晰可見，尺餘長的雜色鬍子垂在胸前。
楊芳道：「祁中堂，你搖身一變，又回廣東，兩廣總督這碗飯可不大好吃噢。」
祁貢謙虛回答：「我才德不足，承平時期當個巡撫尚屬勉強，烽火連天之時當總督，恐怕是瘦牛拉大車，力不從心哪。」
一番寒暄後，大家進了驛站的小客堂，圍坐在一張硬雜木八仙桌旁。六位大員和林則徐等高官錦繡補服、紅纓官帽、起花頂子、孔雀花翎交相雜錯，把一間普普通通的小廳堂裝點得熠熠復熠熠，輝煌復輝煌。
奕山一到佛山就聽說廣州戰事不利，楊芳等人不得不俯順夷情恢復貿易。奕山等人頗覺蹊蹺，皇上要大申撻伐，楊芳、怡良、阿精阿和林則徐怎敢忤逆皇上？但是，戰局究竟如何，還得聽楊芳等人當面講述。

楊芳把廣州戰局詳述一遍，說得奕山、隆文和祁貢心驚肉跳。待他講完後，奕山才問：「楊宮傅，你果真下令開艙貿易了？」

楊芳沙著嗓子，「開艙貿易是羈縻之策。要是針尖對麥芒，硬碰硬地蠻幹，廣州城恐怕早就易手了。」

隆文滿眼詫異，「這事沒請旨？」

楊芳方寸不亂，「說請旨就請了，說沒請旨就沒請。眼下的局面是敵強我弱，唯有通商，英夷才肯息兵罷戰。本省官兵懾於逆夷槍炮靈捷，不敢應戰，皇上擬從外省調撥一萬七千援軍，剛到一半。哦老漢想不出更好的辦法，只能與怡良大人會銜上奏，說逆夷情詞意切，懇請通商，至於能否允准，要等皇上的聖裁。」

祁貢轉頭問：「阿將軍，你也沒有奏報？」

阿精阿眉頭緊蹙，拿楊芳當擋箭牌，「楊宮傅暢曉軍務，有謀有略，我的本事沒法和他老人家比，我是唯其馬首是瞻。」

奕山終於確認，楊芳和廣東大吏們合夥隱匿軍情。他與隆文、祁貢不約而同地交換了眼神，小客堂裡死一般沉寂。

奕山明白，在座諸公都是熟知宦情的文武大員，地位權勢相差無幾，尤其是楊芳，他雖然是參贊大臣，但太子少傅和侯爵的頭銜無人可比，更是本朝頭號名將，經常面臨險局危局、難局變局，進退殺伐，容不得絲毫遲疑，必須在瞬間作出決斷，對他來說，先斬後奏如同家常便飯，換了別人，絕沒這個膽量。此外，他對生死勝敗、降黜榮辱看得十分通透，有一種可常可變、可圓可方，可生可死、可進可退的戰場謀略和官場智慧，如果自己下車伊始就指手畫腳、橫挑鼻子豎挑眼，勢必與楊芳和廣東大吏們鬧得勢不兩立。

過了半晌，奕山才試探問道：「楊宮傅，這麼大的事，總得補奏吧？」

楊芳出一口長氣，「噢呀，皇上在千里之外，不瞭解下情，屢次頒旨要大申撻伐剿擒逆夷。要是能剿擒，哦老漢早就動手了，何必等諸位前來分功。」

奕山有自知之明，楊芳對付不了的敵人，他也不一定對付得了，「難道英夷是有三頭六臂的怪物？」

楊芳對朝廷虛與委蛇，對戰爭卻相當務實。他把龜頭拐杖往地上一戳，「奕大將軍喲，隆大人和祁大人是文官，看不透戰爭的玄機。你是出兵放馬、領兵打仗的人，哦親自領你去省河轉一轉、看一看，逆夷船體之大，航速之快，火力之猛，炮術之精，聞所未聞，見所未見。哦苦思苦想一個月，也沒想出切實可行的退敵之策，只好等你來大顯神通。」楊芳知道，奕山是靠皇家血脈當上靖逆將軍的，只會「醉裡挑燈看劍，夢回吹角連營」，要他真槍真刀地打仗，尚差一大截。

奕山道：「楊宮傅，皇上讓我當靖逆將軍，不是撫遠將軍。皇上從七省調一萬七千兵馬入粵，加上本省的六萬多水陸官兵，浩浩蕩蕩八九萬人馬，超過西征張格爾時之數，要是我們拿不出退敵之策，豈不是辜負聖意？」

楊芳回：「奕大將軍，你要是以為本地營兵可以依畀，那就錯了。你知道廣東沿海有多少蜑民？六十萬，全是漢奸！」

奕山有點兒不相信自己的耳朵，「什麼！六十萬，全是漢奸？」

楊芳詳細解釋：「囤聚在珠江口的夷兵有七八千，這麼多人馬，天天要吃要喝，卻不愁吃不愁喝。誰把吃的喝的賣給他們？蜑民！他們是本朝的棄民，社會的垃圾，海盜的根源，依附在大清體魄上的蝨子和臭蟲。珠江上有四萬船民，如風如影，居無定所，皇上的恩澤雨露從來沒有惠及他們，他們對本朝也從無感恩戴德之心。船民和蜑民一脈相承，內勾外連。英軍施以小恩小惠，他們就趨之若鶩，為英軍打探消息、代辦食物。

「哦曾派哨船兜擊攔阻，他們一見我軍就依附在英國兵船的庇護之下。皇上飭令剿滅他們，但他們數量太大，拖兒帶女，像蒼蠅一樣剿不盡、殺不絕，動用軍隊剿殺船民和蜑民，等於打一場大規模的內戰。」

將領具有獅子般的雄心，兵丁才有虎狼般的勇氣，統帥胸中有吞吐天地的氣魄，弁兵才有所向披靡的力量。但是，曾經叱吒風雲的楊芳講的，全是洩氣話。奕山等人這才意識到，廣東局勢比預想中要嚴峻得多。

怡良補充，「在咱們大清，忠君體國的教化只浸潤到士大夫和讀書人，升斗小民沒有那麼高的操守，他們是小頭小腦、鼠目寸光的鵪鶉與鼴鼠，只關心鼻子底下的雞毛蒜皮。他們對改朝換代習以為常，誰當皇帝就給誰納糧。廣東開埠二百年，他們對盤桓在珠江上的夷商水艄司空見慣，見逆夷出高價雇人，蜑戶與船民皆見錢眼開，心甘情願受其雇用。廣東水師潰敗，恐怕就是因為卑劣無良的水兵水勇率先潰退。」

阿精阿接著說：「廣東商人因為通商而致富，民人因為通商而生理，水師官兵因為包庇鴉片而發財。一說打仗，他們唯恐逆夷不勝；一說禁煙，他們唯恐法紀不弛，以致於大小衙門漢奸潛行，打探軍情，轉賣謀利，一紙情報可以售賣二十個銀圓。我思來想去，恐怕患不在外，而在內[16]！」

「患不在外而在內」的斷語讓奕山悚然一驚。這話要是出自別人，可以姑妄聽之，出自

16 《奕山等又奏察看粵省並籌防情形片》（《夷務》卷二十七）說：「防民甚於防寇」，「患不在外而在內」。由此可見，鴉片戰爭期間，清朝的官民關係和官兵關係相當惡劣。這是一場民心向背的戰爭，清政府沒有得到人民的支持。

封疆大吏之口，則需令人三思，它意味著民間的反叛力量大於逆夷！

奕山的心境一涼如冰，「難道粵兵粵民都是澆漓狡猾、趨夷趨利的無恥之徒？」

楊芳道：「粵兵不可用，粵民不可信。若要打，只能依靠外省客軍。」

阿精阿說：「英軍在沙角和大角之戰、虎門之戰、烏湧之戰、珠江水道之戰勢如破竹，廣東弁兵風聲鶴唳。敗軍不可復用乃是兵家常識，打仗就像鬥雞或鬥牛，鬥輸的雞或牛一遇舊敵，聞風即逃，絕不敢再戰。」

奕山沒想到下車伊始聽到的全是喪氣話，「林大人，你有何見教？」

林則徐坐在末位，聽見問話才幽幽說道：「下官以為，英逆已經深入堂奧，眼下只能亡羊補牢。」

奕山忙問：「如何補？」

林則徐回答：「英逆佔據省河，控扼住獵德和大黃滘兩大要隘，如骨鯁在喉。開艙貿易後，行商們天天與夷商打交道，可密飭他們與義律說項，好言誘勸英軍退出兩大隘口，我們則雇用夫役密運巨石，敵船一俟退出，連夜填塞河道，添派重兵，此為其一。禦水上之敵，必須有戰船。廣東水師的戰船全被焚毀，只有水師中營的三條巡船泊在鎮口。廣州府和鹽運司各有一個船廠，必須叫兩個船廠星夜趕造新船，此為其二。沙角、大角、虎門、獵德、大黃滘等要隘失守後，我軍損失的火炮不下八百位，禦夷必須有炮，佛山是機工巧匠輩出之地，應當增撥銀兩，飭令佛山地方官廣募工匠、鑄造新炮，此為其三。盡快增募水勇，在佛山打造百餘條火船，將柴草、松香、桐油、生漆置於其上，各船首尾用大鐵釘釘牢，連成一氣，靜候氣象，一俟風向有利，與炮船一起放下，夤夜出擊，隨攻隨毀，諒必有效，此為其四。」

言畢，從箭袖裡抽出一只信套，上有《防禦粵省六條》字樣，「方才講的是四條，在下共寫了六條，恕不一一羅列，請大將軍細讀。」

這時，黃鼎驛的驛丞在小客堂門口探了一下腦袋，「林大人，有廷寄。」

林則徐起身朝門口走去。

奕山展讀林則徐的書面建議時，小客堂裡響起一片議論聲，說造船的、說鑄炮的、說募勇的、說練兵的，七嘴八舌，嗡嗡嚶嚶。

「用火船攻敵或許有用。」

「一百條船橫連一氣，堵住整個江面，說起來容易，做來難。」

「鑄炮造船的銀子從哪裡籌措？」

「奕大將軍不是帶來三百萬嗎？」

楊芳湊到隆文耳邊，手捲喇叭，輕聲道：「隆中堂，林大人一片誠心，可惜是文人談兵，中聽不中用。獵德水面寬二百丈，深兩丈半，大黃滘水面寬一百零七丈深三丈，得用多少土石才能填塞？一萬民夫兩個月也塞不住。」

等大家安靜下來，祁貢才清了清嗓子，「皇上要我就任兩廣總督，是誤把小才當大才。我不通曉兵事，當此次危難之機，有望在座諸公鼎力相助。我擔心的是，不請旨就開艙貿易，皇上遲早是要知道的。現在生米已經下鍋，請在座諸公想個法子，既要上達天聽，又要保全大家的面子，否則……」他沒往下說，留下半截話讓大家思量。

楊芳道：「有些事可以瞞父母，不宜瞞妻子；有些事可以瞞妻子，不能瞞友朋；有些事可以瞞友朋，不宜瞞同僚，這個道理也適用於廣東。廣東的局面不是三五年形成的，如何向朝廷奏報，請奕大將軍、隆中堂和祁督憲仔細思量。」

楊芳的話言簡意賅，明裡說的是父子互防，夫妻互防，友朋互防和官場互防，實際上專指君臣大防。

奕山明白，只要把廣東局勢如實奏報，楊芳、怡良和阿精阿都得倒楣。他對隆文和祁貢道：「我看，這事得慢慢來，可好？」

隆文和祁貢點頭贊同，一致默認暫時不捅破隔阻朝廷視聽的窗戶紙。

怡良道：「歷任總督或欽差大臣南下，我們都在天字碼頭迎迓，從靖海門入城。現在英夷兵臨城下，漢奸遍佈城鄉，我們要是敲鑼打鼓、鳴放禮炮，英夷就會偵悉。我和楊宮傅、阿將軍議了議，只好委屈三位大人，從坭城門悄悄進城。」

祁貢知曉廣州的九個旱城門和兩個水城門各有用途，苦笑一聲，「坭城門是走流民、乞丐和囚犯的城門，讓英夷一攪和，我們三人竟然不能風風光光地進廣州城。」

林則徐讀罷廷寄，回到小客堂。楊芳問：「少穆兄，有什麼事？」

林則徐小聲道：「朝廷要我去浙江效力。」

# 玖 靖逆將軍兵行險棋

廣州和黃埔恢復了往昔的繁忙，江面上帆篷林立，茶船梭織，中外商賈通事買辦在茶坊、倉庫、納稅口、掛號口進進出出，扶胥碼頭的雇工們汗流浹背，手提肩扛，把一箱箱茶葉裝到各國商船上。

但繁忙的背景與往昔大不一樣，靖海營雖然重新開進黃埔島，在江面上巡邏的卻是英國兵船。以前，通往商館的路口由中國汛兵值守，現在，商館由二百多英國海軍陸戰隊駐防；以前，商館前的小碼頭泊著清軍哨船，現在，兩條英國兵船像鱷魚一樣悶聲不響地停在那兒。白天裡，英國兵船的側舷炮窗全部洞開，黑洞洞的炮口瞄準清軍營盤，天黑後，各船擊鐘傳號，防範極嚴。

中外商人在重兵對峙之下忙忙碌碌，若不是身臨其境，誰也不相信天下竟然有這種奇觀！

四十天過去了，廣州的氣氛越來越緊張。雲、貴、陝、甘、湘、贛、川的七省援軍源源不斷開來，湖南和江西運來三百多位火炮，清軍在城郊的村鎮、矮牆、樹林、港汊和堤塘搶修二十多個沙袋炮臺，只要掀去偽裝，立馬就能開槍開炮。珠江兩岸像堆滿了火藥的庫房，只要有星星之火，立馬就會引起驚天震地的大爆炸。

行商們抓緊時間銷售茶葉和絲綢，碼頭裡的傭工們連夜加班，各國船長裝完貨後立即請牌離境，生怕夜長夢多。到了五月初，伶仃洋的商船幾乎走光了，扶胥碼頭裡只剩下兩條外國商船。人們越發忐忑不安，因為只要江面上有各國商船，英中兩軍就會投鼠忌器。現在，貿易即將告一段落，蟄伏的戰爭鬼魅隨時都會一躍而出。

不論怎麼說，行商們大大鬆了一口氣，他們不僅銷出積年陳茶，還增銷了二十幾萬擔新茶，虧損倒閉的壓力得以緩解。粵海關也暗喜，它徵收了一百七十多萬元關稅和船鈔，空空如也的關庫裡堆了半倉銀子。義律也大大鬆了一口氣，各國領事和商人不再糾纏他，據副監督參孫統計，英國商人搶運五萬噸[17]貨物，將給英國政府增加一大筆稅款。

廣州城三面環山，一面臨水，外省來的一萬七千援軍駐紮在東、北、西三面的山丘和溝壑裡，幾十里地面上鼓號呼應，旗幟連營。但是，五月的廣州炎熱多雨，水量豐沛，這兒的雨與別處的黃梅雨不一樣，一下就是密集粗壯的瓢潑大雨，無遮無攔，從天而降，大雨過後

17 在今天看來，五萬噸是個很小的數字，只要一艘較大的集裝箱船就能運走。但是，在十九世紀四〇年代，風帆商船的平均排水量只有四百多噸，需要一百多條貨船才能運走。

立馬就是驕陽似火，把山岡溝壑照得水氣氤氳。按照當地人的說法，現在是瘴氣升起的季節，花腳蚊、黑斑蚊、花斑蚊開始繁衍滋生，水稻田、沼澤地和緩流溝渠裡到處都有牠們的幼蟲，外省來的客軍水土不服，飽受蚊蚋的騷擾。瘧疾、黃熱病、登革熱、霍亂等疾病接連爆發，如火如荼，勢不可當，軍隊近於癱瘓[18]。

在段永福的陪同下，楊芳到城外的東得勝兵營和四方炮臺巡察。東得勝兵營位於廣州城外的東北高地，四方炮臺位於廣州城的正北面，它是四座方形炮臺的統稱，分別叫永康炮臺、耆定炮臺、拱極炮臺和保極炮臺。這些炮臺環以塹壕，互為犄角，相互策應。

段永福是楊芳的老部下，鎮筸鎮總兵祥福戰死後，湖南兵群龍無首，楊芳命令段永福兼管貴州、湖南和湖北三省援軍，分守廣州的東面和北面。

疫情非常嚴重。外省客軍遠道而來，廣東庫房裡沒有足夠的帳篷和油布油衣，十人用的帳篷擠住了十五人，兵丁們睡覺時連翻身的空隙都沒有。即便如此，仍然解決不了宿營問題，半數兵丁不得不擠入附近的寺廟、民居和牛棚。不少人用木料和稻草搭起簡易的遮雨篷，但

---

18 《奕山等又奏粵省洋務大定擬酌裁各省官兵片》（《籌辦夷務始末》卷三十）奏報：「各省官兵，依山下營，霪雨濕蒸，半染瘧痢、霍亂等疾，紛紛呈報，間多亡故。」清代官方有關疫病的報告，作者僅見此一份，而且沒有統計數字。

抵禦不了雨水的侵襲，只要一下雨，遮雨篷外面大下，裡面小下，外面不下，裡面還滴答。在雨水的浸淫下，兵丁們的衣服、被褥總是濕乎乎的，許多人因為蚊叮蟲咬，皮膚潰爛、眼膜充血、跑肚拉稀、高燒不退，肌肉和關節劇烈痠痛。飽受疾病折磨的兵丁們形骸枯槁，臉上、胳膊和大腿上全是猩紅色的斑疹。重病號們上吐下瀉、口乾舌燥，手指乾癟得像洗衣婦人，腹部凹陷得像小船。垂死者眼眶下陷，神智淡漠，像散架的瘦鳥一樣耷拉著腦袋。

楊芳拄著手杖，穿著馬齒草防滑鞋，在泥濘的山道上邊走邊問：「大口段，你手下有多少病號？」

段永福皺著眉，「一千多，安義鎮標病倒了六百多人，死了二十多個。湖南督標病了三百多，死了七個，照這個勢頭下去，還得死人。」

「有什麼辦法沒有？」

「我叫大伙房把乾薑、附子和青蒿草熬成湯，早晚每人喝一碗，每個帳篷裡撒上樟腦和香蔥，驅趕蚊蟲。除此之外，想不出什麼好辦法。」

雨季是痢疾和瘧疾的高發期，段永福提前準備多種草藥，卻沒想到廣東的瘴氣如此厲害，他有點兒手足無措。

楊芳道：「從廣州城裡請幾個名醫，看看他們有什麼好辦法沒有。」

「請過，他們說從來沒見過這麼厲害的疫情。」

楊芳和段永福曾在新疆戰場上出生入死，是老上司和老下屬，能夠交心交底。段永福問：「楊宮傅，聽說皇上多次催促奕大將軍水路並進，痛殲醜夷，要是夷船聞風遠遁，空勞兵力，唯奕將軍是問。是嗎？」

楊芳歎了一口氣，「是。朝廷原先的羈縻之策是不錯的，不知皇上受了誰的鼓動，意氣用事，怒而興兵。軍機處的大佬們不懂打仗，以為七省援軍悉數到達就能把英夷趕走，卻不知曉戰爭的勝負不完全取決於兵力的多寡。驅貓鬥虎，十隻貓也鬥不過一隻虎。哦軍器不如人，那種差距不是三五年就能追上的。」

「為什麼不據實奏報？」

「琦爵閣看出敵強我弱，據實奏報，主張羈縻忍讓，結果是謗議紛紛，抄家鎖拿。皇上說，誰要是再敢言撫，琦善的下場就是他的下場。有此殷鑒，誰還敢言撫？」

段永福又問：「楊宮傅，聽說你與奕大將軍爭吵起來？」

「是的。昨天督撫大員們開會，哦老漢與奕大將軍爭執不下。奕大將軍說皇上催逼得緊，他不敢違旨，打得過要打，打不過也要打，外省援軍必須乘銳而用，否則就會拖得師老兵疲。哦勸他不可浪戰取敗，他不肯聽。」

段永福覺得荒唐，「打仗不是賭氣，打得過才能打，否則只會損兵折威。他要怎麼打？」

「奕大將軍主張參照三國赤壁大戰的戰法，火攻夷船，在子夜時分突襲。他命令水勇們駕駛火船、火筏順流而下，駛至夷船附近點燃桐油等易燃品，跳入水中潛游上岸。火船、火筏撞上夷船後，能把夷船全部燒毀。哦說百戰無同局，赤壁大戰時曹操的戰船是用鐵鍊串在一起的，一俟著火，難以解脫。英軍則不然，他們的五條兵船、兩條火輪船和十幾條舢板散佈在二十多里長的江面上，間距極大，模仿赤壁之戰，無異於照貓畫虎。」

段永福大為同意，「最兇狠的狼也不會不自量力攻擊獅子，只有蠢人才會捨命求勝。阿精阿和怡良怎麼說？」

楊芳把他們二人貶得一錢不值，「阿精阿沒有主意，騎牆觀風，怡良徒有形骸，沒有主見。眼下這個難局，皇上和將軍督撫們既不同心，也不同調。皇上想得美，將軍督撫們覺得難；皇上滿心期待，將軍督撫們萬般無奈；皇上獨斷乾綱，隨時準備懲罰擁兵不戰的將軍督撫，將軍督撫們怕皇上勝過怕英夷，夾在虎狼與熊羆之間，進是粉身碎骨，退是抄家問斬。這是一個沒法子破解的難局。」說到這裡，他萬般無奈地搖了搖頭。

大部分夷船載貨而去，黃埔島漸漸冷清下來，扶胥碼頭只剩兩條外國商船，一百多個苦力打著赤膊、光著脊樑，把最後一批茶葉和生絲運到船上，十幾個稅吏在查艙驗貨。

下午三點，「復仇神號」逆流而上，朝黃埔島駛來，「加勒普號」正在琵洲塔和琶洲塔之間巡邏，執行護商任務。

哈爾中尉站在船艄，拿著鐵皮喇叭衝它的方向喊話：「『加勒普號』艦長請回答，扶胥碼頭裡還有多少商船？」

「加勒普號」的艦長同樣端起鐵皮喇叭回話：「還有兩條，一條是我國的，一條是西班牙的。」

「準備要開仗了！義律公使要我通知你，所有商船必須立即駛離扶胥碼頭，置於你的保護之下。」

「加勒普號」的艦長問：「什麼時候開仗？」

「今天夜晚！」

「商船還沒申請船牌。」

「來不及了，讓它們強行駛出！」

頭天晚上，義律接到諜報，各省援軍全部到達廣州，數千工匠在珠江上游打造了幾百條火船、火筏，上面堆滿棉絮、松香、桐油、火藥，只等西風一起，就火攻英軍。他甚至獲悉清軍夜襲的準確時間為子時，即深夜十一點。

「復仇神號」繼續西行，通知珠江上所有護商的英國兵船，一小時後，駛至商館前的小碼頭。幾天前，商館前的旗杆上飄著英、美、法、西、荷、比六國國旗，現在只剩下美國的星條旗和英國的米字旗，其他國家的旗幟全都降下來，這意味著法、西、荷、比四國的商人已經離去。小碼頭旁停著「摩底士底號」護衛艦和顛地商行的「曙光號」武裝商船。英軍租用了「曙光號」，準備在緊急時刻撤離僑商和商館裡的海軍陸戰隊。

「復仇神號」停穩後，哈爾健步跳到岸上，大步流星朝老英國館走去，顛地等人隔窗看見他，趕緊到門口迎候。

哈爾的口氣急而不亂，「顛地先生，夷館裡還有多少我國僑商和外國人？」

「還有三家英國商行的二十多個經理和雇員，五個美國人。」

哈爾道：「據可靠情報，清軍將在今夜攻擊我軍和商館。請你通知全體英商和雇員立即停辦商務，馬上離開。」

顛地有些半信半疑。自從恢復貿易以來，真真假假的訛言流語風影偽傳，「狼來了」的喊聲不絕於耳，弄得人們六神無主、心境難安，但狼始終沒有來。

一個軍官跑過來，「軍隊也要撤嗎？」商館裡駐紮著二百名海軍陸戰隊，只要他們在，商人就有安全感。

哈爾道：「都撤。六點以前降下國旗，統統撤到『曙光號』上！」

商館與廣州城的西牆僅隔一條護城河，英國人的一舉一動都在清軍的監視之下。六點整，海軍陸戰隊降下商館前的米字旗，排隊登上「曙光號」，商館裡空空蕩蕩，只剩一面美國旗掛在旗杆上。

太陽斜倚在天際線上，照得瑟瑟江水一片彤紅，水面上鸕鷀展翅，沙鷗翔集，漁公收網，漁婆收帆，呈現出一派和平景象。但是，英軍和清軍全知道，疾風暴雨就要來了！

太陽終於下山了，紫紅的雲彩漸漸暗淡，像飄在空中的棉絮，一片一片連在一起，把大部分星空遮住。

在白鶴潭以西的水道上，幾十條哨船和六百多條火船火筏整裝待發，船筏上堆滿松香和桐油，每三條火筏為一組，用鐵鍊捆住，獵獵西風把它們的桅杆索具吹得搖搖晃晃，有些柴草沒有紮緊，被江風吹得高飛遠逸。一千四百多福建水勇聚在岸上，只等一聲號令就登舟東駛。三千弁兵潛伏在兩岸的山岡田野和村莊樹林裡，數百名炮兵進入二十多個沙袋炮臺中。

楊芳主張維持和局，反對攻打逆夷，成了礙手礙腳的人物，奕山不得不耍小花招，讓他去巡視城外的東得勝兵營和四方炮臺。楊芳巡視了整整一天，回到行轅時天已擦黑，他是上了歲數的人，吃罷晚飯就和衣睡了。

半夜裡，一陣炮響將他驚醒，他立即爬出被窩，打火點燈，一看懷錶，是子時二刻。他披上戰袍，趿上快靴，抓起龜頭拐杖，迅速來到明遠樓前。十幾個親兵聽見炮聲，像安了機簧似的跑到院子裡，挺槍提刀前來侍候。楊芳猛揮手，「走，去靖海門！」說著便一屁股坐進肩輿，由四個親兵抬起他一溜小跑，朝城南趕去。

幾百條火船火筏黑燈瞎火順流而下，「摩底士底號」的哨兵最先發現敵人襲來，立即開了一槍，艦上的水兵聞聲警動，帆兵們跑上甲板，拽起錨鍊、揚起風帆，炮兵們打開炮窗，拔去炮塞，填入炮彈。

一條清軍哨船衝在最前面，開炮打斷了「摩底士底」的前桅，打傷一個夷兵。待哨船的船頭撞到「摩底士底號」上，七八個水勇奮不顧身，用帶鐵鉤的長竿勾住英船，順勢把幾枚火蛋拋到敵船上。船上的水兵立即開槍，水勇們應聲墜入江中，幾個英國兵忙手忙腳拽過噴水槍，沒等火蛋延燒就把它們噴滅了。「摩底士底號」迅速擺脫清軍哨船的糾纏。

當兩船的間距拉到十幾丈時，「摩底士底號」的側舷炮打了幾炮，哨船立即圮裂，破碎的船板檣桅、索具桁木漫天飛舞，左舷的水勇們被炸得血肉橫飛，右舷的水勇們一陣驚呼，縱身跳入水中逃生，汩汩江水迅速將他們淹沒。

戰鬥一打響，衝在前面的福建水勇立即點燃火船火筏，而後跳入水中，摸黑朝江岸游去，後面的水勇聽到炮響，心驚膽顫，竟然不點火筏就跳水逃生，致使大批火筏成了無人操縱的漂浮物，它們隨波而下，沒有發揮半點作用。

英軍事先獲悉清軍的進攻時間和方式，所有兵船都有準備，士兵們聽到槍響後動如脫兔，迅速進入戰位，向飄來的火船、火筏開炮，浪霾水柱與硫黃桐油碰在一起，立馬水火交合。當他們發現火船、火筏上沒有人時，很快改變方式，各艦放下舢板，水兵們就用帶鉤長竿勾住它們，拖向一旁。

當楊芳乘肩輿到達靖海門時，戰鬥已經持續一刻鐘，江面上炮如驚雷，槍如爆豆。他本以為是英軍突襲清軍，撫著堞牆朝江面一望才發現不對，是清軍襲擊英軍！

他圓睜老眼注視著江面，夜空之下，幾百條火船、火筏借助風力順流而下。照理說，這麼多條火筏同時出擊應當像火龍出行，呈現大火燒天的浩瀚景象，但是，戰場上的情勢永遠出乎預料，浩浩蕩蕩的火船火筏竟然只有十餘隻著火，東一條，西一條，閃著隱約的紅光，像明明滅滅的餘燼，絕大部分僅是順流而下的漂浮物。楊芳明白了，駕駛火船、火筏的水勇聽見槍炮聲後心驚氣短，不待火筏迫近敵船就跳水逃生，耗費鉅資打造的火船、火筏全成了廢物！

英國兵船和火輪船散泊在珠江上，間距達二里以上，艦鐘警號齊鳴，江面上火光閃閃，影影綽綽。兩岸的沙袋炮臺相繼開火與英艦互射，一道道亮閃閃的弧線像流星一樣在空中劃來飛去，發出刺耳的尖嘯聲和爆炸聲。江面如滾水沸油，嗞嗞啦啦，響聲不斷。

天黑地暗，楊芳看不清戰鬥細節，卻能嗅到濃烈的硫黃味。

有幾條火筏被西風和水流沖到岸上，引燃了岸旁的草棚和茅屋，發出紅殷殷、紫微微的火光，滾滾殘煙在江面和兩岸飄蕩，燒焦的爛木板窩在江灣水汊裡，隨著水波一起一伏。成群的百姓聚在江畔又叫又喊，像在刀鋒上行走的螞蟻，誰也說不清他們是在冒險觀戰還是在奮力救火。

楊芳又驚又恨、又氣又急，沿著堞牆朝西走，走到五仙門時恰好撞見阿精阿在指揮旗兵守城。楊芳用手掌重重拍打著堞牆，壽眉下的老眼像燃燒的玻璃珠子，「阿將軍，奕山夜襲英夷，你知道嗎？」

阿精阿怔忡回答：「知道。」

楊芳的一股怨氣噴湧而出，「噢呀，阿將軍，這麼大的動靜，怎麼不知會哦老漢？」

阿精阿假裝懵懂，「楊宮傅，奕大將軍沒知會您？」

楊芳一聽就知道他在撒謊，龜頭拐杖往城磚上猛戳，啞著嗓子吼道：「你為什麼不勸阻？」他不吼則已，一吼就是驚天動地，周匝的兵丁全被怒不可遏的老人震住了。

阿精阿知道楊芳識破真相，赧顏道：「楊宮傅，您老人家得體諒奕大將軍，他怎敢違抗皇命。」

楊芳的手指在空中使勁搖晃，「皇上的旨意？將在外，君命有所不受，你難道不懂？你以為哦是三歲小兒，竟然和奕大將軍合夥欺瞞哦老漢！」

阿精阿勸道：「楊宮傅，別發火，咱們是用一支馬勺在一口鍋裡吃飯的人，有什麼話好好說。」

楊芳一屁股坐在臺階上，他預見到這是場必敗的賭博，一字一頓地吼：「為帥者豈可打沒有勝算的仗，奕山的戰法純屬瞎鬧！那些爛木板子、破竹筏子能燒掉敵人的艨艟大艦？奕山糊塗，你也跟著糊塗！這場仗，事已敗而局難收！」

阿精阿也看出火攻夷船的錦囊妙計像夢幻一樣破滅了，滿臉頽敗，一聲不吭，像犯了大錯的孩子。

晨光熹微時，戰鬥結束了，幾百條火筏火船隨波而去，英國兵船只有「摩底士底號」稍微受損，其他兵船和火輪船安然無恙，依然在江面上耀武揚威。

楊芳端起千里眼朝西面望去，商館的旗杆上掛起清軍的龍紋大纛，柵牆、護欄、門窗被砸得稀爛。他一問才知道，戰鬥打響後，兩千川兵舉著火把衝進商館，把豪華傢俱、金銀器皿、吊頂燈飾和華麗帷幔洗劫一空。

楊芳問阿精阿：「阿將軍，什麼時候攻佔的商館？」

「子時二刻。」

「裡面有夷商嗎？」

「有，被兵丁們捉了，用木枷銬住。」

「是英國人還是別國人？」

「還沒查清。」

楊芳這時才發現阿精阿是個糊塗將軍。他生怕兵丁們秉性促狹、貪功喜事，惡作劇有餘，辦正事不足，要是誤傷夷人，勢必惹出一大堆麻煩，眼下必須立即亡羊補牢！他叫來一個軍官，老聲老氣地道：「你立即去商館，傳哦的命令——不論何國商人，不得戴枷、不得捆綁、不得打罵。誰要是虐待夷商，哦拿他的腦袋是問！」

# 拾 巨石壓卵之勢

郭富爵士和代理艦隊司令辛好士爵士堅信清方不會恪守臨時通商協議，時刻作好打仗準備。當他們獲悉清軍突襲英軍的消息後，立即率領全體官兵殺入珠江，只留下「都魯壹號」炮艦和幾百個病號留守香港。

兩條火輪船、十五條兵船、三十多條舢板編組成的編隊逆流而上，浩浩蕩蕩向廣州進發，後面跟著十幾條運輸船，就像一群猙獰可怖的鱷魚。江面上濃煙滾滾，艦舸爭流，槍炮林立，信旗飄飄，兩岸百姓從來沒見過如此兇神惡煞的浩大場面，驚得目瞪口呆。

英軍第一次攻入珠江時比較克制，兵船兩舷掛著「保護商民」等漢字揭帖，沿江百姓頗受迷惑，觀戰者多於逃亡者。英軍本以為黃埔島庫房裡的茶葉、生絲等貨物是戰利品，不僅沒有焚毀，還派兵保護，沒想到義律下令全部歸還給行商，惹得英國官兵怨氣盈天。現在，各國商船全都駛離珠江，辛好士爵士無所顧忌，先前十三行把茶葉價格抬高六成，更是激發他的怨恨，立即丟棄惻隱之心，不再給行商特殊保護。他命令英軍轟擊北岸的倉庫，沖天大火燒了一天一夜，怡和行的損失尤其慘重，英軍還打沉了幾百條哨船和商船，老百姓惶惶亂亂，四處逃亡[19]。

郭富和辛好士兵分兩路，一路重新佔領商館，從南面威逼廣州，另一路繞到廣州西側的繒步。一天前，「硫磺號」測量船發現繒步是一個絕好的登陸點，從那裡可以繞到廣州北面。清軍沒想到英軍迂迴繒步，只在那裡佈置少數汛兵，英軍登陸時，汛兵們只打了幾槍就倉皇逃退。

登陸持續了整整一夜，英軍把四位榴彈炮、六位推輪野戰炮、三位迫擊炮和一位能發射二十四磅炮子的攻城巨炮拖到岸上，還卸下一百五十多支康格利夫火箭。

繒步與廣州城相距十幾里，隔著一片開闊的水稻田和幾個村莊。英軍沒有地圖，但打過幾仗後，對清軍的佈陣方式有了大致印象。清軍以刀矛、弓箭為主要武器，必須以短兵相接

19 一八四一年六月號《中國叢報》（合訂本第349頁）報導：「中國人的損失巨大。十餘座炮臺被拆除和摧毀，幾百條船舶被擊沉或燒掉，上千位火炮被砸爛。但是，這僅僅是他們的一部分損失。許多家庭逃離廣州，他們的動產損失高達數百萬元，上千間房屋及裡面的商品和貨物被燒成灰燼，官商和民間商人的損失最大……經此一劫，地方當局和欽差大臣們再也無力重新備戰。」Keith Stewart Mackenzie 在《對華第二戰》（英文版第92頁）寫道：「浩官（伍秉鑒）的損失達七十五萬之巨，他有好幾座倉庫被徹底燒毀。」

的方式作戰，他們不會把遊動哨位佈置在兩公里以外。

天亮後，郭富率兵向東推進，直抵城北的拱極炮臺、保極炮臺、永康炮臺和耆定炮臺。炮隊把十幾位推輪榴彈炮、野戰炮和火箭發射架布列成陣，四座炮臺都是小炮臺，總共只有四十二位鐵炮，射程和炸力與英軍的野戰炮不可同日而語，經過半小時互射後，四座炮臺相繼淪陷。

段永福率兵駐防城北，雖然手下弁兵半數是病號，但他依然組織了兩千多人馬強起反擊，企圖與英軍貼身肉搏。可惜英軍根本不給清軍打貼身近戰的機會，不待他們逼近就連續開槍，幾百個兵丁血染沙場，陣地上到處都是斷刀殘旗和破碎的屍骸。

英軍僅付出輕微代價就控制住城北面的白雲山。他們居高臨下俯視廣州，連城裡的寺廟、街衢、院落、牌坊都能看見。

東得勝兵營與拱極炮臺隔著一大片水稻田，那裡有四千清軍。下午二時，英軍向東得勝兵營發起總攻，楊芳親自出城指揮[20]，兵營裡鐵炮、抬槍響成一片，金鑼戰鼓鏘鏘齊鳴。但是，英軍槍炮靈捷又急又密，百步之遠就能斃人致死。他們排成槍陣，步步為營，清軍的刀

20　郭富在一八四一年六月三日致奧克蘭勛爵報告記載：「下午三點左右，一位清朝高官來到兵營，我認為他就是楊（芳）將軍，他準備發動一輪新的進攻。」

矛、弓箭無法與之匹敵，致使這場戰鬥成為赤裸裸的殺戮，近千清軍被射倒在地上，死傷累累。一個時辰後，東得勝兵營完全潰敗，楊芳不得不退入城中。

楊芳命令退入城中的貴州兵和湖北兵暫住貢院。貢院是靖逆將軍和參贊大臣們的行轅，裡面有八千多間考棚，但是考棚狹小，兵丁們無法躺直身子，只能蜷腿而臥。一些兵痞脾氣暴躁，一點都不肯委屈自己，為了舒適，他們鑿通隔斷牆，把幾千間考棚拆解得七零八落，要不是為了防雨，他們連頂棚都能卸下來。

天黑了，廣州城的堞牆上佈滿清軍，九個旱城門和兩個水城門的城樓上火光灼灼，全副武裝的兵丁們不敢有絲毫鬆懈。城內的街衢巷口噪音不斷，巡夜更夫的吆喝聲、居民煩躁的咒罵聲和看家狗狺狺的亂叫聲交織在一起，不時還有零星的槍聲，搞得人們一驚一乍。

奕山、祁貢、楊芳、隆文、阿精阿和怡良聚在貢院的明遠樓裡商議戢兵議和之事。天氣很熱，明遠樓的窗子四敞大開，六巨頭目睹珠江和城北戰鬥的整個過程，清軍死傷累累，炮臺、溝渠、稻田、兵營裡屍骸遍地，兩千多將士血染沙場，英軍的損失卻微乎其微。大家全都意識到清軍的鬥志已經瓦解，城破在即。

奕山枯坐在籐椅上，面如槁木，心如死灰。從受命擔任靖逆將軍時起，他就有不堪重負的強烈感覺。承平時期，這個頭銜能給他權力和榮耀，但在戰時只能帶來一種大難臨頭的恐懼。他到廣州後，皇上三天一小催，五天一大催，飭令他迅速出擊。面對武裝到牙齒的強敵，奕山千頭萬緒、心亂如麻，白天裡東奔西走，氣敗神焦，黑夜裡意念混雜，心思重疊，躺在床上翻來覆去，痛苦呻吟，難以入寐。

他明知諭旨無法施行，可依舊不顧楊芳的勸阻，以弱旅攻擊強師，卻沒想到英軍會自縋步登陸，從北面抄擊廣州，更沒想到四方炮臺和東得勝兵營敗得如同秋風掃落葉。他夢想著出現奇蹟，但連一個可供回味的精彩戰例都沒看見。

奕山名義上是統帥，實際上徒有其名，楊芳才是眾望所歸的人物。他篤定清軍不堪力戰，力主維持和局；隆文嘴上不說，心裡卻認為楊芳比奕山高明；祁貢自稱是「承平總督」，只負責協調民力和後勤；阿精阿雖然是武將，卻是內戰內行，外戰外行，治安捕賊有一套，與英夷打仗一點主意都沒有；怡良是個老滑頭，事事模稜兩可。奕山原本就信心不足，經此一戰，越發覺得自己才拙力小，擔當不起靖逆將軍的重任。

天氣雖熱，場面卻冷。楊芳坐在圈椅上生悶氣，他親自出城指揮東得勝兵營奮力反擊，卻一敗塗地。他的戰袍上全是浮土，抓地虎快靴的側面刮開一道口子，露出裡面的藍色襯裡，靴面上沾滿泥塵，就像兩只經過暴曬的大牙瓜皮。奕山敗得抬不起頭，悶葫蘆似的一聲不吭。隆文耗神煎心，祁貢焦躁愁苦，怡良愁眉不展，阿精阿熬油傷神。

六個人苦瓜似的枯坐過了良久，祁貢才悀悀惶惶蹦出一句話，「楊宮傅，英夷虎視狼窺，南北夾擊，有補救的法子沒有？」

楊芳人老話多，缺齒老嘴開始囉唆，「仗打成這個樣子，沒什麼補救的法子。事非經過不知難，軍機處的大佬們身居廟堂，只想著把醜夷趕出國門，卻是躺在被窩裡作大夢。他們的豪情期許與戰場的實情格格不入。哦老漢看清了，琦善是個明白人，他看清我軍打不過英夷，規勸皇上金帛議和，但皇上不以為然。哦老漢原本也是主戰的，與英夷交過手後才知道打不過。哦與怡良會銜上奏，請求改剿為撫。但皇上不聽，還給哦老漢和怡大人一個處分。兵法云『主不可以怒而興師，將不可以慍而攻戰』，這一仗，敗就敗在主因怒而興師，將因慍而攻戰，置敵強我弱於不顧。尤其是火燒夷船，那種打法簡直是匪夷所思。

「奕大將軍，你怕哦老漢多嘴多舌攔著不讓打，竟然不知會哦，連段永福等客軍將領也不告訴，還把哦支應到城北去巡視，結果是兵行險棋，劍走偏鋒，敗得如同落花流水！」楊芳的直言不諱與官場風氣格格不入，除了皇上，什麼金枝玉葉、皇天貴冑都拿他沒辦法。奕山被楊芳數落得臉色一陣紅一陣白。

怡良替奕山解圍，「楊宮傅，奕大將軍也是一片苦心，您就別火上澆油了。」

楊芳倚老賣老，刀子嘴不饒人，「哦帶了一輩子兵，勝利、挫衄全經歷過。帶兵打仗最怕賭，小賭不過癮就大賭，大賭卻可能輸得精光。廣州看上去眾兵雲集，固若金湯，實則是個大瓷瓶，一砸就碎。哦們是沒有本錢賭的。現在老百姓人心惶懼，還編了順口溜罵哦們說『七省援軍喪家狗，一城文武可憐蟲』。」楊芳一張臭嘴罵倒大家，罵得人人抬不起頭。

隆文說：「奕大將軍，我昨天聽說，你命令佛山的差役們購買一批舊民船用作火船，要他們按質論價，差役們打著王命旗盤剝搜刮、偽造銀票，船主們拿著銀票去佛山同知衙門換銀子，結果是假的。」

奕山氣得臉色通紅，怒聲罵道：「我操他姥姥！等我把眼前的急務辦完，非把這群狼心狗肺的傢伙逮了剮了剖了不可，看一看他們的肺腑是黑的還是紅的！」

這時，貢院裡突然人喊馬嘶，沸反盈天，奕山、楊芳等六人全都站起身來，隔著窗子朝樓下看。就見一大群南海義勇持刀帶槍闖入貢院，正與湖北兵丁擼胳膊挽袖子大吵大罵，粵語方言夾雜著湖北土話。貴州兵們圍在一旁，叉手叉腳看熱鬧，還有人唯恐天下不亂，在一旁亂喊亂叫。

「打呀，殺呀！」

「剁了他們！」

「不見血不是真英雄呀！」

靖逆將軍和參贊大臣的行轅頓時被好幾千兵勇折騰得開鍋似的熱鬧。

楊芳一臉怒氣，提著手杖下樓，十幾個親兵們怕出事，立即提刀跟過去。湖北兵丁和南海義勇見楊芳走過來，立即讓出一條人胡同。

楊芳問：「大敵當前，你們居然趁亂打群架，還打到大將軍行轅來！怎麼回事？」

楊芳是個乾巴瘦的老頭，但名聲赫赫，幾句話就把大家鎮住，誰也不敢再鬧。一個小軍官在他跟前打千行禮，「啟稟楊爵帥，我是南海縣新編義勇二營的，叫李標。湖北兵開到廣州後天天惹事生非，與本地妓女廝混，染了梅毒大瘡。不知誰說吃嬰兒肉能治病，就攫取遠近小兒回營烹食。剛才幾個湖北兵在校場口外偷搶本城小兒，被民女追罵，恰好被我營的巡邏勇丁發現，情急之下鳴鑼圍堵。湖北兵不僅不放還小兒，還大打出手，打死打傷我營多名勇丁，請楊爵帥作主，嚴懲凶徒！」

楊芳見證多次兵丁內訌和聚眾譁變，每次都是因為小事處置不當而激成大亂，此事若不認真處置，眨眼之間就會鬧得不可拾掇。他喝了一聲：「叫段永福來！」

兵丁們立即亂哄哄地喊叫：「段大人，段大人，楊爵帥有請！」

段永福打了敗仗，一身晦氣，撤回城裡還沒休息，就碰上南海義勇打上門來討說法。他從人群裡擠過來，向楊芳行禮。

楊芳一臉慍色，「你這個總兵當得好！來廣州一個多月就有人告狀，說你的兵丁雜離散處，佈滿內城，三五成群，溜門撬鎖，專揀富人家的房子居住。各營的長官搞不清兵丁住在什麼地方，遇有急事敲銅鑼、搖小旗沿街招呼，有人居然除了領餉，藏匿不出。今天又鬧出這麼大的亂子，幾成譁變！為了平息眾怒，哦老漢不能坐視不管，來人！」

一個軍官一閃出列。

楊芳瞅了他一眼，「摘了大口段的頂戴！」

段永福一肚皮不服氣，張著大嘴喊冤，「楊宮傅，我冤枉！那是湖北兵幹的，我才接管湖北兵半個月。」

楊芳繃著臉皮晃著手杖，「你只接管一天也責無旁貸。現在哦忙得馬踩車，沒工夫聽你申辯，冤枉不冤枉，以後再說。摘了他的頂戴！」

那名軍官走到段永福跟前，「段大人，請您摘下頂戴。」

在眾目睽睽之下，段永福摘下大帽子、擰下頂戴，交出去。

楊芳這才對周圍的南海義勇道：「有人狎妓冶遊，私烹小兒，此事駭人聽聞，哦老漢要嚴查，一查到底，絕不寬沽！誰家丟了小兒，一俟查清，給予賠償。哦將派人與南海知縣劉師陸共同調查此等惡行，請各位兄弟相信哦，以大局為重，回營備戰！」

堂堂侯爵放下身段，與義勇們稱兄道弟，又是處分又是承諾，很快把大家的火氣平息掉一半。

等南海義勇亂哄哄退出貢院後，楊芳才對段永福道：「你呀你呀，把手下的兵痞們管嚴了，別給哦老漢添亂！給，拿回去，三天後再戴上！」楊芳轉手把頂戴塞到他手裡，「沒有頂戴就等於沒有令旗，不能發號施令。哦還等著你立功呢。」

段永福這才明白楊芳是逢場作戲，「謝老軍門。」

勸走了南海義勇，楊芳重新回到明遠樓。

楊芳在樓下處理營兵私鬥時，其他高官就像沒了主心骨，變得心中迷茫，舉措空虛、言辭無序，無法繼續會議。待他回來，祁貢才問：「楊宮傅，英夷占了城北的四座炮臺和白雲山，居高臨下，勢危至極，您說該怎麼辦？」

楊芳道：「眼下只有一個辦法，求和。」

「您是說掛白旗？」

楊芳道：「哦老漢倒想掛龍旗大纛，但沒有掛的本錢。」

怡良怯生生地道：「朝廷一俟知曉我軍戰敗……」在楊芳的眼神下，他只敢講半截話。

楊芳哼了聲：「《大清律》說失城寨者斬。要是英軍攻入廣州，在座諸公要麼捨生取義，自我了斷，要麼拚死抵抗，血戰到底，否則只能自取其辱，身敗名裂。八旗兵佐領以上官弁，漢人守備以上軍官，全得追究查辦，發配流徙三千里。」幾句話講得大家悚然心驚。

祁貢婉轉地說：「只有上不去的天，沒有過不去的山。只要英逆不打破廣州城垣，這局棋就不是死棋。」

隆文長長地歎了口氣，「事情到了這個田地，恐怕大家只能會銜上奏，剴切規勸皇上接受逆夷的訴求。」

怡良無奈，「我這個巡撫當得不是時候，眼下的難局只能教人睹物傷懷。」

阿精阿垂頭喪氣，「我這個將軍也當得不是時候，眼下這個局面，人以記其功，我以銘其恥。」

祁貢搖了搖頭，「如此說來，我這個總督也當得不是時候，眼下這個局面，人以壯其志，我以痛其心。」

幾個封疆大吏相繼發了一通無用的感慨。楊芳是大包大攬慣的人，居然把遊移不定的奕山撇到一旁，講了句喧賓奪主的話：「隆中堂，您起草一份授權書，叫余保純和伍秉鑒出城找義律。談成固然好，談不成也要拖時間。」

隆文也覺得奕山徒有其名，也不問他，鋪開宣紙，拿起一支狼毫，寫下幾行字：

欽命靖逆將軍奕，參贊大臣楊、參贊大臣隆、鎮粵將軍阿、兩廣總督祁、廣東巡撫怡，劄余保純、伍秉鑒知悉，即日出城與英國公使義律議和，所有一切安善章程，妥為辦理，毋得推諉。

六個人都得畫押簽字，隆文把筆遞給奕山。

奕山的臉色鐵青，思索片刻，忽地大喝：「我不簽！」

楊芳抬眼盯著他，「不簽如何議和？」

奕山嘭地一掌拍在桌子上，厲聲道：「楊宮傅，你是把我往絕路上逼！我是靖逆將軍，不是撫遠將軍，就是魚死網破，也要打！」

楊芳的壽眉一翹，「唔？打仗必須軍威盛壯，有必勝的信心。兵丁不是木偶，是有血有肉的大活人，你要是讓他們打必死必敗之仗，只會適得其反！要是兵丁們不肯出戰，你就是下死命令也是枉然，搞不好就會臨陣譁變！」

奕山被譏諷得滿臉通紅，拍桌子打板凳大喊大叫：「楊宮傅，你不要一口一個『哦老漢』地教訓別人！我是欽命的靖逆將軍，這裡是我當家！」

楊芳的缺齒豁嘴發出颼颼的冷氣，吹得奕山脊骨森涼，「這個家，你當得起嗎？要是當不起，就會敗了全軍、毀了全城！」

貢院裡突然燈光閃爍、人聲鼎沸，奕山等人不約而同再次從窗口朝下看，樓下黑壓壓一大片，上千居民打著燈籠、擎著火把擁進貢院，稀里嘩啦跪在樓前，發出期期艾艾的懇求聲。

「大將軍，停戰吧！」

「楊宮傅，戰火無情啊，求您積德行善啊！」

「祁督憲，給小民留條活路吧！」

貢院警備森嚴，不是弁兵們故意縱容，黎民百姓根本闖不進來。奕山剛要發火，一個兵丁突然衝著樓上大喊：「大將軍要打自己打，我們不願送死！」

此言一出，立即應者如雲，人群中爆發出連片的起哄聲和怪叫聲，既有本地口音，也有外省口音。

「大將軍本領大，讓他打去！」

「打個屁！還不是拿我們當炮灰！」

「讓當官的上戰場送死，別拿我們的命不當命！」[21]

數千兵民抽筋痙攣似的亂叫亂喊，難以控遏，顯露出譁變之勢。方才還吵吵嚷嚷、私相打鬥的湖北兵和海南義勇轉眼之間擰成一股繩，異口同聲要求議和。

奕山陡然變色，楊芳一聲不響，隆文與阿精阿面面相覷，怡良拍胸頓足、痛哭流涕，祁貢背過身去面壁吞聲。大家全都意識到，仗打到這個田地，再也打不下去了，誰要是逼著兵丁們上戰場送死，局面就會一發不可收拾。

奕山終於明白自己像一顆脆弱的雞蛋，前有銅牆，後有鐵壁，朝哪面撞都得粉身碎骨。他終於氣餒，熱噴噴的淚水奪眶而出，「楊宮傅，你是逼著我走上絕路啊！」

楊芳放緩了口氣，「不是哦逼你，是英夷把哦們大家逼上了絕路。哦老漢和你，還有大

21 軍隊不肯出戰，幾近譁變，此事載於《中國近代史資料叢刊・鴉片戰爭》第三卷，第434頁。

家，是一條線上的螞蚱，有難同擔，有罪同受。」他把毛筆遞給奕山。

奕山一咬牙，在授權書上簽下了大名。

# 拾壹 廣州和約

英軍步兵登陸時，每人攜帶兩天乾糧和四十顆槍彈，攻打廣州城北的四座炮臺和東得勝兵營時，用光了所有彈藥，必須等待補給才能進一步行動。但是天公不作美，廣州地處亞熱帶，每年五月，青藏高原的西北風與南海的東南風在這裡彙聚，暴陰暴陽、暴雨暴曬輪番上場。英軍攻打四座炮臺和東得勝兵營時驕陽似火，酷熱難耐，傍晚卻是雷鳴閃電，大雨傾盆。郭富的司令部設在拱極炮臺，二百多英軍擠進傾圮的兵房裡，還有二百多英軍無處藏身，只好依偎在大樹下和石牆旁，聽任滂沱大雨狂澆狂淋。一些士兵滑腳摔倒，滿身都是泥濘。

在繒步登陸的水陸官兵不足三千，他們孤軍深入，表面上槍炮靈捷，氣貫山河，實際上事事可憂、處處可慮。他們對當地的人文地理一概不知，食品和帳篷都沒有跟上。整整一夜，無遮無攔的暴雨橫衝直撞，如決堤之水流蕩蔓延，淹沒了所有的鄉道和農田，四野之內積水盈尺，英軍的補給立即成了大難題。最糟糕的是，燧發槍淋濕後不能打火射擊，勢如破竹的英軍被老天爺弄得一籌莫展，只能就地據守。

從繒步到拱極炮臺有六七公里之遙，這段路是一條纖細的生命線，一旦被清軍掐斷，後果不堪設想。英軍沒有馬車，所有輜重和補給全靠隨軍夫役挑運。英軍出價雖高，肯於冒戰火賺取傭金的船民和蜑戶不足二百，遠不能滿足需要。郭富和辛好士不得不分出一半兵力維護補給線。暴雨之後，補給線泥濘不堪，士兵和挑夫們五步一小滑，十步一大跤，行進速度十分緩慢。

第二天早晨，雨停了，鉛灰色的嵐氣在丘陵和農田之間浮動，連片的稻田像綠色的褥子，被細密的針腳縫在地上，露不出一丁點兒赭色的泥土。躲過了暴雨的各種小蟲紛紛冒出頭來，在樹叢和草叢間活動。英軍官兵被雨水淋得透濕，也脫下軍裝擰乾水分。

郭富有一種不祥之感，對勤務兵道：「叫大軍醫加比特！」

加比特上尉聽到召喚立即趕到，向郭富行軍禮。

郭富說：「這兒的氣候一日三變，不是驕陽似火就是暴雨傾盆。我軍倉促出征，沒有帶夠雨具，我擔心會發生瘟疫！」

加比特道：「我軍可能就在疫區中。」

郭富心頭一悸，「什麼？」

加比特回秉：「我在永康炮臺發現幾個清軍病號，他們奄奄一息，被遺棄在那裡。我判斷清軍在流行赤痢、霍亂和瘧疾。將軍，要當心，癘疫猛於虎！」

一個士兵聽到「癘疫」二字不由得嘟囔了一聲，「邱吉爾-奧格蘭德詛咒。」

此言一出，空氣中陡然增添了幾分詭異的氣氛，士兵們毛骨悚然，彷彿看見死神的影子在空氣中、雨水中、樹林裡、草叢間徘徊。

郭富的唇角肌肉猛然一動，「傳令各團各連，不得擅自行動，不得進入中國民居！」但是，這是一道遲發的命令，為了避雨，維護補給線的英軍頭天晚上就進了附近的民居。

辛好士爵士渾身濕漉漉的，皮靴上黏滿泥巴，一步一滑走到郭富跟前。他率領近千海軍陸戰隊參加了登陸戰，「郭富爵士，我們至少需要一百五十頂帳篷，不然士兵們會病倒的。」

郭富憂心忡忡，「是的，剛才加比特軍醫說這裡是疫區。」

辛好士倒吸一口涼氣，「確定嗎？」

「加比特報告說，他發現了被遺棄的清軍病號，患有烈性傳染病。」

辛好士抬眼望著廣州城牆和鎮海樓，它們距離拱極炮臺只有二百步之遙，肉眼能夠看清對方的一舉一動。他看見兩個清軍兵丁正在鎮海樓上升起一面白旗，那是求和的信旗。他們與英軍一樣，被暴雨澆得透濕。

辛好士慶幸地說：「我們的槍炮彈藥快用光了，幸虧清軍要求停戰，不然的話，我們的麻煩不會小。」

郭富道：「辛好士爵士，必須盡快運送帳篷。」

「我已經派人去繒步，命令『復仇神號』搶運一百五十頂帳篷。但是，現在江面迷濛，恐怕得耽擱一兩天。我不擔心水上運輸，擔心陸上運輸。帆布帳篷又重又厚，一輛馬車只能裝兩頂帳篷，況且我們沒有馬車。」

廣州城裡突然火光一閃，傳來一聲驚天巨響，震得拱極炮臺微微顫動，一股黑煙騰空而起！只有上萬公斤火藥爆炸才能發出如此震耳欲聾的巨響。郭富和辛好士吃驚地朝城裡望去。清軍沒有打炮，英軍也沒有發射火箭，根據聲音和濃煙判斷，是清軍的火藥庫爆炸了！它很可能轉成漫天大火，燒掉半座城市。但是，廣州城有如鬼神呵護，烏雲密佈的天穹突然驚雷滾滾，瓢潑大雨從天而降，致使火勢無法蔓延。

廣州的暴雨來得快，去得也快，一小時後雨就停了，參謀長蒙泰帶著輜重隊趕到拱極炮臺。輜重隊在附近的村里弄了兩輛馬車，車上載著幾頂軍用帳篷，車架上懸掛著鍋碗灶具。馬車後面跟著長長的運輸隊，二百多中國夫役挑著槍炮彈藥和食物。兩輛馬車衰老破舊，馬很瘦，在泥濘的道路上艱難行走，不斷地上坡下坡讓牠們搖晃喘氣，好像隨時都會因體力不支而癱倒在地上。

蒙泰渾身透濕，一步一滑地登上炮臺，「報告二位司令，義律公使要我代為送來一份緊急公函！」

郭富撕開信套展讀：

陸軍少將郭富爵士閣下，艦長辛好士爵士閣下：

先生們，我很榮幸地通知你們，我與中國政府的官員會商，就本省的疑難問題達成如下協定。

一、欽差大臣及其部屬，含本省和外省軍隊，六天內撤至廣州六十英里以遠。

二、一星期內向英國國主支付六百萬元，其中一百萬在明天日落前付清。

三、在全部款項付清前，英國軍隊就地紮營，雙方不得再行備戰。全部款項付清後，英國軍隊和兵船立即退出虎門，上橫檔島駐軍也應撤離。在兩國政府就疑難問題達成協議前，中國政府不得在該島重新駐兵。

四、誤燒西班牙商船「比爾巴諾號」、砸搶商館，由此造成的全部損失，在一星期內賠償付清。

為實施上述安排，我要求你們在中午前停止敵對行動。

 22

郭富讀完把公函遞給辛好士。辛好士越讀臉色越難看，「我們深入敵後，周圍有一百萬中國人和四萬多敵軍，查理・義律居然要我們就地紮營，這是在虎口裡紮營！我抗議！我要給國防大臣和海軍大臣寫信，控告查理・義律無知無能，他根本不配當對華公使大臣！」

郭富的臉色陰沉，「是的。我軍遠離艦隊支援，不僅要承受暴雨驕陽的輪番侵擾，還要隨時提防敵人的突襲。敵人詐術翻新，花樣百出，在這時間、這地點、這惡劣的天氣下，我軍的處境十分險惡，稍有疏虞就可能遭逢滅頂之災。」

他轉身進入一頂帳篷，盤腿坐在一只馬扎上，給義律寫了一封抗議信：

你把我們置於兇險之中。我的士兵正在遭受可怕的襲擊，我與後方的聯絡不斷受到威脅，護航艦隊遭到攻擊。士兵們因為必須保持警惕而高度緊張。不論你如何相信中國人，我

22 取自 Robert S. Rait 撰寫的《陸軍元帥郭富子爵的戎馬生涯》（《The Life and Campaigns of Hugh, First Viscount Gough, Field-Marshal》）Volume I, P.190-191。（該協定及附帶說明還刊載在一八四一年六月號的《中國叢報》上，合訂本第 346 頁）。

不信，也沒有任何理由稍感輕鬆[23]！

貢院外面圍著上萬名百姓，粗布藍衣的市井小民們抹著淚花跪在地上，里長甲長們紛紛投遞稟書，懇請奕大將軍和廣東官憲保全闔城民命。數百兵丁像一堵牆似的封住門口，不讓小民闖入行轅。

余保純和伍秉鑒帶著與義律擬定的條約草稿回來了，費了好大勁兒才穿過人群進入貢院，向奕山等六大官憲稟報談判過程。

六大官憲把和約草稿傳閱了一遍。奕山問道：「四項條件，一個字都不能改嗎？」

余保純道：「是的，義律挾勝利之威，得勢不饒人。」

「六百萬賠款，一點兒也不能少？」

「義律說得很絕，一元也不減，一天也不寬限，否則就要攻城。」

伍秉鑒補充：「是按印度魯比計價，六百萬元折合四百二十萬兩戶部紋銀。」

花廳裡岑寂無聲，如何籌措六百萬是個難題。奕山到廣州時帶來三百萬兩兵費，一半從

---

23　取自 Robert S. Rait 撰寫的《陸軍元帥郭富子爵的戎馬生涯》（《The Life and Campaigns of Hugh, First Viscount Gough, Field-Marshal》）Volume I，第 193 頁。

戶部劃撥，一半從湖南、江西、廣西等省的藩庫裡調撥，三百萬兵費實到二百萬，用去六十萬，還有一百萬在途中。

祁貢陰著臉對伍秉鑒道：「前總督琦善與你們商議過賠款事宜，六百萬賠款不由朝廷出，由十三行出，對吧？」

伍秉鑒的眉棱骨微微一動，「是這樣。但那筆款是按分年歸還議定的，十三行一下子拿不出這麼多錢。」

楊芳道：「不論怎麼說，眼下必須拿出六百萬真金實銀來，否則廣州就完了。你們能拿出多少？」

伍秉鑒腿腳不靈，但頭腦清明，說話辦事井井有條。琦善和義律商議《穿鼻條約》時，他就與所有行商議定墊付銀的份額。他小心翼翼地回答：「戰火把十三行蹂躪得不成樣子，各家行商損失巨大，眼下最多只能承擔三分之一，其餘款項，請大將軍和祁督憲從官庫裡借支，記在十三行的帳上，分年償付。」

他恭恭敬敬呈上單據，上面寫著全體行商的分攤數額：

提取行傭三十八萬元。

伍秉鑒的怡和行認捐八十二萬元。

潘紹光的同孚行認捐二十六萬元。

吳天垣的同順行、馬佐良的順泰行、易元昌的孚泰行、謝有仁的東興行，各認捐十二萬元，其中七萬元為實銀，五萬元為欠條。

盧文蔚的廣利行、梁承禧的天寶行、潘文濤的中和行、潘文海的仁和行，各認捐一萬五千元。

合計二百萬元整[24]。

六位元大員把清單傳閱一遍，大家全都意識到，除了伍秉鑒的怡和行和潘紹光的同孚行，其他行商的油水已被榨取一空。怡良有點心虛，「急事可以緩辦，大事可以小說，但有一件事不能不議清楚——十三行出二百萬，還有四百萬從哪裡出？」

奕山想了想，「海關不是入帳一百六十多萬關稅和船鈔嗎？」

祁貢提醒：「大將軍，粵海關是天子南庫，稅銀只要進了海關衙門，就屬於內務府，封疆大吏無權動用。」

24　這組數字載於一八四一年六月號的《中國叢報》合訂本第 349 頁。

奕山說：「事到如今，籌款萬分火急，先用上再說，事後再想法子補。海關的庫銀不夠，就動用藩庫和運司的銀子，要是再不夠，從我的軍費裡借支。」

怡良依然忐忑，「這是與皇上打啞謎、玩八卦，後果得思量清楚。」

奕山道：「我是命中八尺，難求一丈。事情辦到這種田地，再難過的關口也得想法子過！現在，大家唯有和衷共濟、風雨同舟。此事先以墊付商欠的名義奏報朝廷，不知諸位意下如何？」他的眼風掃視著在座諸公。

楊芳、隆文一聲不吭，祁貢、阿精阿和怡良覿面相視，明遠樓裡岑寂無聲，每個人都在打著小算盤，掂量著利益與得失。

過了許久，怡良才忐忑道：「這條約簽了可是死罪呀！」

楊芳不喜歡怡良那種不陰不陽、不清不白的做派，講了一句風涼話，「噢呀，簽了是死，不簽也是死，只是早死晚死而已。哦同意大將軍的提議，以墊付商欠的名義奏報朝廷。」

大家這才相繼點頭。

「以墊付商欠的名義奏報朝廷」意味著把行商拉進一場連袂舞弊中。伍秉鑒坐在杌子上，靜靜地看著眼前的活劇。「公忠體國」、「社稷為先」的錚錚大言在封疆大吏們的心中正在冰消瓦解，轉化成自我保全的小策略和小陰謀。

奕山不得不對伍秉鑒講幾句體貼話，「我聽說你們怡和行在沙面的倉庫燒光了，損失高達七十五萬元，比四川弁兵們打砸商館和誤燒西班牙商船的損失總和還大。英國人賠不賠？」七十五萬元足以買下一支龐大的船隊，怡和行損失之重，不言而喻。

伍秉鑒痛心疾首地道：「大將軍，城下條約向來是勝利者提條件，失敗者簽字畫押。我們只能自吞苦水，哪敢向英夷討要。」

祁貢問：「誤燒西班牙商船『比爾巴諾號』和商館的損失費，他們要多少錢？」

余保純回答：「經義律核算，誤燒的西班牙商船折價四萬一千二百四十三元，砸搶商館損失折價六十二萬八千三百七十二元。這筆錢不記入六百萬元贖城費之內。」

又是一筆六十七萬元的巨額賠款[25]！

隆文義憤填膺，「哪個營攻打的商館？」

「是川軍。」

怡良氣得大罵：「好啊，凶刀打劫、焚琴煮鶴。這群丘八形同無賴，搶砸夷館以求自肥。他們砸得痛快，卻要我們出銀子替他們賠償！」

奕山同樣惱怒，「把那些砸搶商館的川兵抓起來，好好收拾他們！」

---

25 該數字載於一八四一年六月號的《中國叢報》合訂本第 350 頁。砸搶商館和誤燒西班牙商船的賠償費分別為 628372 元和 41243 元，即，廣州繳給英軍的費用總額是 669615 元。

楊芳冷冷一笑，「收拾？搶了商館、發了大財的兵痞們早溜號了，你就是逮住三五個，他們也早把錢花得精光。」

余保純接著講：「義律還說，這份協議僅適用於廣東一省，他將擇地另戰，直到朝廷滿足他們的全部要求為止。」擇地另戰意味著戰爭並未結束，只是不打廣州。

奕山問：「他還說什麼？」

余保純道：「他要我們代雇八百夫役，拖運炮子和輜重，協助城北的英軍撤軍。」

阿精阿相當詫異，「什麼，要我們給他們雇八百夫役？」

余保純點點頭，「義律說傭金由他們出，而且價錢公道。」

奕山喟然歎道：「英夷的想法真他娘的離奇古怪！」

楊芳撫弄著手杖，「噢呀，高明啊高明！逆夷口口聲聲說打文明仗，還出公道價錢雇用夫役，貌似不搶不掠、不燒不殺，實際上是陰搶陰掠、陰燒陰殺！他們勒索了哦們的銀子，不僅軍費有出處，還有了爭民心的資本！」

祁貢道：「英國人既要打仗，又要做生意，還要索取巨額贖城費，不是身臨其境，很難相信天下有這種事。我這個總督無能，只好以屈求伸，以退為進——只要他們肯撤軍，給他們雇！」

奕山轉過臉對伍秉鑒道：「與義律和談，你們伍家人是經辦人之一，這種事，瞞天瞞地瞞不了你們，但事到如今，必須講求一個『密』字，否則誰都過不了鬼門關。」他明白，此事必須瞞著朝廷，一旦事情敗露，道光的懲罰會像衝出地殼的火山熔岩，剎那間把他毀滅。他起身走到伍秉鑒跟前，恭恭敬敬地鞠了一躬，「伍老爺，拜託了。」

伍秉鑒的身子微微一顫，拄著拐杖站起來，「大將軍，老朽禁受不起這種大禮。」

但他心有靈犀，奕山等六大官憲要聯手給朝廷演一場默劇，容不得任何知情人心存異想。伍家人參與了和談，是這場默劇的知底人。奕山的鞠躬，意味要伍秉鑒在一份沒有契約的攻守同盟上簽下無影之字！官場的陰暗不亞於黑道上的剪徑強盜，誰要是膽敢捅破這層窗戶紙，絕了退路的仕宦們就敢魚死網破，聯手把他黑了！

人在漩渦中，身不由己，伍秉鑒是知輕重的人，頷首道：「大將軍的苦衷，老朽明白。自古以來，攻伐戰亂是上演不斷的劇碼，顛沛流離是商民們吞食不盡的苦果。只要能保住廣州，大將軍委曲求全，老朽自當守口如瓶。但老朽有一個請求，還請大將軍和諸位大憲給予考慮。」

「哦，什麼請求？」

「廣州兵連禍結，貿易停頓兩年，十三行在劫難逃，山窮水盡。老朽懇請大將軍和各位大憲轉奏皇上，放全體行商一馬，不要抄產入官、流徙新疆。行商們太難太苦，給他們留一條活路吧。」說到此，蒼老的眼眶微微濕潤，聲音輕輕打顫。

奕山不得不同情十三行的遭遇，「伍老爺，你們伍家人是國家的忠義之士，就是天塌下來，本將軍也會保全你們怡和行。」這是對伍秉鑒「守口如瓶」的對等承諾。

余保純把廣州和約的底稿放在桌上，打開墨水匣。奕山不再猶豫，拿起一支狼毫，率先簽下名字。楊芳、隆文、祁貢、阿精阿和怡良依次簽字。大家心照不宣，這份和約不僅意味著對英夷的屈服，也意味著聯手遮天！

# 拾貳 三元里

余保純和伍秉鑒把六大官憲簽了字的和約送到義律處，也送去第一筆贖城費。

第二天，廣州的所有城門和街衢要衝張貼了總督和巡撫的會銜告示：

現在兵息民安，恐爾官兵、鄉勇、水勇等人未能周知，合再明白曉諭。……爾等各在營卡安靜駐守，勿得妄生事端，捉拿漢奸。如遇各國夷商上岸……亦不得妄行拘拿。倘敢故違軍令，妄拿邀功……查出即按軍法治罪[26]。

讀了告示，市井小民不由得百感交集，說不出是苦是辣、是酸是甜。他們親眼看見清軍一敗塗地，怨其無能，怨其不爭，但是，戰爭總算結束了，人們用不著背井離鄉，逃避兵燹了。

清軍開始撤離廣州，六千多弁兵整隊集合，準備從小北門出城。英軍要求清軍必須從那裡出城，以便清點人數。敗軍之將，無力討價還價，只能忍辱服從。

湖北客軍與南海義勇的積怨與日俱增，幾乎擴大成全體廣東弁兵與外省援軍的衝突，再不處置就可能爆發大規模的內訌。六大官憲果斷決定，先讓外省客軍撤離廣州。

楊芳頭戴纓槍大帽，身穿黃馬褂，握著拐杖站在肩輿旁，與奕山爭議出城的順序。依照英軍的要求，靖逆將軍奕山應當在儀仗隊的簇擁下領隊出城。

奕山道：「天朝大將即使敗了也不能像個包蔫蛋。我親自帶隊出城，向英夷宣示我不是敗在沒有勇氣，而是敗在器不如人。」

楊芳勸道：「大將軍，你不能先出城。英夷就在白雲山上，與小北門僅一箭之遙，要是他們突然打冷槍，後果不堪設想。哦老了，沒幾年活頭了，哦先出城，你讓別人穿你的黃馬褂、用你的儀仗，假冒出城，你則換普通軍裝混在佇列裡，以免遭到暗算。」

奕山連連搖手，「楊宮傅，這不行，我不能讓你替我冒險。」

楊芳執拗道：「三軍不可一日無帥，這個險，哦去冒。」說罷，他一屁股坐到肩輿裡。

奕山見勸不動他，只好囑咐：「楊宮傅，當心哪。」

---

26 《近代史資料叢刊·鴉片戰爭》第三冊，第539頁。

楊芳道：「哦要是有個三長兩短，拜託你把哦的老骨頭送回老家，好讓哦的子孫後代得到恤典。」

小北門的兩扇城門吱吱呀呀開了一道縫，打頭的兵丁將白旗探出去，過了片刻，腦袋和身子才跟出去。他手搭涼棚，看向英軍陣地，確信英軍不會開槍，才朝後面招手。儀仗兵出來了，最前面是迴避、肅靜牌，接下來是兩面飛虎旗和八面青龍旗，而後是楊芳的官銜牌。楊芳拄著手杖端坐在肩輿上，昂然注視著百步之外的英軍。

英軍編成戰鬥佇列，槍上膛刀出鞘，隨時準備開槍射擊——他們同樣擔心清軍玩弄詐術，藉出城之機發動突襲。

最先出城的儀仗兵們像從老虎嘴邊走過，腳發軟、心狂跳，生怕敵軍突然大發邪威，開槍開炮，只有楊芳安之若素，將生死置之度外。

敗軍之將擺出如此堂皇的撤離場面，英軍看得目瞪口呆。當他們確信清軍不會鼓搗什麼鬼把戲後才放鬆警惕，發出一陣又一陣的起哄聲和尖厲的口哨聲，嘲笑清軍徒有其表。

半數清軍出城了，奕山確認前面的隊伍安然無恙，才在親兵的簇擁下，夾在佇列裡步行出城。

天公不作美，清軍出城六十里後碰上電閃雷鳴，烏雲密佈的天空像巨大的瓢，潑水似的往下倒，六千多清軍淋得像落湯雞，在泥滑的道路上趑趄前行。緊趕慢趕地，終於來到了金山寺。

金山寺旁有個大鎮子，奕山和楊芳傳令就近避雨，弁兵們立即一哄而散，在風欺雨浸中四處尋找民居、店鋪、馬廄和牛棚，惹得鎮上的看家狗狂吠狂叫。不一會兒，寺廟、祠堂、戲臺和房屋的出水簷下擠滿大兵，他們又累又餓，又睏又乏。

奕山和楊芳一起朝金山寺走去。寺裡的方丈見他們身穿油衣，油衣下罩著黃馬褂，有親兵前呼後擁，知道來頭不小，不敢攔阻，只告訴他們帶刀進入佛堂是佛家大忌。奕山和楊芳遵守佛家戒律，解下佩刀，在方丈的陪同下進入大雄寶殿，捐了香火錢，點燃熏香，畢恭畢敬跪在釋迦牟尼的彩繪泥像前，雙手合十，祈求佛祖保佑大軍平安。

依照廣州和約，清軍應當撤到六十英里以遠，一英里合三華里半，也就是說撤到二百華里以外。奕山和楊芳一商議，決定假裝糊塗，駐在金山寺不走了。

三天過去了，留守廣州的祁貢和怡良每天遞解一百萬元贖城費，安排五六千弁兵撤離廣州，南海義勇沒了打架的對手，居民的情緒漸漸安定下來，逃難的人群開始減少。

老天爺像神奇的魔術師，翻手造雨，覆手生晴。第四天又是驕陽和暴雨輪番上場，隆隆的雷聲如同霹靂炮響，震得人心驚動，接下來是傾盆大雨，彷彿能澆滅火焰山。

祁貢在戰亂期間就任兩廣總督，廣州四周硝煙連著戰火，戰火連著硝煙，火燒眉毛的急事、難事、糟心事一樁接一樁。他從早到晚陀螺似的連軸轉，忙得七葷八素、暈頭脹腦，原本豐腴的體態瘦了一大圈。這天晚上，他又忙到夤夜，兩顆眼珠子熬得通紅，疲勞到極點才和衣而睡。

天剛亮，錢江就腳步匆匆來到祁貢的臥房門口，渾身上下濕淋淋的。他敲了敲房門，沒人應，又敲，還是沒人應，索性推門而入，見祁貢依然在沉睡，不得不輕輕推醒，「祁部堂，出事了！」

祁貢立即警醒，「哦，什麼事？」

「夷酋郭富派人送來一份照會，說三元里鄉民在圍攻英夷！」邊說邊把照會在祁貢的眼前一晃。

祁貢像被閃電擊中似的，騰地坐起身，「什麼？誰帶的頭？」

「不知道。」

「因為什麼？」

「不知道。」

祁貢接了信套，抽出信紙，上面寫著曲裡拐彎的英文，他一個字母也不認識。

他趿上鞋子走到窗前朝戶外望去，外面的雨幕如霧如霰，空氣又濕又重。可以想像，連夜的滂沱大雨淹沒所有田地和道路，廣州四周成了澤國。這種天氣不宜打仗，因為道路不通、火藥潮濕，打不響槍。英軍在城北活動多天，難免與當地村民發生衝突，廣東地區貧富懸殊，盜賊橫行，民風彪悍，動盪不寧，村社和宗族之間私鬥不斷，不少村鎮有武裝自衛的傳統，一俟遇到外人入侵，只要有個陳勝、吳廣似的人物振臂一呼，男女老少立馬就能抄起刀矛嘯聚而起，像不怕死的大黃蜂一樣猛打猛衝。

眼下首要之事，就是弄清照會的意思，偏偏衙署裡沒有通事。祁貢突然想起梁廷枏，從林則徐當總督時起，梁廷枏就在總督衙門當幕僚，「錢知事，你去叫梁夫子，讓他立即來翻譯夷文照會。」

錢江答應一聲，走了。

不一會兒，梁廷枏夾著一本厚厚的《華英字典》，胸前的皮繩拴著一只放大鏡，踱著方步來到衙署。他的英語是自學的，半吊子，可以用於考據，不能用於聽說，閱讀英文書籍必須不斷翻查字典。儘管郭富的照會只有寥寥幾行字，他還是費了半天工夫才譯出大意，告訴祁貢：「夷酋郭富說，英軍遭到上萬義民的包圍和攻擊，他質問我方是否背信棄義，是否要撕毀和約？他要求我們派人勸阻義民，否則將認定我方為違約，他們不僅要消滅義民，還要攻打廣州城。」

六大官憲與義律簽署的《廣州和約》明文規定：如非欽差將軍等自行失信，則斯省定無擾害之情。

六大官憲煞費苦心，一意做成和局，已經支付四百萬贖城費，三元里義民自發攻擊英軍，廣東官憲毫不知情，如果不立即制止，不僅所有贖城費付之東流，整個和局也將毀壞殆盡！

祁貢的眼角和嘴角掛著焦慮和不安，對錢江道：「關庫、蕃庫、運庫和行商們的家底都掏空了，才湊出巨額賠款。堂堂正正的八旗兵、綠營兵和七省援軍尚且打不過英夷，鄉民義勇不過是烏合之眾，怎能打過？這種事不能聽之任之！你馬上叫廣州知府余保純去三元里查明緣由，看看是否有人故意搗亂，要剴切規勸鄉民們安守本分，不得妄生滋事。」

錢江答應一聲：「遵命。」轉身去找余保純。

不一會兒，余保純乘轎趕到。

祁貢擔心民眾愚盲，鬧出無法拾掇的局面，「余大人，你趕快去一趟三元里，看一下是怎麼回事。鄉民們不知深淺，搞不好就會捅破天！」

余保純一臉苦相，「祁大人，卑職不懂夷語，沒有通事，無法交涉。」

「伍秉鑒父子呢？」

「伍老爺在萬松園，伍紹榮押送贖城款去商館了，一時半時無法回來。」

祁貢急火攻心，對梁廷枬道：「梁先生，你既通曉夷語，又熟悉夷務，權且屈尊當一回通事。」

梁廷枬曉得自己的英語是半吊子，不惜自貶身價，推辭道：「我才不足以治世，智不足以應急，當不了通事。」

祁貢急得火燒眉毛，「哎呀，我的梁夫子，都什麼時候了你還拿名士派頭。快去，快去！」不等梁廷枏同意，就對錢江道：「給梁先生備轎！」

一眨眼的工夫，一抬竹轎停在跟前，余保純連拉帶拽把梁廷枏塞進竹轎，自己貓腰鑽進一乘藍呢官轎，喝一聲：「起！」

轎夫們倏地抬起轎子，滑著腳步朝城外走去，幾十個衙役頭戴草帽、身披油衣、手提水火棍跟在後面，打頭的差役舉著一面白旗。不時有人滑倒，摔得像泥猴子。

兩乘轎子走得又急又快，抵達拱極炮臺時，雨恰好停了。余保純和梁廷枏登上山岡向東南一望，田野山林和鄉道上全是影影綽綽的鄉民義勇，三星旗、七星旗、青龍旗、白虎旗、日月旗、滿天星旗連成一片，長矛、短刀、鐮刀、釘耙交相混雜，銅鼓聲鏗鏘起伏，螺號聲嗚嗚作響，遠處的山岡和溝壑裡還有無數老翁、老嫗、村姑、小童壯著膽子看熱鬧。渾身泥濘的義勇們密密麻麻排列成行逡巡遊動，與四座炮臺遙遙對峙。炮臺上的英軍荷槍實彈，依託堞牆，作好了防禦準備。

英軍的補給線與城北的幾個村莊相互交叉，英軍的巡邏隊多次進村，接連發生撞壞籬笆、踩壞莊稼、牽走牲畜，這類行徑就像捅了馬蜂窩。一些村民被激怒了，少數人帶頭襲擊零散英軍，規模迅速擴大，由百餘人擴大到千餘人。郭富派出軍隊予以彈壓，打死打傷多名村民，激起了更大規模的反抗。在一些宗族首領的號召下，抗英義民竟然迅速擴大到萬餘人，與英軍對峙了整整一天！

由於大雨滂沱，馬德拉斯第三十七團C連的六十六名官兵迷路了，天黑時還沒有歸來，郭富和辛好士立即派出兩支海軍陸戰隊搜尋。海軍陸戰隊裝備的是雷爆槍，這種槍有防水帽，能在雨天使用。他們很快發現C連被數千義民包圍在牛欄崗（現在的白雲機場一帶）。這個連的燧發槍被雨水淋濕後無法開火，帶隊軍官命令士兵們圍成一個圓圈，槍口和刺刀朝外，與數千義民對峙了兩小時。海軍陸戰隊趕到牛欄崗後連續射擊，驅散了義民，這才成功救出C連。

郭富和辛好士一直在等候清方的回話，他們見余保純下了官轎，一擰一滑地迎上去，身後跟著幾個軍官和挎槍士兵。

郭富與余保純打過交道，舉手行了一個西式軍禮，「余大人，昨天我軍遭到貴國義勇的攻擊，一名軍官和幾個士兵遭到殺害。我向你方提出嚴正抗議！」

郭富的語速較快，梁廷枏的英語不好，不知道 volunteer（義勇）是什麼意思，急得抓耳撓腮，眨著眼睛問郭富：「What is volunteer?」

郭富一肚皮惱火，但眼下只有這麼一個生瓜蛋通事，他忍著火氣，指向遠處的鄉勇道：

「They are volunteers.」

梁廷枏恍然大悟，「噢，明白了。」轉臉把郭富的話譯給余保純，「夷酋說，昨天一群英國兵迷路，被他身後的義勇殺了，死了一個當官的幾個當兵的。夷酋還說，他很生氣。」這通翻譯若即若離，余保純聽得莫名其妙，似懂非懂，硬著頭皮拱手作揖道：「這麼大的動靜確實出乎預料。郭富將軍，事情總有起因，待本官查明後，一定妥善辦理。」

梁廷枏在書房裡能縱論古今、神遊四海，卻被英語弄得一籌莫展，一肚皮學問派不上用場。他抓耳撓腮、譯不成句，只能結結巴巴吐出幾個單詞，「So big move……嗯……so quiet, out of expect, gener……好像……have cause……」

這種不倫不類的翻譯，連神仙都聽不懂。郭富乾著急，英國兵掩口竊笑。

辛好士掏出懷錶，「現在是八點鐘，即貴國的辰時二刻，我要求你們在一小時內勸退義勇，否則我方將中止廣州和約，下令開炮，你們繳納的贖城費也將全部沒收！」

梁廷枏連猜帶矇，依然無法將辛好士的意思表述清楚。在如此嚴重的關頭，辦理如此重大的交涉，雙方卻像在打啞謎。郭富和辛好士只好耐著性子，蹲在地上用小木棍畫示意圖，口中嘰嘰咕咕講著鳥語，余保純和梁廷枏也撩衽蹲下，梁廷枏的嘴裡不時蹦出單詞，余保純一會兒拍腦門兒，一會兒摸胸口，一會兒搖頭，一會兒擺手。雙方比手畫腳、連說帶畫半天，郭富才明白，余保純的意思是，廣州官憲一定恪守停戰協議。鄉勇的活動是自發的，不是官憲安排的。他將勸說鄉勇退去，請英軍千萬不要開槍開炮。

民諺曰：「十里不同俗，百里不同風。」

廣州城北的民風民俗與珠江兩岸的民風民俗大相徑庭，漁家、蜑戶居無定所，不在四民之列，與巫、娼、盜賊、流民、乞丐同屬下九流，皮裡陽秋，極難管教。城北的村民卻是以種田為生的農戶，受到保甲制度的約束，以血緣為紐帶，以宗族為依託，對朝廷官員存有敬畏之心。

余保純在英夷面前硬不起來，在鄉民面前卻有足夠的權威。他與梁廷枏等人踏著泥漿下了炮臺，深一腳淺一腳地朝鄉民走去。

鄉民義勇們與英夷鬥了一天一夜，死傷多人，復仇之心難泯，久久不肯退去。他們手持釘耙、鐵釺，同仇敵愾，社旗高張，人聲鼎沸。可見余保純往他們面前一站，眼風一掃，眾人立即鴉雀無聲，各鄉耆老們滑著腳來到余保純跟前打千行禮。

余保純認出為首的是三元里的何玉成。此人四十多歲，有舉人功名，是懷清社學的山長。他一身短打扮，手握一柄雙刃刀，一點兒也不像讀書人，反倒像個山大王。這種人要不是被逼得走投無路，絕不肯豁出性命，挺身而出，扯旗打仗。他身後還有幾個鄉紳，余保純不認識他們，但猜出他們是有頭有臉有聲望的當地士紳。

何玉成等人見到余保純，七嘴八舌地呼喚：「沒想到府台大人蒞臨。」

「請大老爺為民作主。」

余保純環視四周，鄉民義勇們怒形於色，大有不把英夷趕盡殺絕不甘休的氣概。他皺著眉頭問：「何老爺，你們因何事鬧出這麼大的動靜？」

何玉成語氣慷慨激昂，「余大人，英夷乃大清之寇仇！他們竄擾四鄉，強買強賣，登堂入室，調戲婦女，侵擾墳塋，窺視神器，是可忍孰不可忍！這種不倫不類的異國醜類形同禽獸，唯有斬盡殺絕才能對得起列祖列宗。當此海疆不靖之時，本地民人募義而起，上為國家殺賊立功，下為自家免遭荼毒。三元里九十餘鄉村民自相團練，假天時，借地利，濟人和，協助官兵共剿醜夷。」何玉成不愧是讀書人，連申訴都咬文嚼字，帶著濃濃的書卷氣。

第二位鄉紳道：「逆夷掘塚淫掠激起民憤。前天，何老爺向南海、番禺、增城諸鄉發出傳柬，各鄉士紳立即回應，撰寫長紅、示諭、檄文和字帖，號召鄉民義勇保家、保民、保村社。昨天恰逢大雨，一隊逆夷竄入三元里，他們的槍械火藥被打濕，無法打火射擊，被我們圍住，激戰一天[27]。」

第三位鄉紳接過話，「本地鄉勇擊潰了夷兵，陣斬夷酋伯麥和先鋒官畢霞。請府台大人依照官府的懸賞給予褒獎。」說罷一招手，兩個義勇各提一只木匣，匣子裡放著血肉模糊的

27　參考本書彩頁第 10-11 頁，廣州城北作戰示意圖。

人頭，誰也無法辨認他們的真實身分。

在怡良公佈的賞格中，伯麥的標價是五萬元，軍官的標價是五百元。鄉民們開口就說陣斬伯麥和軍官畢霞，余保純的心裡咯噔一下。且不說畢霞是何許人，僅伯麥的頭顱就得支付一筆鉅款，相當於廣州城全體官兵一個月的俸銀！

在戰亂之時，兵民們糾合求賞的事情層出不窮，若不驗明正身，僅憑報功者口頭宣述，很容易被人冒領，輕則被人訕笑，重則被人效仿。余保純不能立即兌付，冷著臉道：「何老爺，你派人把兩顆頭顱送到南海縣衙門，寫明殺敵者的姓名，時間、地點、過程、證人等，待仵作（驗屍員）驗明正身後，當賞即賞。若是虛報，該罰就罰！」

鄉紳們見余保純不僅沒有兌付賞銀的意思，還有「該罰就罰」的話，氣性頓時短了一半。

余保純轉身登上一塊半人高的大石頭，挑高嗓音，「諸位縉紳，你們是朝廷和官府倚畀的中堅，村社的領袖，義勇的首領，本官請你們為朝廷和官府著想。

「為了防止戰火延燒、生靈塗炭。四天前，靖逆將軍和兩廣總督與夷酋義律簽署了戢兵罷戰的協定。在此之前，各鄉義勇奮勇殺敵是保家保國，本官要依照賞格給予優獎。但簽署協定後，奕大將軍和祁督憲會銜發出告示，告誡全省官兵和鄉勇義民，勿得妄生事端，捉拿漢奸，如遇各國夷商上岸，亦不得妄行拘拿。如果有人膽敢違抗憲令，妄拿邀功，即按軍法治罪！這份告示你們讀了嗎？」

余保純劈頭蓋臉吹過一陣冷風，吹得大家不勝其寒。遠處的村民義勇聽不清楚，依舊站著不動，近處的縉紳卻被說得心灰意冷。

何玉成問：「余大人，您的意思是，義勇們要是繼續圍攻逆夷、斬殺敵人，不僅無功，反而有罪？」

余保純道：「何老爺，一件事可以論功，也可以議罪，要依時間和地點而變化。奕大將軍和祁督憲的告示簽發四天了，大概貴鄉及臨近鄉村受到逆夷驚擾，未能及時張貼。不知者不為罪，本官不為難諸位，就以現在為界，在此之前斬殺英夷的，有功；在此之後斬殺英夷的，有罪！」

縉紳們亂哄哄議論起來，什麼難聽話都有。

「官府怎麼出爾反爾？」

「論功和議罪像變戲法，說變就變。」

「他娘的，官府要食言，斬殺夷酋也是白費力氣！」

「賞銀是領不成了！」

「還他娘的想領賞銀，搞不好得挨一頓板子！」

余保純看得清楚，在所有鄉紳裡，何玉成的功名最高，只有先勸退他才能勸退別人，「何老爺，凡事要以大局為重。您功名高、人望厚，影響大，請您配合官府帶個好頭，勸說你村的鄉民義勇率先還鄉。」

何玉成一肚皮不服氣，「余大人，本人是一介書生，沒什麼大本事，但逆夷犯我海疆，侵入內地，保家保國，匹夫有負，我才傳東四鄉，痛擊醜夷！」

余保純耐心地說：「本官同你和鄉親們一樣，也想把逆夷趕走，永靖天朝。但戰火無情，廣東官憲已……」他差點兒把「交了贖城費」說出來，話到舌尖又吞了回去——這種事只能包得嚴嚴實實，萬一不小心外洩，後果不堪設想。余保純打了個磕巴才接著道：「何老爺，朝廷最忌諱以武犯禁。請你帶個好頭。」

這話講得又重又狠，何玉成一怔，不想自己竟然做了件「以武犯禁」的事。他雖不怕逆夷，卻怕官府，索性不再言語。

余保純勸不退逆夷，平息民怨卻很有一套，他軟硬兼施、威撫並用，給何玉成等縉紳一記悶棍後又講了幾句安撫話，「明天本官請各鄉縉紳到城隍廟會議，評功擺好，議出一個讓大家心平氣和的辦法來，當賞則賞，絕不食言！」

何玉成率先轉身，勸說本村鄉民回撤，他一走，其他鄉村的縉紳像被抽了氣的皮球，領著各村的義民義勇一隊接一隊地離去。人們怨氣沖天，罵罵咧咧，既罵英國鬼子，又罵余保純等官員。

眼見鄉民們漸漸散去，梁廷枏詫異道：「余大人，你說怪不怪，水師打不過英夷，陸營也打不過，八旗兵更打不過，見著英夷就跑，鄉民義勇的膽子怎麼這麼大？」

余保純苦笑著道：「無知者無畏呀！鄉里豪強和愚氓，要他們保國不一定行，要他們保家，比誰都厲害。這是一股既可怕又強悍的勢力，用之得當，可以助國威；用之不當，則敗事有餘！」

# 拾參 刑部大獄裡的落難人

琦善一行水陸舟楫地走了兩個月才到北京齊化門。英隆騎馬在前，琦善的囚車在後，鮑鵬和白含章被摘了頂戴，跟在囚車後面步行。白含章是行伍出身，經歷過行軍打仗和長途跋涉，熬得了這份兒苦。鮑鵬是買辦，出門在外不是乘船就是坐車，從來沒走過這麼遠的路，打了一腳水泡，一瘸一拐地跟著走，像隻跛腳鴨。

英隆的家在北京，幾年前被皇上派到廣州當副都統，這次藉押解琦善的機會回來，很快就能見到老父老母，心情極好。他之所以得到這份差事，是因為老父老母聽說廣州大戰在即，擔心兒子有個三長兩短，通過睿親王說動皇上，讓英隆押送琦善到京，實際上是想讓他避開戰火。

在旅途中，英隆比較照顧琦善，既沒刁難他，也沒給他戴鐐銬，反而給一對山核桃讓他在手中把玩，還在囚車上支了一塊布簾子遮陽擋雨。但皇上的諭旨是「鎖拿琦善」，因此在離京城十幾里處，還是給他戴上鐐銬。

世事變幻如浮雲蒼狗，琦善在官場上久經淬煉，經歷過曲折坎坷和世態炎涼，在囚車裡枯坐的這兩個月，心中驚悸早已平息，達到淡定如水的境地。進了齊化門後，他隔著囚車的木柵四下張望。九個月前，他進京請訓時的街景與現在一模一樣，木器店、雜貨店、裁縫鋪、成藥鋪……一家挨一家，但生活節奏比廣州慢，太陽升起老高時，店夥計們才慢悠悠地打開店門，沿街叫賣的小販們挑著貨擔走走停停，渾濁悠揚的叫賣聲拉得老長，與行人的咳嗽聲、哼曲聲混雜在一起，聽起來京味十足。有些四合院的門口坐著簪花女人，一面拉家常一面納鞋底，身邊有總角小童撲打嬉鬧。

行人見押送囚徒的英隆是二品武官，不由得駐足觀望，交頭接耳猜測什麼人交了華蓋運。但是，琦善兩個多月沒剃頭，鬍子長得老長，臉皮被夏日炎陽曬得油黑，身上的官服沒有補子，經過風吹日曬，褪了不少顏色，沒人猜出囚車裡的人竟然是前文淵閣大學士、世襲一等侯琦善。

囚車停在刑部大獄門口。北京人把刑部大獄叫天牢，天牢的木門又厚又重，門上刻著猙獰的狴犴，高牆上插著尖利的玻璃碴兒，裡面關押的不是欽定要犯就是各省送來的疑案重犯。英隆翻身下馬，進去辦理入監手續。

不一會兒，司監跟在英隆後面出了大門，走到囚車前用鑰匙打開囚籠，「琦爺，您認識我嗎？」

琦善吃了一驚，仔細打量司監，只見他三十多歲，穿八品補服，高鼻樑、寬額眉，「你不是張仙島嗎？」

張仙島笑瞇瞇道：「在下正是。」

張仙島的父親本是山東小吏，三十年前，因為犯罪被罰，給旗人當包衣奴才，發配到琦善的老家遼陽。那時張仙島才五歲，長得乖巧可人，琦善挺喜歡他，讓他陪自己的兒子識字念書。張仙島很爭氣，憑著勤奮聰敏考取舉人功名，經琦善舉薦，做了小京官。他扶著琦善下囚車，「琦爺，您是主子，就是當了欽犯，依舊是我的主子。」

琦善不由得感激涕零，「我這個欽犯在天牢裡碰上你，是託了菩薩的福了。」

英隆拱手道別：「琦爵閣，一路上照顧不周，請多包涵。有句老話說『榮辱紛紛在眼前，不如安分且隨緣』。人各有命，以後的事，誰也說不準。我託觀音菩薩保佑你。」

琦善拱手還禮，「英大人，多謝一路照應。」

英隆離去後，張仙島對琦善道：「聽說您要來，我叫人收拾了一間單號，打掃得乾乾淨淨。刑部怎麼審，我作不了主，但您在我這兒，保準不會吃虧。」說罷，領著琦善進入天牢。

囚犯們正在放風，三十多人遊著步子在天井裡緩慢移步。刑部大獄是天字第一號大牢，進這座大牢的大部分是犯案官員，不像遊民竊賊那樣猥瑣卑劣。

一個囚徒盯著琦善，「您是原欽差大臣琦爵閣部堂大人吧？」

琦善仔細打量那人，只見他身穿囚衣，中等身材，頭髮有寸餘長，鬍鬚又粗又硬，左臉頰上有一道傷疤，像隻小蜈蚣。雖看了許久，他還是想不起在哪兒見過，「請問你是……」

那囚徒抱拳行禮，「在下是原定海鎮中軍遊擊羅建功。」

琦善這才想起來，去年他南下廣州，途經山東，在濟寧府白馬驛遇見定海鎮的幾個舊軍官，他們因為打了敗仗被押送京師，受到差役的打罵和勒索，恰好被他撞見。他把差役痛罵一頓，還詢問過定海之戰的情形。

羅建功是戰敗的虎賁，囚禁在天牢裡，就像困在籠中的鷹犬，瘦骨伶仃。他眼珠迷濛，流露出怨婦似的哀傷，一點兒精神都沒有。

琦善問：「差役們後來虐待你們了？」

「您罵過後，他們不敢放肆。多虧您唬住他們，不然，我非得被他們折磨得半死不可。」

「刑部審過了？」

「審過了。」

「結果怎樣？」

「沒什麼好結果，發配到新疆做苦役，連家人也不能倖免。」

張仙島道：「主子，定海鎮的幾個軍官都關在這兒，刑部已經讞定罪狀，發文到各府縣，把他們的眷屬押送進京，一併發配到新疆。我估計再過幾天，他們的眷屬就到齊了。」

羅建功悲鳴著，「琦大人，我們冤枉啊！英夷兇神惡煞，不是身臨其境的人不知曉真情。

弟兄們哪個不願意為朝廷效力？但血肉之軀禁不起夷炮轟擊。不論我們怎麼辯解，審案的司官們就是不明白弁兵們不能用竹槍禦大銃、刀矛打艦炮。我打了敗仗，理當受罰，但朝廷的章程過於嚴厲，禍及眷屬和子孫。我從軍三十多年，打海匪、靖海難，立過三次功，負過三次傷。我三次寫稟帖，請求刑部將功抵罪，寬恕我的眷屬和子女，免去他們遠戍新疆的苦役，但都被駁回。

「哦，還有張朝發大人，冤，冤，太冤了！定海城破後，知縣姚懷祥大人投水自盡，受到優恤，張朝發大人中炮受傷，被弁兵們救起，昏迷二十多天才死去。因為多活了二十幾天，就被判斬監候。他臨死前傷口潰爛，化膿生蛆，慘不忍睹，他的夫人不服氣，千里赴京敲聞登鼓告撞天屈，但徒勞無益，反而被當作罪臣眷屬與我們一道解赴新疆……大清啊大清，我們一生為你奔、為你忙，為你受盡苦和累；為你死、為你狂，為你咣咣撞大牆，沒想到一個閃失，被你踩在腳下，永世不得翻身哪！」

說到這裡，一股酸酸的淚水湧上眼眶，羅建功再也說不下去，蹲下身子嗚嗚咽咽地抽泣起來，像一個受了天大委屈的孩子。

張仙島是包衣奴才出身，同情落難人，勸解道：「俗話說『時來天地同發力，運去英雄不自由』，進了天牢的都是天涯落難人。羅建功啊，你往開裡想吧！」

正說話間，幾個差役從號間裡抬出一個擔架，上面有具屍體，被白布掩蓋住。囚徒們紛紛起身讓道，還有幾個囚徒向屍體鞠躬行禮。羅建功和定海鎮的幾個舊軍官見了，跪在地上口中呢喃：「烏大人走好，烏大人走好。」

琦善頗感詫異，「這是誰？」

張仙島說：「是原浙江巡撫烏爾恭額。」

琦善心中一驚，「烏爾恭額死了？」

張仙島歎了口氣，「烏爾恭額因為浙江敗局交部議處，摘去頂戴，隨營效力。但是，英夷曾在鎮海投遞字帖，據說是什麼《致中國宰相書》。朝廷規定各省封疆大吏不得接受夷書，夷人的稟帖只能交廣州十三行轉遞，烏爾恭額依照成例將夷書擲回，未奏報朝廷。誰也沒想到英夷突然大鬧海疆。皇上認為烏大人擲回夷書是貽誤軍機，飭令將他押送京師三堂會審。軍機大臣會同刑部堂官遵旨議罪，判他去新疆充當苦役。皇上認為判得太輕，不足以懲儆，發回刑部重審。前幾天，刑部改判絞監候[28]。烏大人想不開，懸樑自盡了。」

琦善不由得百感交集，意識到烏爾恭額之死與自己有關。他在大沽會談時聽義律說過，英方釋放了一個中國商人，將《致中國宰相書》的副本投遞給烏爾恭額，他把這事原原本本

28 參閱《烏爾恭額改為絞監候　羅建功等發往新疆充當苦差》的上諭，《籌辦夷務始末》卷十七。

奏報給皇上，沒想到皇上據此給烏爾恭額定下了貽誤軍機的罪名。

烏爾恭額與羅建功一樣，畢生效力於大清，突如其來的戰爭讓他手足無措，一個蹉跌進了天牢，成為被大清王朝作踐和嚴懲的罪人。懸樑自盡說明他有悔有怨、有恨有愁，絕望到極點，心冷如冰地走了。

琦善驀然生出前程可怖，深不及底的預感，彷彿在冰洞裡窺見自己的倒影，不由得喃喃自語：「未雨之鳥戚於飄搖，將萎之華慘於槁木啊！」

刑部大獄分隔成三個大監號，甲監收三品以上罪官，乙監收四品以下革員，丙監收重大或疑難案件的平民。張仙島引著琦善來到甲監，那裡條件最好。

琦善沿著甬道往裡走，突然聽見有人在唱京劇《四郎探母》：「我好比籠中鳥，有翅難展；我好比虎離山，受了孤單；我好比淺水龍，困了沙灘……」唱罷，又念了一段獨白：「莫道我英雄氣短，實在是世事堪哀。」接著發出一陣狂放的怪吼：「誰敢殺我！誰敢殺我！誰敢殺我！」抑揚頓挫連叫三遍，一聲高過一聲。

琦善愣了愣神兒，「刑部大獄裡居然有人引吭唱戲？」

張仙島無奈一笑，「主子，是前莊親王奕賨在唱。」

琦善認得奕賨，此人是太宗皇太極第五子碩塞的後代，蔭襲了莊親王的爵位，但浮薄無行、胡作非為，經常攜妻帶妾赴廟唱戲，出入妓院，恣意尋歡，是京城裡有名的荒唐王爺。

當初奕賫與鎮國公溥喜跑到東直門外的靈官廟吸食鴉片，被九門提督衙門的弁兵當場查獲，道光一怒之下削了他的爵位，打入天牢。主持靈官廟的尼僧叫廣真，人稱廣姑子，事發後，廣姑子也被判罪發遣。

經過這般懲處後，道光猶不解恨，又命令通政司把這件事登在邸報上，曉諭天下，以儆效尤。

有人據此編了單弦曲牌《靈官廟》，在京津戲樓裡廣為傳唱，把一樁皇親國戚的醜事張揚得無人不曉。

莊親王的爵位世襲罔替，不能廢掉，道光下令把王爵傳給奕賫的弟弟奕仁。奕仁憑空撿了一個王爵，就像天上掉下一個大元寶，高興得連汗毛都飛起來。

琦善隔著木柵朝監號裡瞟了一眼，只見昔日的莊親王骨瘦如柴，一件對襟盤扣囚服套在骨頭架子上，因為不合身顯得晃裡晃蕩。兩年多的牢獄生涯把他折磨得臉色蒼灰、兩頰深陷，頭髮全白，乾枯如草，眼珠子裡放射著瘋人的光芒。由於長年沒洗澡，渾身散發出難聞的汗酸味，令人一聞就想嘔吐。

張仙島解釋：「主子，天牢裡關進這麼個瘋子，誰也不能讓他閉嘴，只好聽任他發神經，天昏地暗地自尋其樂。」

琦善見號間裡還躺著一個人，很胖，但看不清面孔，便問：「那人是誰？」

張仙島回答：「是原鎮國公溥喜。他入獄後百無聊賴，吃了睡，睡了吃，誰也不搭理。」由於久不活動，看上去就像是口待宰的肥豬。

張仙島陪著琦善進去後，鮑鵬和白含章被擱在後面。鮑鵬看見鐵鎖高牆，不由得打了一個寒噤。

一個滿臉橫肉的牢頭衝他齜牙，「你懂規矩嗎？」

鮑鵬被問得一愣，「什麼規矩？」

牢頭戴著黑紅高帽，皮笑肉不笑地撚著三個指頭，「你是有過一官半職的人，應當懂道理。大清朝一千五百多個州縣大獄，哪個不收點兒什麼，刑部大獄也不例外。但凡外省押解進京的人犯，總得孝敬點兒黃貨白貨。」所謂「黃貨白貨」就是金子和銀子，這是明目張膽的勒索。

此時鮑鵬才意識到，刑部大獄雖然位於天子腳下，其黑暗卻不亞於偏遠的州縣土牢。入獄的犯官，四品以上文官、三品以上武官，牢頭獄卒不敢輕易得罪，萬一他們出獄後反手一拍，很可能拍碎他們的腦袋。但品秩較低的佐貳雜官另當別論，這種人能耐有限、道行有限，一個跟斗雲翻到高位的極少。他們一入獄，牢頭、獄卒們立馬就像食腐餓鷹，借機扒一層皮、剮一層肉。

鮑鵬的押解文書上寫的是「文八品」，白含章的押解文書上寫的是「武六品」，二人一進大獄，就像落架的雞一樣被一群潑皮無賴死死盯住。

鮑鵬苦笑著，「你們怎麼不攔琦大人？」

牢頭嘿了一聲，滿口刁氣，「你也配和人家比？人家是司監的主子，咱不敢攔。你們可沒這個福分！」

白含章一臉不服氣，「嘿，承平世界朗朗乾坤，你敢勒索？本官還沒定罪呢！」

牢頭斜睨著他，「本官？沒定罪？沒定罪能讓你進刑部大獄？告訴你吧，縣官不如現管，凡是進了這個門，任你是天上的星星，落魄到天牢裡也得魂銷骨鑠，化成一團軟泥！來人，給他套上大號木枷！」

兩個獄卒發出一聲殺威喝，從牆角裡提過一副四十多斤重的超大號木枷。這種重枷只要套上半天，就能把人折磨得生不如死。

鮑鵬嚇了一跳，他畢竟是有錢人，趕緊從行囊裡翻出一塊五兩重的紋銀，「這位爺，白守備是外省人，不曉得規矩。您老高抬貴手，高抬貴手，入門銀子，我替他交了。」說完，他轉過頭，哭喪著臉勸白含章，「白兄啊，人在世間難免有個七災八難，你且將就將就，低一低頭吧。」

白含章像被惡狗咬了一口的酸梨，毫無辦法，只能忍受。

對牢頭來說，五兩銀子是一筆大錢，相當於三個月的薪俸。他抓起銀錠掂了掂，「這還差不多。」

他啪的一聲打了個響指，帶著敲詐成功的快意，對一名獄卒道：「把二位囚爺的行李送到西五號，弄桶熱水給他們洗個澡，換上囚服。」

# 拾肆　炮癡

琦善到北京的第二天，林則徐抵達浙江省的鎮海縣，巡撫劉韻珂立即去驛站看望他。

林則徐與劉韻珂是老相識，對他知根知底。劉韻珂相貌端莊、雍容有度，一口山東話講得抑揚頓挫，「少穆兄，你在虎門點燃一把禁煙大火，燒得海疆紅彤彤的，天下臣民為之一振。兩江總督裕謙大人對我說，你立了一件不世之功，卻因功受罰，他決定上疏朝廷為你鳴不平。閩浙總督顏伯燾大人亦對你敬佩有加，拉上我會銜奏保，可惜的是，朝廷礙於時局，沒有讓你官復原職。裕謙大人不甘心，再次拉我會銜上疏，要你來浙江助一臂之力，朝廷總算允准了。你是經世大才，來浙江的小廟暫時委屈一下。」

林則徐道：「多謝諸位仁兄鼎力相助。裕謙大人近來可好？」

「前些日子他回南京了，臨行前要我負責浙江防務，但我只懂民政不懂軍務，杭州還有許多事情要料理。我是天天盼著你來襄助的。」

林則徐問：「余步雲大人精通軍務，他不是改任浙江提督了嗎？」

劉韻珂淡淡一笑，「裕大人有個性，余大人有脾氣，兩人一文一武，鼓號不合，得磨合些日子。」

官場上文武不和是常見現象，林則徐初來乍到，不宜深問，岔開話題道：「要說海防，我也是半路出家，現學現賣。」

劉韻珂謙虛地道：「你經理過江蘇和廣東防務，與英夷打過仗。我一直在內地任職，要說剿山匪、打蟊賊、鎮壓白蓮教，我略知一二；要說海上禦敵，我是擀麵杖吹火，一竅不通。浙江與廣東雖然隔著福建，卻是脈絡相通，唇齒相依，我不敢稍有疏虞。你一定能幫上我的大忙。」

「我林某人不才，但承蒙仁兄抬愛，自當竭盡全力。」

劉韻珂說：「少穆兄，現在是戰時，諸事繁忙，最緊要的是造炮造船。待會兒我領你去鎮海炮局看一看，那兒有位炮癡。」

「炮癡？什麼炮癡？」

劉韻珂狡然一笑，「一會兒你就知道了。」

說罷，領著林則徐一塊兒出了驛站，前往梓蔭山麓的鎮海炮局。

鎮海縣是個六里見方的小城，卻有浙江省最大的軍工場，鑄炮局、火藥局、木料局、炮車局一應俱全，幾十個作坊雇了上千名工匠，數里之遠就能看見鑄鐵爐騰起的黑煙，踏進工廠就能聽見唰唰的鋸木聲和叮噹的打鐵聲。

鑄炮局下設大爐坊、小爐坊、堆料坊、磨鋥坊、穿連坊等十三個作坊，雇用三百多個工匠。劉韻珂和林則徐一進大門就看見鑄鐵爐火光沖天，院子裡炭火旺盛，火星飛舞，工匠們在酷暑之下大汗涔涔，抱木炭的、運礦石的、製鐵模的、拉風箱的……沒有一個閒雜人員。

林則徐邊走邊看，工匠們的手掌和腳板都很硬朗，粗壯的胳膊上血管賁張，裡面流動的好像不是血，而是熔化的鐵水。十幾個鐵匠站在齊腰高的鐵垛子旁，揮動臂膀，掄動鐵錘，砸得鐵星四濺，火花盛開。兩兩一組，一個工匠用小錘輕敲示意落錘的位置，另一個工匠用大錘使勁砸下，旁觀者擔心大錘砸到使小錘工匠的手，但每次都有驚無險，二人竟然合作得天衣無縫。

一個工頭滿臉油灰，比手畫腳、大呼小叫，把工匠們支應得團團轉。

劉韻珂指著該名工頭道：「那人就是我跟你說的炮癡，嘉興縣的縣丞龔振麟。他醉心於機械、火炮、冶鐵製器，什麼東西到他手裡，立馬就能花樣翻新、巧變百出。他是個魯班式的人物，不願當縣丞，自動請纓來造炮，咱們大清朝就這麼一個活寶貝。他這個人，一進炮局就如癡如醉，聽見爐火聲就像聽見天籟，看見鐵砧上的火星就像看見天女散花，聽見扳機和彈簧的咔咔聲就像聽見黃鐘大呂。」

聽聞劉韻珂把龔振麟抬舉到魯班的高度，林則徐不由得刮目相看。只見龔振麟光著月亮頭，辮子盤在頭上，鬍鬚上掛著汗珠，腰上圍著一張皮裙，手裡握了根鐵釺，額頭眉骨像峻峭的巉岩，活脫脫一副工頭模樣，只有腳上的厚底官靴說明他是官。

劉韻珂叫了一聲：「龔大炮！」

爐火聲、風箱聲、鐵砧聲、碎石聲響成一片，龔振麟沒聽見，依然和工匠們比手畫腳地說話。劉韻珂對林則徐笑道：「你看那傢伙，哪像當官的。」

劉韻珂走到龔振麟身後，拽了拽他的衣袖，龔振麟這才回頭，見是劉韻珂，嚇了一跳，趕緊打千行禮。

劉韻珂笑呵呵地說：「龔大炮，我給你領來一個大人物，過來見見。」

龔振麟看見十幾步遠處站著一個人，頭戴藍頂子，身穿四品補服，卻不認識。

劉韻珂道：「你猜猜他是誰。」

龔振麟赧顏一笑，「卑職哪能猜得出來。」說著，依照官場禮節，前行兩步，一揖到地行大禮。

劉韻珂這才公布，「他就是虎門銷煙的林則徐林部堂。」

龔振麟揉了揉眼睛，半信半疑，「劉中丞，您不是開玩笑吧？林部堂是兩廣總督，頭品官紅頂子，哪能穿四品補服、戴藍頂子？」

龔振麟是不問俗務的呆官，一門心思琢磨造槍造炮，滿肚皮都是機械經濟。雖聽說過林則徐在虎門銷煙，卻不知曉他被罷官了，更不知道他要來浙江。

劉韻珂對林則徐笑道：「我說他是炮癡，不假吧？堂堂兩廣總督林部堂左遷浙江，這麼驚天動地的消息，他居然一點兒都不知道。」又轉臉對龔振麟說：「這位就是大名鼎鼎的林則徐林大人，不是假的，是真的。林大人受了點兒委屈，來鎮海襄辦軍務。」

龔振麟這才相信，趕忙在皮裙上搓了搓手上的泥灰，「卑職不知道二位大人造訪，有失遠迎。這邊請，當心腳下。」他小心翼翼繞過地上的鐵條爐渣和碎礦石，引著劉、林二人進入側廳。

側廳裡亂七八糟，地面上紙屑遍地，朱漆方桌上擺著草圖和書籍，還有一支被拆卸得七零八落的英國燧發槍。那是當地義勇繳獲的，送到這裡供炮局研究仿製。另一張小桌上有幾幅草圖，繪滿奇形怪狀的機械圖案。靠西窗的大條案上擺著兩條木製船模，其中一條粗具模樣，另一條還未做完。船模旁有一個被大卸八塊的掛鐘，銅釘、彈簧、螺釘、螺母碼成一排。

靠東牆是一張竹床，床上的被子沒疊，枕頭旁放著一把英國短銃。茶几上擱著瓷盆、瓷碗、筷子、湯匙，床底下堆著兩雙沒洗的臭襪子，襪子旁是一位英國銅炮，上面有鑄模夷字。

林則徐心中微微不滿，覺得龔振麟是個邋遢人，把炮局的側廳當成私宅，既辦公又住宿，還當飯廳。他是講求秩序的人，要是自己的屬官如此邋遢，非得大加訓斥不可。但鎮海炮局是劉韻珂的地盤，自己是獲咎冷官，只要劉韻珂能容忍，自己不宜多舌。

劉韻珂道：「龔大炮，你這個房子亂得沒有下腳的地方，你該把老婆接來，讓她好好打理你的生活。」

龔振麟咧嘴一笑，「我老婆不能來，她要是來，我就成出氣筒了。」

劉韻珂哈哈大笑，對林則徐解釋：「咱們大清朝講究男尊女卑，獨龔大炮的家與眾不同，是女尊男卑。」

龔振麟搬過兩把椅子，請劉韻珂和林則徐坐了，然後把被子往裡挪了挪，騰出屁股大的一塊地方，將就著坐在床沿上。

劉韻珂語氣和藹，「龔大炮，知道你精通泰西演算法，巧於設計，把你的想法跟林大人說一說。」

龔振麟彷彿有了展示才華的機會，眼珠子立即一亮。他從方桌上拿起一幅草圖，不繞彎子，直切主題，「林大人，我一直在琢磨，英國的炮能打遠，咱們的炮咋就打不遠？去年有一條英國兵船擱淺在崇明島，當地勇丁俘虜了二十多個夷兵，打撈上兩門炮和兩個炮架，還繳獲了幾條槍。」他指著床下的銅炮，「那時候，是欽差大臣伊里布主持浙江軍務，我跟他要了一位炮和一架炮車仔細研究。」

那位銅炮在他的竹床下面，重約六七百斤，他蹲下身子想拽，卻拽不動，只能抬頭，「請二位大人幫一把手。」

林則徐當了半輩子官，從來沒見到屬官叫上司幫忙幹力氣活的，龔振麟這個呆官竟然沒有尊卑之分，招呼封疆大吏如同招呼夥計。劉韻珂卻全然不以為意，蹲下身子幫助拽炮。既然巡撫屈身幹力氣活，林則徐沒有不出手的道理，他也俯下身子，三個人六隻手把那位炮從床底下拽出來，斜依在牆上。

龔振麟把手伸進炮口，「你看，這不是滑膛炮，是線膛炮，炮管裡面打磨得光滑如鏡，裡面還有幾條螺旋線。據俘虜說，這幾條線叫來福線。你們再看這條焊接線，這說明什麼？說明它是分兩截澆鑄，焊在一起的。咱們的炮是一次澆鑄，用水和泥製成泥模，然後澆鑄鐵水，層層榫合。泥模必須烘乾烘透才行，否則外表雖然乾了，裡面卻濕潤，一遇金屬熔液，潮氣自生，鑄成的炮筒有蜂窩，施放時炮筒容易炸裂。烘乾泥模需要一月之久，碰上雨雪陰寒，耗時更長。

「使用泥模還有一大缺點，一具泥模只能鑄一門炮，隨成隨棄，無法再用。我冥思苦想試驗多次，以鐵為模，先將鐵模的每瓣內側刷兩層漿液，頭層漿液用細稻殼灰和細沙泥調製，第二層漿液用上等細窯煤調水製成，然後兩瓣相合，用鐵箍箍緊，烘熱，節節相續，最後澆鑄金屬熔液。冷卻成型後，立即按模瓣順序剝去鐵模，像剝筍殼一樣漸次露出炮身，再剔除炮芯內的泥坯胎，膛內自然光滑。」

不懂鑄鐵術的人根本不知所云，龔振麟卻比手畫腳，如數家珍，興奮得眼睛發亮，彷彿那些枯燥的鑄造工藝是優美動聽的故事。

劉韻珂讚道：「龔大炮發明的鐵模鑄炮法簡便易行，一工收百工之利，旋鑄旋出，不延時日，無瑕無疵，自然光滑。週期短、成本低、不出蜂窩，事半功倍！」

聽劉韻琦大吹大擂，龔振麟興奮得如同小孩兒，「我還有個想法。咱們的岸炮以陸地為基，是固定的，英夷在海上，船舶浮動搖擺，火炮也跟著擺動，卻比咱們的岸炮打得準。為什麼？就是因為他們的炮有炮架，能俯仰旋轉，調整射角，我們的炮沒炮架，就是有炮架，也重滯難移，僅能直擊。一位小炮重六百斤，大炮重五千斤，巨炮重八千斤，要是不能俯仰旋轉，效用差之千里。」

一位千斤鐵炮，不是兩個人就能拖拽轉動的，調整五千斤海防巨炮，更非區區三五個炮兵力所能及。林則徐也考慮過這個問題，卻想不出解決之道，「你有什麼辦法？」

龔振麟道：「我想用磨盤法和杠杆法，但只適用於兩千斤以下的炮。」說著，站起身來，從方桌上拿起一幅草圖，「這是我畫的四輪樞機磨盤炮車。它可繞軸旋轉，炮口能高能低。雖重至兩千斤，以兩人之力即可推拉，但要推拉三千斤以上大炮，還不行。」

劉韻珂建議：「你把這批炮造出後，不妨把鐵模鑄炮法寫成《圖說》。我要奏請朝廷刻版印刷，分發內地工廠效仿。」

林則徐又問：「龔大人，你說英國的燧發槍力能及遠，射程可達百丈，咱們的抬槍只能打二十丈，這是怎麼回事？」

龔振麟從桌上拿起一把英國短銃，那柄短銃十分漂亮，鎖具上有鏨葉花紋。他拿起改錐和螺絲刀，又擰又拽、又推又拉，手法嫻熟得如同變戲法，槍械發出清脆而圓潤的聲響，轉眼工夫，槍機、槍栓、槍管、槍鎖被卸得七零八落。林則徐看得目瞪口呆。

龔振麟講解：「咱們的火槍和抬槍也用燧石擊火，但用火繩引爆槍管裡的火藥。」他從抽屜裡取出一條火繩，「咱們的火繩與鞭炮撚子沒什麼兩樣，只是稍粗。抬槍從打火到引爆有一段延時，大約兩三秒，要是碰上梅雨天，火繩發潮，延時長達四五秒。英夷的燧發槍直接擊打火藥管的銅帽，延時之短，可以忽略不計。延時越長，準確性越差，目標一動就打偏了。咱們的抬槍得兩人操作，熟練的抬槍兵每分鐘能擊發一次，英國的燧發槍一人操作，每分鐘能擊發三次，這是速度之差。」

林則徐不太理解，「什麼叫秒？」中國人把時間分為「時」、「刻」、「分」，卻沒有分得更精細。

龔振麟眨了眨眼睛，「您不知道什麼叫秒？」

「頭一次聽說。」

龔振麟從枕頭下翻出一只老懷錶，遞給林則徐，「這只錶有三根針，粗針叫時針，中針叫分針，細針叫秒針。一秒就是一分的六十分之一。」

林則徐的懷錶只有時針和分針，他頭一次見到三針懷錶，拿在手中仔細端詳，「這錶花了多少銀子？」懷錶是昂貴的物什，最便宜的也要十幾兩銀子，不是區區小官買得起的。

龔振麟嘿嘿一笑，「一文錢沒花，睿王爺送的。」

林則徐又驚又疑，一個八品小官，居然有京城王爺送懷錶！

龔振麟解釋：「兩年前，睿王爺來浙江視察，他的錶不走字，想送蘇州造辦處修理。烏爾恭額大人說我手下有個縣丞，比蘇州造辦處修得好。睿王爺就差人把錶送來。我沒見過三針錶，就鼓搗起來，花了一天工夫才琢磨明白，原來泰西人把分鐘細分成六十份，每份叫一秒。我修好後，交烏大人轉送睿王爺，沒想到睿王爺把三親六姑的座鐘懷錶全往我這兒送，我總共修了十多只。睿王爺大概覺得過意不去，派人送我一只走不準字的三針錶。但到我手裡沒多久，它便走得精準。」龔振麟像撿了金元寶似的揚揚得意。

林則徐道：「你認得睿王爺？」

龔振麟嘿嘿地笑，「不認得。我這種道行的人，要是攀上他的高枝，還不提拔我當蘇州造辦處監督？」

劉韻珂呵呵兩聲，「幸虧睿王爺沒提拔你，要是提拔了，咱們鎮海炮局就缺頂樑柱了。」

龔振麟把槍管遞給林則徐，「林大人，您再看這槍管，這裡面學問大了。咱們的槍管是澆鑄的，一次成型，管壁粗糙。英夷的槍管是滑膛的，槍管內壁打磨得光滑如鏡，裡面還有螺紋線。我猜想，這種槍管，一是用深孔鑽將棒料鑽成管狀，二是用專門的槍管精鍛機械，三是用無縫無隙的專門鋼管，用特製的打磨機打出滑膛，否則造不出這種槍。」

劉韻珂問：「能不能仿製？」

「難，難，難！」龔振麟一連說了三個難字，「你看，別說槍管，就是槍機上的彈簧，咱們也造不出來。」邊說邊拿起一根彈簧，「英夷工匠比咱們高明，咱們的冶煉爐煉不出韌性這麼好的鋼條。我叫兩個工匠反覆焠火錘打，試驗無數次，依然打造不出來。」

林則徐深深歎歎息，「聽君一席話，勝讀十年書啊！看來，咱們大清人才濟濟，邊防有健將，製炮有專家。」

# 拾伍 斑斕謊言

穆彰阿拿著奕山的奏折，喜滋滋對潘世恩道：「潘閣老，靖逆將軍不愧是皇家血脈，不出手則已，一出手就不同凡響！你看，他在珠江上重演了一齣活生生的赤壁大戰！水勇們乘火船、駕火筏夜襲逆夷，用長鉤鉤住夷船，拋擲火彈、火球、火箭噴筒，把夷船燒得烈焰沖天，呼號之聲遠聞數里。這一仗燒毀逆夷大兵船九隻、大舢板十一隻、火輪船一隻，擊斃逆夷九百餘名，漢奸一千五百餘名，擄獲大小敵炮五十位[29]。逆夷全部退出虎門，粵省夷務大定啊！」

潘世恩戴上老花眼鏡，笑瞇瞇接過奏折展讀。就看奕山與廣東大員們的會銜奏折洋洋灑灑三千言，把一場戰鬥分拆成幾個段落，小事大寫，奇事巧敘，寫得繪聲繪色，簡直比《三國演義》裡的赤壁大戰還要迷人，讀起來賞心悅目。

……據守垛兵丁探報，城外夷人向城內招手，似有所言，當即差熊瑞升埤看視，見有夷目數人以手指天指心。熊瑞不解何語，即喚通事詢之。據云，要稟請大將軍，有苦情上訴。總兵段永福喝以我朝大將軍豈肯見爾，奉命而來，惟知有戰。該夷目即免冠作禮，屏其左右，盡將兵杖投地，向城作禮。

段永福向奴才等稟請詢問，即差通事下城，問以抗拒中華，屢肆猖獗，有何冤抑。據稱，英夷不准貿易，資本折耗，負欠無償……是以求大將軍轉懇大皇帝開恩，追完商欠，俯准通商，立即退出虎門，交還各炮臺，不敢滋事等語[30]……

---

29 以上數字出自《奕山等奏查明義勇擒斬英兵及撈獲沉失炮位折》（《籌辦夷務始末》卷三十一）。只要把這些數字與英軍的統計數字稍加對比即可看出，奕山等人在捏謊。英軍總共派出十五條兵船和兩條火輪船參加珠江之戰，要是九條兵船和一條火輪船被擊沉，戰局就改寫了。

30 引自《奕山等奏英船攻擊省城並請權宜准其貿易折》（《籌辦夷務始末》卷二十九）。英國人神通廣大，居然把奕山的多份奏折弄到手，全文譯出，刊登在Canton Press（《廣州信報》）和《中國叢報》上（一八四一年七月號，合訂本第403頁）。《中國叢報》的編者按說奕山撒謊：「奕山的奏折，雖然有許多謬誤，還是寫了一些皇上不喜歡聽的真實情況。據說，許多無辜者——士兵及廣州的本地人，被外省軍隊指責為漢奸，在城內的兵營裡發生內戰。奕山的報告多有遮掩和粉飾。廣州的本地人知道後群情激憤。（奕山）後來寫的第二份奏折充滿了謊言與欺騙，被廣為傳抄……」（合訂本第422頁）。下面是《中國叢報》的原文：Yihshan's memorial, with all its errors, contains some unwelcome truths for the imperial ear. It is said that many innocent men-soldiers and others, natives of Canton-were denounced as traitors by the troops from the other provinces: hence the civil war in their own camp within the walls of the city. Yihshan has given a false coloring to this part of his report; and at it the people of Canton are highly indignant. A second report, and of a later date, is in circulation. It is full of falsehood and deceit, but gives some important information touching the course of policy to be pursued towards foreigners. There can be no doubt that the provincial government and imperial commissioners will proceed to active measures of defense as soon as it may be done with impunity.

潘世恩笑道：「雖然未能全殲逆夷，卻成功逼退他們，也算了卻皇上的剿夷心願。有此佳音，皇上也能稍舒積鬱在胸中的憤懣了。」

穆彰阿拿起另一份奏折道：「奕山說，多虧有觀音菩薩保佑，否則廣州將被大火燒成灰燼。他的奏折是這樣寫的，我給你們讀一讀。」

粵（越）秀山……舊有觀音殿……賊攻靖海門……煙霧中望見白衣神像立於城上，遂不敢轟擊。火藥局在觀音山下，貯藥三萬斤，漢奸潛拋火藥，火焰沖天，倘藥力發作，全城灰燼。居民望見白衣女裝，在屋上展袖拂火，登時撲滅……

恭請御書匾額，供奉山巔，以彰神祝[31]。

潘世恩道：「廣州城屢經戰火，巋然不動，果真是觀音菩薩在暗中保佑啊！」

這話有點兒言不由衷，他是儒家信徒，「子不語亂力怪神」這句話，本應是他的行事圭臬。但皇上信佛，滿洲人信佛，若天子近臣不敬佛、不拜觀音就無法與皇上和滿洲權貴們和

31 《奕山等又奏神祇顯應請額供奉折》（《籌辦夷務始末》卷三十）道光接到奏報後信以為真，果然御書「慈佑靖海」四字匾額。

諧共事。

人在朝中，身不由己；人在官場，話不由己；人在道場，信不由己。經過幾十年歷練，講官話、辦官事、行佛禮的意念漸漸深入潘世恩的心脾，形成牢不可破的習慣，隨口就能講出自己不大虔信的話來。

穆彰阿說：「奕山請求皇上為越秀山觀音殿題字，那得看皇上的心情。心情好，他會欣然動筆；心情不好，那就難說了。」

潘世恩笑言：「聽了這種消息，皇上會有好心情的。」

王鼎讀罷夾在奏折裡的《有功人員名錄》，抬起頭來，「奕山和祁貢寫了一份夾片，請旨褒獎有功文武員弁和捐資的商人五百五十六人。廣州的大小官員差不多都名列其中了。」

潘世恩啜了一口茶，「有了這份紅旌喜報，中膳能加一碗紅燒肉。」

軍機大臣中午不回家，由大伙房供應膳食。皇上生性節儉，廚子怕挨罵，每天精打細算、摳摳搜搜，中午只燒兩道素菜，碰到喜慶事才加一道葷菜。

穆彰阿也端起茶杯，「等奕山班師回朝，咱們請兩個編詞唱曲的，唱一唱奕大將軍血戰珠江，夜襲逆夷。」

潘世恩放下茶杯，「不用煩勞咱們，奕大將軍自家就有戲班子。那些優伶們聽說主子打了勝仗凱旋，肯定會巴結著填詞編曲呢。」

三位軍機大臣作夢都沒想到，這幾份奏折是奕山等六大官憲合夥編造的，三分實寫，七分虛構，小勝大敘，大敗簡寫，達到神龍見首不見尾的地步。

他們隻字不提《廣州和約》，把六百萬贖城費說成商欠，對砸搶商館而被迫支付的六十多萬賠償金不著筆墨，隱瞞了海南義勇和外省客軍的內訌事件，只說清軍和當地義勇奮力殺敵，對英逆恩威並施、剿撫並用，英夷遭受重創後不得不退出省河。

奕山等人還說，為了羈縻起鑒，廣東大員決定用藩司、運司和番禺縣的庫銀，暫替行商墊付二百八十萬兩商欠，這筆款項將由行商分四年清償。

義律曾經照會祁貢，「所有議定戢兵之事，只關粵東一省，至於他省，仍須交戰不息。迨至安待皇帝允准，將兩國釁端盡解。」

但是，奕山和祁貢把這一重要訴求用「粵省夷務大定」六字輕輕帶過。

這六個關鍵字是經過廣東六大官憲反覆推敲的，它既奏報廣東戰事已經結束，又把「別省或有戰事」的意思隱藏其間，行文之巧妙，彈性之充足，可謂隨物附形，隨形附彩，要多奧妙，有多奧妙！

三位軍機大臣雖然掌控樞機，高瞻遠視，卻沒有品出其中意味，因為在他們看來，大清朝一口通商，夷務向來由廣東處理，所謂「粵省夷務大定」就是天朝夷務大定。他們根本沒有想到其中竟然隱含著「別省夷務未定」的意思。

但此事終歸有遺憾之處，潘世恩道：「說來說去，還有一個問題繞不開——通商。皇上屢次傳旨，不得與逆夷通商，要是能通商了事，何必調用七省大軍，花費數百萬兵費？」

穆彰阿道：「夷人以牛、羊肉為食，沒有茶葉與大黃就無法消化，大便不通就有生死之虞，所以他們才屢屢侵犯我朝海疆，強買強賣。給別人以活路，自己才能安生嘛。」

王鼎緊著眉，「穆大人，你的意思是就此收手？」

「我看不妨乘勝收手。」

王鼎有點兒不甘心，「這是彌縫手法。」

穆彰阿道：「天下事不可能事事遂願，彌縫也是一法嘛。潘閣老，你說呢？」

潘世恩點頭，「有時候退一步海闊天空，能把棘手的事情化解於無形之中。」

一個軍機章京走進來，手裡拿著印有紅框的桑皮紙信套，「啟稟各位大人，刑部司官稟報，原殿閣大學士署理兩廣總督琦善被檻送到京，請問如何審理。」

三個軍機大臣對視了一眼。琦善代逆夷懇請通商，私割香港，惹得皇上大發雷霆。但琦善在赴京途中寫了一封私信，託人用四百里驛遞送給三位閣臣，承認其主撫，卻不承認私割香港，他請求軍機大臣們代他向皇上乞恩，從輕議罪。三位閣臣也覺得私割香港的罪名證據不足，但如何替他辯解，卻是個難題。

穆彰阿問：「二位閣老，你們看怎麼處置？」

王鼎說：「這個罪名是欽定的，如何處置只能出自聖裁。」

潘世恩也覺得琦善的案子既微妙又棘手，要說琦善無罪，等於說皇上有錯，可皇上位居萬人之上，一言九鼎，豈能有錯？

他思忖片刻後，開口道：「穆大人，還是暫時關在刑部大獄吧，但要好生安排，不要屈待他。」

軍機章京走後，穆彰阿才把奕山和廣東大吏們的奏折、夾片和《有功人員名錄》放在奏事匣子裡送入養心殿。

酉時二刻，大自鳴鐘叮咚一響，軍機處散班了，潘世恩和王鼎按時回家，只剩穆彰阿一人值夜班。他坐在炕几旁，披閱各省奏報的匪亂、賑濟、庫銀解京等事宜。

這時，大太監張爾漢來了，先朝門裡探看了一眼，才貓腰進屋，曲項勾背道：「穆中堂，皇上傳您。」

穆彰阿放下筆，下炕趿靴子，跟在張爾漢後面朝養心殿走去。

道光皇帝光著腦袋，盤腿坐在炕几旁寫字，見穆彰阿進到東暖閣，一擺手，「免禮。」說罷，伸出雙腿要下炕。張爾漢趕緊俯下身子給他穿鞋。

穆彰阿道：「皇上，天快黑了，您還在勤政？」

道光這才注意到天色，「哦，是快黑了。點燈。」

待張爾漢點了兩盞八寶蓮花燈，道光又對他道：「穆中堂今晚當值，你叫御膳房多燒一道菜，外加一碗米酒，朕要和穆中堂一塊兒用膳。」

「嗻！」張爾漢蝦著腰退出東暖閣。

道光用指甲搔搔頭皮，「朕有點兒納悶。朕三令五申不得與逆夷通商，琦善在廣州時替逆夷傳話懇請通商，楊芳到廣州後也代逆夷懇請通商，奕山到廣州後依然代逆夷懇請通商，說英夷僅要求償還商欠，唯有准其通商，才能了結戰事。朕派他是靖逆，不是撫遠的，打了勝仗固然可喜，卻又回到通商的老路上。你說這事蹊蹺不蹊蹺？」

穆彰阿頷首同意，「是有點兒蹊蹺。奕山離京前反對通商，信誓旦旦要把逆夷悉數殄滅，隆文離京前也說閉關鎖國利於疆圉，可到廣州後卻變調了。」

道光用拳頭輕輕捶著膝頭，眼神裡含著苦悶和迷茫，「朕想不明白，通商怎麼成了揮之不去的陰影？早知今日，何必當初？」

穆彰阿沉穩回答：「奴才的見識是，既然琦善、楊芳、奕山和祁貢都有恢復通商之議，朝廷就不能不認真考慮。今天下午，奴才與潘、王二位閣老議過此事，英夷手段蠻橫，先取舟山，再攻沙角和虎門，還兵臨廣州，但每次都取而奉還，如此看來，逆夷所求無非是通商，像現在這樣大動干戈、反覆折騰，不一定划算。

「這次逆夷主動降低條件，不提割讓海島，不提增開通商口岸，只索要六百萬商欠，潘、王二閣老也皆認為朝廷可以藉機收手，這筆錢數額雖大，但不由朝廷出，而是由十三行分年代還。」

道光道：「要是逆夷的索求僅止於此，朕也有心退讓一步，但逆夷還占著香港。奕山對收復香港隻字未提。」

穆彰阿道：「想必奕大將軍有難言之隱。香港與大陸隔岸相望，收復香港需要外海水師。廣東水師被摧毀後，重建需要時日，水上作戰恐怕不是一朝一夕的事情。香港乃彈丸之地，據祁貢和怡良奏報，逆夷在島上修了環島裙帶路和寮房，誘使內地商家前去貿易。他們二人頒下憲令，嚴禁商家去香港貿易，日久天長，英夷銷貨不便，未必久踞。只要他們不再猖獗，不妨讓他們暫時寄居。」

道光目光裡透著困惑，「你們三個軍機大臣都主張就此歇手？」

穆彰阿再次頷首，「佛說『天下事由多缺陷，幻軀難得免無常』。朝廷的事與民間的事大同小異，有時也會吃虧，退讓三分，不一定有害。對於太費力的事，模糊辦理也是一法。」

道光站起身來，在水磨磚上踱起步子，「廣東夷情成了朕的心病。朕獨挑天下大樑，你是贊襄，不挑大樑不知其中滋味。兩年多來，朕先後派往廣東兩個欽差大臣、一個靖逆將軍、兩個參贊大臣，又換了三任總督，卻不能將逆夷悉數殄滅。

「奕山打了勝仗，是小勝，朕並不滿意。朕把他們的會銜奏折讀了兩遍，眼瞅著有粉飾、有虛誇，卻不能不委屈遷就。你就是換一撥人，也不一定比他們幹得好，說不準還會左右勾連，上下聯手，瞞天瞞地瞞朝廷，瞞得你兩眼昏蒙。」道光深感到國家太大，自己力不從心，不得不獨自吞下一枚堅澀的苦果。

穆彰阿說：「皇上，民諺說『水大漫不過船，手大遮不住天』。奕山和廣東大吏們膽子再大，也不敢欺矇朝廷。英夷性同犬羊，不值得與之計較。本朝已經宣示兵威，給予懲創，不妨得饒人處且饒人，否則，這仗不知要打到何年何月。」

道光是守財皇帝，偏於懲罰，吝於恩賞，「奕山要求褒獎五百五十六名有功人員，朕著實神勞心疲，不想跟他擰麻花。在朕看來，在戰場上死去的人才是佼佼者，剩下的都是無能之輩，但是，請功邀賞的都是活下來的人。」

穆彰阿覺得這話有點好笑，但不敢反駁，「皇上，一場勝仗打下來，總得有所恩賞。就算剩下的人都是無能之輩，沒有功勞，也有苦勞。」

道光指著炕几上的《有功人員名錄》道：「奕山在捐資助軍名錄裡把行商伍紹榮和伍元菘放在首位。十幾年前，朕派兵平息張格爾叛亂，伍家人捐資二十萬，朕親筆為他家大宅院題寫了『忠義之家』的匾額。到了今日，伍家人依然秉承忠義家風，他們才是真正應該得到褒揚的人。」

穆彰阿讀過《有功人員名錄》，奕山奏報說：

舉人伍崇曜（伍紹榮），捐塞河道銀一萬餘兩，捐修炮臺銀三萬兩，又另捐鑄一萬二千斤大銅炮十尊，繳銀三萬餘兩，共計捐銀七萬餘兩。擬請賞戴花翎，以郎中即用。

內閣中書伍元菘，捐修炮臺戰船銀七萬兩。擬請賞戴花翎，以員外郎即用[32]。

道光對這種褒揚最滿意。郎中和員外郎都是沒有實權的虛職，兩根花翎是僅值幾個大銅子的孔雀羽毛，這相當於給立功將士頒發「巴圖魯」勇號。對朝廷來說，用榮譽換取臣民的忠心，用虛銜換取商人的鉅款，是最划算不過的事情。

他的眉頭稍微舒展，「十三行累年積欠達數百萬之巨，要不是兵禍連天，本應照舊例予以嚴懲。考慮到行商的確疲乏，暫時免議其罪。伍家人不愧是本朝的忠義之士，每當國家有難都慷慨解囊，可惜這種人太少了。

「就照奕山所請，伍紹榮以郎中即用，伍元菘以員外郎即用，賞戴花翎。其他出力文武員弁，也應酌加恩賞，但不能大賞，只能小賞。你叫內務府把上個月蘇州造辦處送來的如意

32　取自《靖逆將軍奕（山）會辦廣東軍務折檔》，《中國近代史叢刊．鴉片戰爭》第四冊，第264頁。

扳指荷包賞給他們就行了。」

「喳！」

道光背著雙手踱了幾步，「哦，仗打完了，不能只獎勵不懲罰。鄧廷楨履任兩廣總督多年，懈惰因循，辦理軍務不加整頓，攔江排鍊空費錢糧，全無實用，思之殊堪痛恨。林則徐辦理廣東事件深負委任，挑起邊釁，責有攸歸。此二人不懲辦不足以彰顯國法之平。著將他們二人從重發往伊犁，效力贖罪。另外，兩江總督伊里布也不能免責。」

穆彰阿的心頭微微一動，抬頭看著道光，「伊……」他想問伊里布有何罪，但剛吐出「伊」字，就被道光冷厲的目光擋住，餘音斷在舌尖上。

道光切齒道：「朕三令五申要他渡海作戰，全殲醜夷，他卻擁兵不動，坐視逆夷滑腳南逃，馳援廣州，致使廣州局勢複雜萬端。據接替他的裕謙密折揭發，伊里布豢養了一個叫張喜的人，此人行為不規，收受夷人禮物，著把他和伊里布一併押送京師審訊！」

封疆大吏的加密奏折皆直報皇上，即便是軍機大臣，亦不得拆閱，故而穆彰阿雖知曉裕謙有密折發給皇上，卻不知道內容裡寫了些什麼。如今聽皇上這麼說，才知道裕謙又告了伊里布一狀。

道光重新坐在炕沿上，「既然粵省夷務大定，沿海七省即可酌撤兵員，以節靡費。明天你與潘閣老和王閣老議一議，拿出一個撤兵章程來。」

穆彰阿又嗆了一聲。

義律明白告訴奕山等廣東大吏，英軍將「擇地另戰」，奕山等六大官憲卻用「粵省夷務大定」的六字啞謎把朝廷矇了，致使皇帝和軍機處作出了一個嚴重的錯誤決定！

# 拾陸 換將與第二次癘疫

在國防大臣馬考雷的陪同下，亨利．璞鼎查爵士走進外交部辦公樓。璞鼎查是愛爾蘭人，五十多歲，寬額廣顙，棕色的頭髮像一團柔軟的羊毛，唇上留有兩撇微翹的鬍鬚。他穿著黑色禮服，步伐堅定、姿態穩重，一看就知是軍旅出身的人。

璞鼎查十二歲離開故鄉前往印度，在陸軍效力。英國政府對貝拉切斯坦和信德（現在的巴基斯坦南部，在十九世紀初葉，它們是兩個獨立的穆斯林小國，後來被英屬印度吞併）虎視眈眈，為了將這兩個土邦納入英屬印度，英印當局派他和另一個人化裝成馬販子，對該地區進行全面考察。璞鼎查歷時兩年，行程兩千五百英里，繪製了一份詳細的地圖，撰寫成《貝拉切斯坦和信德遊記》（Travels in Beloochistan and Sinde, 1816）。這本書寫得翔實生動，展示出他不同凡響的觀察力、精湛的計算力和嚴謹的分析力，成為英國駐南亞次大陸官員的必讀書籍，璞鼎查也因此而一舉成名。

他為英國的殖民擴張耗費了三十多年精力，立下汗馬功勞，晉升為少將，受封為從男爵[33]。幾個月前，他因病回國休養，本想康復後返回印度，沒想到巴麥尊勛爵看中他，要他到外交部效力。英印當局的推薦函說他遇事冷靜、辦事果斷，執行命令如同一架精確的時鐘，毫釐不爽。

巴麥尊勛爵端起一把精緻的瓷壺，斟滿兩只考究的瓷杯，「璞鼎查爵士，這是查頓-馬地臣商行從中國運來的上好茶葉，有個好聽的名字，叫『大紅袍』。看，只要浸泡一分鐘，茶水就呈深紅色，像中國人的紅袍子。」

璞鼎查端起杯子啜了一口，「味道很好，謝謝。」

巴麥尊勛爵坐在一把獅爪雕花軟皮椅上，「一年半前，我寫了一份《致中國宰相書》，設定對華戰爭的最低目標。我命令查理·義律佔領舟山，以該島為質押物，要求中國皇帝賠償兵費和煙價，增開四到六個通商碼頭或者割讓一座海島，英中兩國平等交往，清方致我方的公文不得加寫高傲的『諭』字，我國致清方的公文不得使用屈辱性的『稟』字。

---

33 從男爵（baronet）是英王詹姆斯一世在一六一一年創立的爵位，一直沿用到現在。從男爵低於男爵（baron），高於騎士，騎士和從男爵都尊稱為「爵士」（Sir），但騎士的爵位不可世襲，從男爵可以世襲。璞鼎查、郭富和第二任艦隊司令巴加都是從男爵。

「而後，我又給他發去第三號訓令，命令他向清政府提出十五項要求。但是，他卻把我的訓令視為具文，擅自訂下《穿鼻條約》，僅提出四項要求，索要區區六百萬元賠款，這筆錢不足以抵償兵費和煙價。即使這麼低的賠款，他還容忍中國人分五年償付，這等於用我國商人繳納的關稅、船鈔和行傭分期支付賠款。他辦事完全不考慮國家利益和政府訓令，天馬行空，隨心所欲。

「最讓人無法理解的是，他寄來的《穿鼻條約》竟然沒有中國欽差大臣的簽字，根本不具法律效力。更奇怪的是，他居然在中國欽差大臣簽字前就放棄舟山，改而佔領一個叫作香港的無名小島，那是塊遍佈荒石的不毛之地，面積只有區區三十二平方英里。他竟然大言不慚地發佈公告，說香港已經納入我國版籍！這完全有悖常識。中國領土的任何部分，只有經過中國皇帝的批准，其割讓才具有法律效力，如今的香港僅僅是軍事佔領。我不得不認為查理·義律沒有擔任全權公使的能力。」

馬考雷也有同樣的想法，「查理·義律是個自以為是的人。兩年半前，中國欽差大臣林則徐強迫我國商人交出鴉片，他不經請示就作出承諾，用政府的名義補償商人的損失，結果遭到議會的否決。他主張對中國用兵，卻對中國人心懷同情，生怕打痛他們。幾天前，我收到幾位遠征軍將領的聯名信，將領們抱怨說，義律從不考慮他們的意見，盲目相信中國欽差大臣琦善。琦善是個毫無誠信的卑鄙傢伙，他把義律從大沽騙到廣州，讓整個英國為之丟臉！

軍官們還說，義律久居中國，沾染了中國人的陰柔習氣，與中國官吏交往時剛強不足，謙卑有餘，有失全權公使的尊嚴，讓軍隊聽命於他，就像讓一群雄獅聽命於一隻軟弱的貓。」馬考雷有演說家的才華，講起話來滔滔不絕，聲動於情，情動於心。

巴麥尊道：「第三號訓令的第一條是保護我國商人的人身安全和財產安全，這是我最看重的條件，但是，《穿鼻條約》對此隻字未提，卻糾纏於別的事項。」

外交大臣和國防大臣對義律輪番貶斥，彷彿他是個低能兒。璞鼎查頗感吃驚，「哦，這麼嚴重？」

巴麥尊點點頭，「是的，非常嚴重。他屢屢出錯，把本應一年就解決的問題拖了兩年半之久。他缺乏擔任全權公使的眼光和才華，我與馬考雷先生再三商議，並報請默爾本首相，決定把你從軍隊中調出，擔任對華全權公使兼商務監督。」

璞鼎查拿出筆記本，「巴麥尊勛爵，感謝你和馬考雷先生對我的信任。請你們指示，我到中國後應當如何行動。」

巴麥尊爵勛從抽屜裡拿出兩份文件，「這是我一年多年前撰寫的《致中國宰相書》和第三號訓令的副本。兩份檔有不一致的地方，以第三號訓令為準，請你回去仔細研讀。目前我國的對華政策沒有改變，我要求你不折不扣地執行這兩份文件內容。」

馬考雷道：「中國皇帝說我們性同犬羊，視我們為朝貢互市之人，你去中國要打掉他的謬見！中國像一個緊閉的蚌殼，針插不入、水潑不進。你的任務是撬開它，不惜撬爛它的硬殼、撬疼它的神經、撬破它的肉體，把我們的價值觀和制度灌輸給它。還有一個重要的人事調整，伯麥爵士另有任用，我們將派巴加爵士接替他的職務。巴加爵士在印度的孟買，你到孟買後與他一起去中國。」

巴麥尊勛爵接過話，「你們到中國後先做這幾件事。第一，重新佔領舟山，以舟山為質押物，強迫中國皇帝接受我們的全部條件，在他屈服前，不能退出。第二，談判地點不能定在廣州，而應改在舟山或者天津。廣州距離北京太遠，我們不能讓中國人以距離為理由拖延時間。第三，你是國家的公使，不能屈尊與廣州知府等低級官員交涉，更不能像義律那樣通過行商轉遞所謂的『稟帖』，你只與中國皇帝界以全權的大臣交涉。第四，賠款數額最低不能少於三百萬英鎊，即一千二百萬元。最後，全世界只有中國禁煙，鴉片在我國和其他國家都是合法商品，你應當勸說中國人修改法律，讓鴉片貿易合法化，這對我國是有利的。不過，鴉片問題不一定要寫入條約，以免引起教會和反對黨的非議。」

璞鼎查問：「如果中國政府堅持禁煙呢？」

「那就維持現狀，依然默許公海上的鴉片貿易。清政府的禁煙令只僅於國內，不能擴大到公海。但你絕不能作禁煙的承諾。」

璞鼎查把巴麥尊勛爵的訓示一一記在筆記本上，「我會堅定、嚴格地執行你的訓令。」

馬考雷問：「璞鼎查爵士，你還有什麼要求？」

璞鼎查想了想，「我對中國知之不多，需要一些有關中國的資料。」

巴麥尊從抽屜裡取出一個檔案袋和一本書，「我為你準備好了。檔案袋裡是外交部有關中國問題的資料彙編，這本書是郭士立牧師撰寫的《中國簡史》。郭士立是德國人，也是一個中國通，目前在我國駐澳門的商務監督署效力。」

英軍在廣州北面的四座炮臺駐紮了七天，附近的沼澤、稻田不斷散發出可怕的瘴氣，四周全是心懷敵意的中國人。驕陽與暴雨，熱氣與冷流，成群的蚊蚋，輪番折磨英軍，很快地，有人染上痢疾和間歇性熱病。軍醫對此發出嚴重警告，瘧疾和熱病一旦擴散，軍隊就會癱瘓，死亡率高達百分之十至二十，情況十分緊急！

因此，當廣東官憲交出最後一百萬贖城費後，郭富和辛好士果斷下達了撤退令。

不想，在撤退過程中，由於數千官兵擁擠在狹小的船艙裡，大大增加了傳染的機會，當他們到達香港時，疫情已如火如荼，勢不可當。三分之二的官兵相繼病倒，馬德拉斯第三十七團的疫情最嚴重，六百多官兵中僅有一百人能勉強值勤。

接著，壞疽病不期而至，傷兵們的傷口紅腫，無法癒合，感受到脹裂式的劇痛，幾天後，傷口變成紫黑色，出現暗紅的水泡，流出惡臭液體。

期間，有人不小心劃破皮膚，立即感染破傷風，頭昏腦脹、渾身乏力、咀嚼無力、面唇青紫。當病情發作時，病號的軀幹、四肢和彎肘處，因為肌肉痙攣而扭曲成難看的弓形，呼吸驟停。

被疫病折磨得半死的士兵們不斷呻吟，不時發出撕心扯肉的慘叫，如此可怕的景象令野戰醫院形同地獄，最勇敢的士兵也開始厭戰思鄉。

沒多久，疫情從軍隊擴散到民間。澳門的居民緊張起來，病人從數十人擴大到數百人，進而擴大到數千人。聖保羅大教堂開始接納死魂靈，神父們天天為死去的葡萄牙人做臨終大彌撒，一聲接一聲地敲響喪鐘。普濟禪院裡香煙繚繞，和尚們敲著木魚，為死去的中國人設醮、念經，超度亡靈。

這場癘疫，殃及辛好士爵士，原本身體健康、充滿活力的代理艦隊司令突然遭到死神的重擊，從發病到死亡，僅僅歷時六天！維多利亞灣裡的所有兵船降下了半旗。

大鴉片商販詹姆斯·因義士也病倒了，他在病榻上苟延了七八天後，走完了罪惡的一生。就連查理·義律也病倒了，他躺在家中昏昏沉沉，時而發燒，時而發冷，沒有人知道他能否熬過這場生死大劫。

英軍就此癱瘓，義律原計劃五月中旬或下旬攻打廈門，卻被疫情打亂全盤計劃。

清軍的情況同樣糟糕，廣東天氣炎熱、空氣濕蒸，酷暑驕陽與雷鳴暴雨交織，弁兵們禁不起上霪下濕的折磨，病得東倒西歪。參贊大臣楊芳和隆文日夜操勞、心血枯耗，相繼病倒。楊芳命大，幸運地活下來，隆文卻禁不起折騰，一命嗚呼，成為死於疫情的最高階官員[34]。

34 楊芳和隆文患病的情況見《奕山等又奏奕山隆文分駐石門金山楊芳因病諮請暫為調理片》等奏折。奕山說隆文死於「虛火上炎，肝氣鬱結，脾胃失調」，英方史料說隆文死於疫情。

# 拾柒　罪與罰

經過調查、取證和審訊後，終於要給琦善定罪了。

審判琦善的陣容空前盛大，除了都察院、大理寺和刑部的主官外，睿親王、肅親王、莊親王、惠親王、定郡王、大學士、軍機大臣、六部尚書都參加了，可謂濟濟一堂，氣象莊嚴。只有王鼎未到，他因為黃河決口去河南了。

主持會議的是睿親王仁壽。他三十多歲，風華正茂，對刑名律例頗有研究，因而道光讓他分管司法。

諸王、大臣們繃著臉，面圍坐在一張大條案旁，條案上堆著厚厚的卷宗，足有一尺厚，不僅有審問琦善的記錄，還有審訊鮑鵬和白含章的記錄，此外還有廣東巡撫怡良的證詞、山東巡撫托渾布對鮑鵬來歷的說明、兩廣總督祁貢的調查結果。這些東西大家都翻閱過，有的更被翻閱過多次。

睿親王開口：「粵省夷務大定，舉國額手稱慶，邊釁總算結束了。現在是論功過、定是非的時候，該懲處的要懲處，該褒獎的要褒獎。琦善過了兩堂，鮑鵬和白含章審了三次，刑部已給他們擬定罪名，請諸位議一議，看合適不合適。阿中堂，你給大家說一說。」

刑部尚書阿勒清阿清了清喉嚨，「我與刑部的司官們合議後提出如下建議，請諸位大人定讞。大沽會談是皇上允准的，不能作為議罪的依據，但皇上下令停止英夷貿易，不准增開通商口岸、不准付給煙價、不准與逆夷交涉，唯以武力討伐，琦善卻抗旨不遵。他不僅接受夷人的稟帖，還張惶欺飾，弛備損威，違旨擅權，與夷酋義律在蓮花崗會面，私議草約。依照《大清律》中『守備不設，失陷城寨者，斬監候』的科條，刑部擬定絞監候。

「另有琦善隨員鮑鵬，本系前督臣林則徐通緝的逃犯，擬發配新疆，遇赦不赦。山東維縣知縣招子庸薦舉鮑鵬，濫保匪人，貽誤國家大事，給予免職處分。另有隨行武弁直隸守備白含章，無罪釋放，返回直隸本任。此議請諸位王公大臣定案。」

維縣知縣招子庸和守備白含章官位較低，鮑鵬更是無足輕重的小人物，大家對他們的處置皆沒有異議，但在如何給琦善定罪上卻意見分歧。

穆彰阿道：「我看絞監候有點兒重了。他與義律互換文書達二十封之多，每一條都據理力爭，反覆辯駁，多次修改，在寄居香港事宜上尤其互不相讓。兩廣總督祁貢經過調查取證，說琦善僅同意給予英夷香港一隅寄居，既非全島，更非割讓。義律佔領香港後發佈文告，說天朝欽差大臣同意割讓香港，恐怕只是一面之詞。」

奕經主張嚴判，但不明說，冏字臉上的倒八字眉一聳一動，「這要看如何領會聖意。琦善的罪名是欽定的。」他是吏部尚書，奕山出任靖逆將軍後，他接替了步軍統領之職，成為級別最高的武官。奕經既有皇家血統，又兼文武二任，說話很有分量。

睿親王對此表示同意，「是這麼個理。九曲黃河歸大海，萬流雖細必朝宗。誰是宗？皇上是宗，臣工是流。琦善的案子是欽定的，本王也以為應當按照皇上的旨意辦理。」睿親王天潢貴胄位尊且崇，但能力有限，對皇帝向來謳歌諛頌，即使皇上有過分之舉或超格之言，他也經常應聲附和。

莊親王奕仁坐在睿親王旁邊，他是奕賫的弟弟，與睿親王年紀相仿。奕賫犯案前，奕仁是乾清宮的二等侍衛，他作夢也沒想到哥哥會因為吸食鴉片丟掉王爵。

莊親王是世襲罔替的鐵帽子王，奕賫的王爵從天而降落到奕仁的頭上。但是，奕賫的顛躓充分說明愛新覺羅氏家法森嚴，即使貴為親王，也不能胡作非為，故而奕仁繼承王爵後十分謹慎，把「飽諳世事慵開口，閱盡人情只點頭」當作座右銘。

他略有同情之心，不願落井下石，慢悠悠道：「琦善罪無可逭，理應治罪。但是《大清律》裡有八議之說——一議親，二議故，三議賢，四議能，五議功，六議貴，七議勤，八議賓。『親』指皇室宗親，『故』指皇上故友，『能』指有整軍旅、蒞政事之才幹的人，『功』指功臣，『貴』指有爵位者，『勤』指勤政者，『賓』為前朝皇帝的子孫。

「琦善沾上『能』、『貴』、『勤』三字。我以為，不妨減罪一等，刀下留人，將絞監候改為流徙，發往邊陲效力。」

阿勒清阿是鐵面尚書，力主嚴懲，「莊親王，這得有個比較。烏爾恭額是前浙江巡撫，舟山之敗，責有攸歸。刑部判他絞監候，不僅是因為舟山敗績，還因為他接到《致中國宰相書》後將夷書擲回，沒有奏報。封疆大吏不得接受夷人的稟帖是朝廷的章程，擲回夷書沒有錯，錯在他隱匿不報，致使朝廷兩眼迷濛，貽誤了軍情。相比之下，琦善的罪過大多了，他不僅丟了虎門，損及國威，還公然抗旨與夷人會晤，要是他的刑罰比烏爾恭額輕，如何彰顯國法之平？」

就睿親王看來，在皇上手下辦事，必須做到兩點，一是稱頌皇上的謀略和眼光，二是向皇上表明自己盡心盡力。他接過話茬道：「莊親王，你和穆大人主張輕判，但在本朝，凡是皇上立罪在先的，都依照皇上的旨意辦理。皇上說你有罪就有罪，沒罪也有罪；說你沒罪就沒罪，有罪也沒罪。對吧？

「私割香港證據不足，是個問題，但也得由皇上拍定，皇上說私割就私割了，沒私割也私割了；皇上說沒私割就沒私割，私割了也沒私割。對吧？」

這番話像在說一則合轍押韻的繞口令，卻真實得無可挑剔。因為皇威難測，道光向來把臣工的命運拿捏在股掌之間，誰也說不準何人將在何時、何地，因為何事突然高飄或沉淪。

聽了睿親王的話，大家你一言我一語地議論起來，既有贊成重判的，也有主張從輕的。

議了半天，仍然統一不了尺度。

睿親王道：「潘閣老，您說一說如何定讞。」

潘世恩撚著鬍鬚，「眼下有兩種意見，有主張絞監候的，有主張流徙的。我看，不妨把兩種意見都奏報給皇上，以聖裁為準。」

潘世恩辦事向來恪守中庸，調和兩歧，睿親王覺得此舉頗為穩妥，「那就依潘閣老之議，把兩種意見一塊兒上奏，由皇上裁決。琦善的案子就議到此，下面說一說伊里布的案子。」

一聽「伊里布的案子」，莊親王和各部尚書們全都吃了一驚，不由得惶惶然，左右顧盼。兩個月前，皇上給伊里布的處分是拔去雙眼花翎、褫去黃馬褂。對封疆大吏來說，這種處分就像下毛毛雨，僅僅濕一濕衣裳。沒過多久，道光突然命令裕謙接任兩江總督，讓伊里布來京聽宣，大家便以為皇上對他另有任用。伊里布到京後，拜會了在京的高官和故友，王公大臣們也與他把酒應酬，誰都沒想到皇上翻臉像翻書頁，突然把伊里布視為罪臣，要在座的諸王大臣給他議罪。除了睿親王、穆彰阿、潘世恩和阿勒清阿事先知情外，所有王公大臣們都感到意外。

潘世恩解釋：「皇上昨天才頒旨要睿親王和刑部尚書阿勒清阿拘捕伊里布，此事有點兒突然，還未知會大家。」

奕經與伊里布私交不錯，幾天前還曾設家宴招待過他，沒想到一轉眼伊里布成了階下囚！他心裡有點兒不自在，「伊節相是什麼罪名？」

睿親王說明：「逆夷佔據定海後，皇上多次催促伊里布擇機進剿，他卻置若罔聞，一心期盼琦善與逆夷會談，以撫了事。」

阿勒清阿道：「罷戰言和始於琦善，去備媚敵乃是致敗之由。伊里布有忍辱負重之心，卻無安危定傾之略。他藉口羈縻坐失良機，致使逆夷平安撤出舟山，集中兵力攻打虎門和廣州。新任兩江總督裕謙揭發伊里布私受逆夷禮物，接濟夷人牛羊，厚待逆夷俘虜。其家人張喜本是賤役，伊里布私自給予頂戴，假冒天朝職官與夷人交涉，據說張喜還有收受逆夷禮物之嫌。」

大堂裡響起嗡嗡嚶嚶的議論聲，久久沒有定論。

盛夏的北京又悶又熱，道光搬到萬春園的四宜書屋辦公。萬春園在京北十五里處，四宜書屋兩面臨水，有降溫作用。他剛搬進去，穆彰阿就送來一份紅旗快遞，奕山奏報了一個天大的好消息——廣東洋面突發颶風，海濤山立，大雨傾盆，泊在香港灣裡的英國兵船和划艇遭到重創，被風浪擊毀十條之多，其餘四十餘條夷船桅舵俱損，淹死漢奸、夷匪不計其數，達到浮屍滿海的田地。

此外，英夷在香港修築的帳篷房寮被吹捲無存，所築碼頭也坍為平地。在這次颶風中，清軍也略有損失，有兩條外海師船被撞碎，九名官兵遇難，但與逆夷的損失相比微不足道。

道光讀罷十分興奮，用朱筆在奕山的奏折上批了一行小字：

覽。**此未見未聞之天祝，朕寅感愧悚之餘，欣幸何似[35]！**

他對穆彰阿道：「朕引頸東南，懸心期盼達數月之久，今天才盼來大快人心的好消息！」

穆彰阿恭賀，「皇上至誠感神，故而才有海靈助順。英夷雖能苟延殘喘，勢必震懾於天威而心寒膽裂。」

道光喜道：「多行不義必自斃。英夷惡貫滿盈，遭此天誅，足見有神明在冥冥之中暗佑我大清。」

穆彰阿道：「奕山曾上折子說，英逆圍攻廣州期間，越秀山上有觀音菩薩顯靈，助軍守城，故而廣州城在強敵環攻之下免於大難。他恭請皇上為越秀山觀音殿御賜匾額，以保海疆永靖之福。」

---

35 《奕山等奏颶風打碎英人房寮碼頭並漂沒船隻折》，《籌辦夷務始末》卷三十。

道光百事纏身，把這事忘了，但他虔信佛教，經穆彰阿提醒，突然來了興致，「有此喜訊，朕非常高興，就應奕山所請題幾個字。穆大人，你替朕想幾個字。」

穆彰阿故作思考狀，「『慈佑靖海』四字如何？」

道光心中一亮，「好，就這幾個字！張爾漢，鋪紙。」

張爾漢立即取來一張玉版宣，鋪在御案上，用鎮尺壓住四角。道光拿起一支大抓筆，蘸筆濡墨，寫了「慈佑靖海」四個水墨淋漓的大字，欣賞片刻，晾在條案上，「穆大人！」

「奴才在。」

「陪朕去莊嚴法界上香，敬謝神明。」

「喳。」

「張爾漢，你去取三炷大藏香。」

「喳。」張爾漢倒著身子退出四宜書屋。

莊嚴法界是皇上禮佛的地方，與四宜書屋隔著一片湖。湖面上鴛鴦戲水、白鵝交頸，人工放養的鯉魚在水中優遊喋呷，岸旁有成片的垂楊柳。柳樹的枝杈裡藏著數不盡的知了，吱吱叫個不停。幾隻喜鵲飛來，知了們預感到危險，突然靜下來，只有低低的嗡響，烘托著一種人類無法理解的氣氛。

幾個小蘇拉、小太監仰著脖子舉高竹竿黏知了，他們都是十二三歲的孩子，童趣未泯，黏知了的活計對他們來說近似遊戲。他們邊黏邊嘰嘰咕咕、又叫又喊。

「哎，黏住一個！」

「一個算什麼，我黏了三個。」

「三個？我昨天上午黏了十六個！」

「吹牛！」

不知誰突然喊了一聲：「皇上來了！」他們頓時像老鼠聽見貓頭鷹的叫聲，唰地一下扭頭回望，果然見皇上從假山後面繞出，背著雙手、遊著步子走過來，張爾漢抱著一捆大藏香與穆彰阿跟在後面。他們趕緊把黏竿丟在地上，跪在石版道旁邊，屏住呼吸，頭也不敢抬。道光對他們熟視無睹，沿著石版道直接朝莊嚴法界走去。

莊嚴法界裡面供奉著佛祖釋迦牟尼，文殊、普賢、觀音三大菩薩，以及十八羅漢的金身塑像。道光繞過大雄寶殿，直接去了觀音殿。觀音的塑像上方有一塊匾額，寫著「慈佑萬方」鎦金大字，兩側的楹聯寫著：

觀天觀地觀苦觀樂觀天下，是為觀音。

大慈大悲大恩大德大世界，乃稱大士。

那是高宗皇帝乾隆的御筆。

道光撫摸著蓮花座，凝視著觀音菩薩莊嚴肅穆的寶相，點燃三炷大藏香，虔誠地跪在蒲團上，雙手合掌，口唇微動念念有詞，為大清的承平祈禱。穆彰阿跪後面一拜三叩首。

祈禱完畢，道光站起身來，「穆大人，朕想去同樂院看望一下老佛爺。」

穆彰阿見皇上要去後宮，行禮告辭，「奴才就回去辦差了。」

同樂院是孝和睿皇太后鈕祜祿氏的住處。道光的生母是孝淑睿皇后，但她福薄命淺，僅當了兩年皇后就撒手人寰。孝和睿皇太后是嘉慶皇帝在潛邸時的側福晉，在孝淑睿皇后去世後晉升為皇后。她雖不是道光的生母，卻母儀天下二十三年。道光不僅以撙節表率天下，還以孝道表率天下，儘管只比孝和睿皇太后小六歲，但對其恭敬有加，每隔兩天就請安一次。道光嚴禁鴉片，不僅在民間禁，在宮闈也禁，禁得人人噤若寒蟬，唯獨對孝和睿皇太后網開一面，特命太醫院以藥材的名義存留幾箱鴉片，僅供皇太后一人享用。

深宮裡的日子很乏味，但瑣瑣碎碎的時光總得一點點地打發，涓涓而來的日子總得一天天地度過。嬪妃們百無聊賴，除了生養孩子，最大的樂趣就是玩骨牌，三條五餅清一色，白板紅中南北風，個個都是玩骨牌的高手。她們經常圍桌鬥牌說閒話，要是連骨牌也沒有，可要閒得發霉了。此時此刻，皇貴妃博爾濟吉特氏正與成貴妃鈕祜祿氏、常妃赫舍里氏、恒妃蔡佳氏，陪著皇太后玩骨牌，豫妃尚佳氏、怡嬪濟濟格氏、貴人納氏和李氏在一旁觀看，一群嬪妃融融熙熙、笑語喧鬧，眾星拱月似的陪著皇太后。

皇太后的嘴上塗抹桃紅色的唇膏，臉上有淺淺的皺紋，雖然施了宮粉，依然無法全部抹平。她富態得像年畫裡的老壽星，但是耳朵有點兒背，為了讓她老人家聽清，嬪妃們說話聲音較高，嘰嘰喳喳如鶯如雀、如鴿如鵲。

道光隔著窗子聽見豫妃的聲音，「成貴妃呀，妳的打法不對。牌桌上有六不吃——開牌不吃、亮底不吃、有險不吃、臨荒不吃、破式不吃、兩可不吃。剛才的牌分明是兩可牌，妳卻吃了，那還不輸？」

成貴妃的聲音像伶俐細巧的鶺鴒，「我是想讓老佛爺高興，故意吃的。」

皇太后面前堆著七八個銀角子，都是嬪妃們故意輸的。

在門口當值的婢女見皇上來了，朝裡面噓了一聲，「皇上來了。」嬪妃們立即停了手中骨牌。

皇妃們與民間女人不一樣。民間主婦與丈夫既有恩愛之心，也有使性子發脾氣的時候，但嬪妃們絕不敢忤逆皇上，更不敢使性子，連撒嬌都得察言觀色。

後宮禮法森嚴，規矩繁多，嬪妃們與皇上既有魚水之親，又形同路人，有些嬪妃終其一生只能得到幾次寵幸，要是沒能生兒育女，只能如凋零的牡丹，默默無聞，終老宮闕。

道光秉性森嚴，嬪妃們對他敬畏多於親暱，只有皇貴妃博爾濟吉特氏除外。她比道光小二十九歲，剛入宮時被封為靜妃，孝全成皇后去世後，道光將她擢拔為皇貴妃，總攝六宮事務，卻沒封她當皇后。因為道光心目中的皇后是講求女德、中規中矩的人，連吃飯睡覺、屙屎撒尿都應有母儀天下的儀態。博爾濟吉特氏活潑愛動，巧言快語，不是句句嘉言、事事懿行的人，她能讓百事纏身的道光敞心一笑，卻沒有與道光同齡的感受，沒有心靈的呼應與契合。但她生了三個兒子，在母以子貴的嬪妃中，理所當然地居於首位。

皇貴妃博爾濟吉特氏率領嬪妃們起身，向道光蹲了萬福，只有皇太后依然坐在鳳椅上。道光畢恭畢敬向她行了大禮，「皇兒給老佛爺請安。」

皇太后笑道：「皇上，你一來，就擾她們的興了。」

道光打手勢讓嬪妃們坐下，「都坐，都坐。妳們在玩什麼？」

博爾濟吉特氏回答：「皇上，大家在鬥骨牌，陪老佛爺尋快活。」

「誰的牌技好？」

「當然是老佛爺。」

皇太后展顏一笑，身子擺動像一隻肥胖的老母雞，「那是嬪妃們在捧我，讓我舒心快活，我也不想掃大家的興。你看這些銀角子，都是她們孝敬的。其實我不缺銀子，碰上爽心事，還得加倍賞還她們呢。」

博爾濟吉特氏道：「皇上，骨牌是天地人間的一大遊戲，輸贏不過是過眼雲煙，大家玩骨牌，只求快活嘛。」

「如何快活法？」

博爾濟吉特氏戲謔道：「老佛爺鬥牌是自得其樂，同情大家；成貴妃是故弄玄虛，迷惑大家；豫妃是喋喋不休，惱煞大家；常妃是唉聲歎氣，急壞大家；恒妃是搔耳抓腮，悶煞大家；李貴人是輕聲曼妙，擾亂大家；納貴人是舉牌不定，笑壞大家。」

道光咧嘴一笑，「那麼，妳是如何快活？」

成貴妃鈕祜祿氏插嘴，「皇貴妃是莊敬自強，威震大家。」

聽到此，嬪妃們全都抿嘴笑，笑聲如金鈴銀鈴似的叮叮脆響。

道光摸起一只骨牌，「要是我與妳們鬥牌，是什麼快活？」道光勤政寡娛，牌技是不入流的，他從來沒與嬪妃們玩過骨牌。

博爾濟吉特氏的眼睛睜得大大的，「皇上，您玩骨牌？您要是玩骨牌，那可是拍案驚奇，暈倒大家！我和嬪妃們的體己銀子還不全進您的腰包。」

嬪妃們笑翻了天，皇太后更是笑得拍胸扭腰。

道光的臉上掛著難得的笑容，「廣東夷務大定，朕允准英夷和各國恢復通商，內務府的進項會有所增加。今天妳們孝敬老佛爺的銀子，朕包了。張爾漢！」

「奴才在。」

「你去內務府告訴莊親王，本月給皇貴妃多加四兩的體己銀子，再另給每個嬪妃都多加二兩。」

道光是有名的摳門兒皇帝，儉約自苦達到極致，只有三大節才給嬪妃們增加少許體己銀，卻不知曉外面的人如何花錢。不要說廣東的行商和鹽商們一擲千金，就是下級官員送給封疆大吏們的壽敬、冰敬也以百千計，連不入流的胥吏也不會為區區二三兩銀子屈身折腰。不過現在自然不會有人點明，嬪妃們個個都展露出像過大年似的快活，立即道出一片謝恩聲。

一陣說笑後，道光恢復森嚴秉性，「哦，郭佳氏怎麼沒來？」

溫熱的氣氛如被潑了一瓢冷水，嬪妃們面面相視，誰也不吭聲。

郭佳氏被封為佳貴妃，兩天前，她在臥室裡吸食鴉片被皇上撞見，道光勃然大怒，把她圈禁起來。

皇太后道：「皇貴妃，妳領著大家去喜宴堂吃晚飯吧，我和皇上說幾句悄悄話。」

直到博爾濟吉特氏和嬪妃們走遠了，皇太后才說：「皇上，郭佳氏吸鴉片不怨她，怨我。你頒佈了禁煙條例，沒告訴我。舉國禁煙，唯獨對我網開一面，你的孝心我領了。郭佳氏是個苦命人，三年多了，你不曾寵幸過她，她至今沒生孩子，擔心熬成白頭嬪妃也不會有兒子，心裡苦悶得很。外頭買不到鴉片，後宮只有我這兒有，她向我要，我就賞了她一包，沒想到讓你撞見。你就看在我的面兒上，放她一馬，成不？」

「老佛爺，國有國法，家有家規。兒子頒佈禁煙法昭示天下，唯獨沒告訴您，所以不知者無罪。但郭佳氏不同，她明知國有禁煙之法，宮有禁煙之規，卻偷偷吸食。宮裡人多口雜，要是傳出去，外人怎麼說？皇家無私事，律法要是不懲家人，如何規範天下？」

皇太后道：「懲罰是應該的，但可以輕些嘛。降為嬪或貴人，行不？」

道光早就想到皇太后要替郭佳氏說情，「宮裡的事兒就像一臺戲，沒有個唱黑臉的就鎮不住。但是，有人唱黑臉就得有人唱紅臉。兒子就演唱黑臉的，老佛爺您演唱紅臉的。兒子嚴懲郭佳氏以立威，她肯定會找您說情，您說情以示慈心，兒子再放寬一尺，郭佳氏還不念您的大恩大德？兒子就依您，降她為貴人。」

皇太后對鴉片的害處並不瞭解，要不是郭佳氏受到懲罰，她根本不知道舉國禁煙，「要說呢，鴉片也不是什麼壞東西，能消愁解悶，讓人有種騰雲駕霧的快活感。我沒想到全國這麼多官紳民人吸食鴉片，耗了國帑、殃及國本。我老了，但也曾母儀天下二十多年，懂得皇太后與皇后應當為官紳百姓做遵紀守法的表率。你既然頒旨禁煙，我就不吸了，省得外人說閒話。」

道光辭別皇太后，回到四宜書屋，軍機處恰好送來一份「密」字快遞，是閩浙總督顏伯燾發來的。依照章程，封疆大吏的「密」字奏折必須直接呈送皇上，軍機大臣不得拆閱。

道光用小剪子挑去密封火漆，抽出密折一看，嚇了一跳。閩浙總督顏伯燾發來一份《探聞廣州敗戰納款真實情形折》，揭發奕山和楊芳等人打了敗仗，以六百萬鉅資傾財賄和。告發廣東大吏大膽昧良，聯手撒謊，欺矇天聽，故而戰爭可能並未結束，福建和沿海各省暫時不宜撤兵！

原來，紙是包不住火的。廣東按察使王庭蘭給福建布政使曾望顏寫了一封私信，說奕山等人納款賄和。曾望顏與顏伯燾私交很好，悄悄說給他聽，並提供英夷的偽文、偽示和三元里鄉民的誓詞等八件證據[36]。這是一樁彌天大案，涉及廣東的六位高官和一群僚屬！

道光滿胸的輕鬆與喜悅霎時間煙消雲散，他又驚又疑，如墜十里霧中，看不清爽是怎麼回事。

楊芳屢立戰功，爵高祿厚，怎能唬弄朝廷？奕山和隆文是從宗室覺羅裡遴選出來的頂尖人物，怎能做出有損愛新覺羅氏的事情？顏伯燾三代簪纓、統轄兩省，怎敢以身家性命為賭注，編造謊言邀功取寵？祁貢、阿精阿和怡良是封疆大吏，命運與國脈休戚相關，怎敢拿自己的前程開玩笑？

---

36 載於《鴉片戰爭檔案史料》第三冊第552-556頁，或《顏伯燾奏探聞廣東情形折》（《籌辦夷務始末》卷三十）。

誰在揑謊？誰在說真話？莫非顏伯燾與廣東大吏有私怨？道光百思不得其解。

但這次，他沒有像鎖拿琦善、撤查伊里布那麼衝動。道光思索良久，決定派江南道御史駱秉章去廣東調查。至於顏伯燾的密折，留中不發。

# 拾捌 他鄉遇故知

西津渡位於鎮江的北面，是長江和大運河的交會點，也是轉運漕糧的重要渡口。渡口附近有一大片圓錐形的糧倉，連綿半里，有弁兵守護。

天晴日朗之時，西津渡人聲嘈雜，塵土飛揚，馬車、騾車穿行如梭，傭工苦力們嘿喲嘿喲地喊著號子，把成袋的大米運到漕船上。一隊隊漕船首尾相接穿過長江，沿著大運河向北行駛，把糧食源源不斷地運到北方。

今天下雨，西津渡有點兒冷清，傭工、苦力們全歇工了。雨不大，細瘦細瘦的雨絲無著無落地飄著舞著，把浩浩長江和狹窄運河遮掩在如霧如霞的朦朧中。

廣州戰事結束了，對外貿易恢復了，朝廷頒佈裁撤兵丁的命令。林則徐本以為能夠免於遠戍，沒想到在鎮海僅僅待了一個月，皇上就免去他的四品卿銜，依然要他去新疆贖罪。林則徐心情灰敗，雇了一條民船沿江西行。從鎮海到鎮江有六百多里水程，他磨磨蹭蹭、走走停停，走了二十多天。在西津渡，他碰上好友魏源，兩人在岸上買了一壺水酒、幾碟小菜，盤腿坐在艙中敘舊對飲。

魏源四十七八歲，穿一件洗得發白的舊官服，手裡托著一柄水煙袋，不緊不慢地吸著。他十六歲考中秀才，二十八歲在湖南鄉試考中解員。一省的科場魁首在會試和殿試中通常不會差，人人都認為他考中進士如同探囊取物，沒想到他的運氣戛然而止，在會試科場上八字不照，三考三北，考得灰頭土臉，一身晦氣，耗盡家裡所有積蓄。

他是在北京國子監讀書時認識了林則徐，那時林則徐在北京翰林院供職。二人先後加入宣南詩社，與志同道合的文人墨客詩酒酬唱，成為無話不說的朋友。

魏源在科場上蹉跎不前，不得不為稻粱謀，在友人的推薦下，當了江蘇巡撫陶澍的幕賓。漕運和鹽業是江蘇省最賺錢的生意，把持在少數官商手中，弊端叢生，怨聲載道。陶澍銳意改革，把漕運改為海運，把綱鹽制改為票鹽制。魏源雖然飽讀詩書，卻不是書呆子，在商務上心有靈犀，一觸即通，藉當幕僚之機投資於鹽業，賺了很大一筆錢，在揚州買了幾十畝地，建造一座大宅院，命名為絜園。園子裡竹林石橋、庭院書齋、臥室花房無所不有，又命僕人在園中疊石栽花，築池養魚，處處透著精緻。此外，他還辦了一個刻書坊，儼然成為集鹽商和書商為一體的富翁。賺了大錢後，他捐納了一個內閣中書的從七品官銜，成為名副其實的官商。

英夷在海疆鬧得天翻地覆，沿海各省的督撫衙門裡諸事繁多，亟須人手，署理兩江總督裕謙將魏源納入幕中，飭令他協助採購和運輸。他去過寧波和舟山，相當熟悉浙江省的防務。但是，裕謙性情剛銳，傲視下屬，魏源在他手下很不順心[37]，聽說皇上頒旨要沿海七省撤兵後，便藉機辭幕回家，沒想到在西津渡碰上林則徐。

林則徐穿一身灰布長衫，沒戴帽子，手裡拿著一柄舊折扇，扇面上有「制怒」二字。要是他依然當總督，魏源絕不敢與他平起平坐，現在林則徐成了發配新疆的罪臣，魏源才像故友一樣與他盤腿對坐，稱兄道弟。

林則徐啜了一口酒，喟歎道：「我被罷官後真想回家鄉，但家鄉是回不去的家鄉，新疆是難以想像的異鄉，我竟然成了無家可歸的懸空人。」

林則徐通讀過二十三史，瞭解帝王的心術，歷代帝王都把臣工當作掌中器物，一旦不合用，就用流徙磨礪他們的肉體，用屈辱折磨他們的精神，用羈旅消耗他們的財力，流徙越遠，磨難越多，消耗越大。流徙新疆不是絕路，是對臣工的精神和氣節的折磨，待到適當時機，皇上有可能重新起用他們，目的是讓他們既畏威，又懷德。但是，人生苦短，有多少歲月禁得起帝王的利用和折騰？

---

37 魏源在《自定海歸揚州舟中》寫道：「到此便籌歸，應知與願違……猾虜雲翻覆，驕兵氣指揮……」此詩沒點名，但明顯是在道出他對裕謙的不滿。

魏源知道林則徐有為天下憂、為皇上憂、為黎民百姓憂的心腸，一邊飲酒一邊說：「人生在世，總得成就一番事業。《史記》中的東方朔曰『天子用人，用之則為虎，不用則為鼠』。咱們生為大清人，只能貨與帝王家，修身齊家治國平天下，否則就會虛度一生，一事無成。」

林則徐道：「是這麼個道理。但我沒想到禁煙會禁出一場華夷大戰，竟致引火焚身。我在浙江襄辦軍務，宵旰操勞，披瀝奔馳，把心都操碎了，想幹出一點兒實績，得到皇上的寬宥。可是僅幹了一個月，朝廷依然遣戍我去新疆。我像被人狠狠抽了一鞭子，失望至極，傷心至極！這兩年，我是苦辣酸甜全嘗遍，苦的是過程，辣的是結果，酸的是惆悵，甜的是禁煙。然而，時過境遷，所有往事都成波光雲影。人生在世，緣去緣來不由己，花開花落兩由之。」他深深感到一種黃花落地寂無聲的悲涼。

魏源隔窗看著北固山，山上有一座亭子，叫北固亭，在煙雨之中漫漶不清。他驀然想起辛棄疾，「少穆兄，你看對面那座亭子，宋朝的辛棄疾曾在那兒留下一首懷古詞，『四十三年，望中猶記，烽火揚州路。可堪回首，佛狸祠下，一片神鴉社鼓。憑誰問，廉頗老矣，尚能飯否？』你有點兒像他。辛棄疾強兵富國，親力親為，功可參天，但他剛拙自信，不為朝廷所容。你做人磊落、辦事執著，行止無愧天地，褒貶自有春秋。」

林則徐歎息，「恢復通商後天下承平，百姓們很快就會好了傷疤忘了疼，在神鴉的叫聲和社鼓聲中燒香祈福，渾渾噩噩地過日子。沒人記得效力沙場的廉頗了。」

魏源道：「少穆兄，依你看，大清與英夷孰強孰弱？要是打下去，我們有沒有勝算？」

林則徐搖了搖頭，「兵法云『知己知彼，百戰不殆』，我們卻只知自己，不知英夷。本朝開國以來，澤被八方，宣威四海，四鄰來朝，但跨海而來的泰西諸夷不肯俯首稱臣。他們與本朝貿易二百年，本朝卻從來沒有考察過他們的國家在什麼地方、疆域有多廣、人口有幾多、兵力有多強、風俗是何樣、有什麼長技。我也同樣如此，生於中華，長於中華，孤陋寡聞，聽信傳言，誤以為英夷乃食肉之民，離了茶葉、大黃就消化不良，有生死之虞，故以斷其貿易為制夷的手段。又誤以為英夷腿腳裹束，膝蓋不能打彎，只會水戰，不敢陸戰，低估了他們的力量，更沒想到他們敢於跨萬里海疆與本朝開仗！我身任封疆大吏，責有攸歸，罪有攸歸啊！」

魏源溫聲寬慰，「少穆兄，你有何罪？老百姓說虎門一把火燒紅了半邊天。」

林則徐不勝酒力，面露潮紅，「那是謬傳。風無語，水無知，外人不知曉，唯獨酒有靈。我確實有罪。我不知道山外有山，海外有海，天外有天，犯了夜郎自大之罪，兩眼迷濛之罪，自以為是之罪！皇上委我以重任，我辜負了他。一想起煙毒未能禁絕，反而惹來一場兵禍，我就痛心疾首，追悔莫及！虎門燒煙，毀盡前程抹盡名啊！」說到傷心處，眼眶不禁濕潤了，手掌砰砰地拍著船板，震得酒壺酒杯輕輕打晃。這是大敗之後的清醒，清醒得讓人心碎。

魏源安慰道：「虎門燒煙不僅沒有毀名，而且揚名，裕謙大人和劉韻珂大人都說您禁煙有功，功可參天。再說，亡羊補牢，猶未晚也嘛。」

林則徐的話沉甸甸的，「亡羊補牢可以濟遠，卻不能救近。眼前病，心頭事，只怕是重如愁緒，擔當不起！我是生不逢時啊。」

魏源說：「少穆兄，你要是逢時，那還叫林則徐嗎？」

林則徐有一種眼下無奈，救贖尚遠的惆悵，端起酒杯，又啜一口，才幽幽地問：「你去過舟山？」

「去過。」

林則徐道：「我也去過。我軍收復舟山後，裕謙大人和劉韻珂大人急於亡羊補牢，派定海水師鎮總兵葛雲飛、壽春鎮總兵王錫朋和處州鎮總兵鄭國鴻，率領五千多官兵渡海上島。三總兵防夷心切，日夜操勞，大興土木，在衜頭、竹山和曉峰嶺一帶修了一道土城，安置近百位大炮，用工繁多，耗資巨大，但本朝積弱百年，不是一道土城、五千多官兵就能救急的。

「我離開浙江前，裕謙大人才從南京返回鎮海，他問我有何建議。我說，舟山是先朝棄地，四面環水，孤懸海外，重兵良將守此孤島，投入繁巨，並非上策，中英兩軍力量懸殊，萬一英夷來犯，舟山的土城擋不住英夷的堅船利炮和火箭快槍。從兵法上看，固守孤島是下策，唯有集中兵力退守鎮海，利用民眾的力量，以守為戰，設阱以待虎，拉網以待魚，才是弱師求勝之道[38]。」自從目睹廣州之戰後，他不再堅僻自恃、盲目自信，思考問題時比較貼近現實。

魏源問：「他採納您的建議了？」

林則徐搖了搖頭，「不經滄海不知勺水乏力——裕大人沒與英夷打過仗，不可能採信我的苦口良言。就算他同意棄守舟山，朝廷也不會答應，民心也急於求成。但是，戍守舟山的數千將士卻可能飲血沙場，化作無人收取的森森白骨！」林則徐彷彿預見到什麼，只是看不清爽。

魏源目睹過夷船夷炮，對船炮、機械、水輪、浮標等充滿了好奇心，他相信能跨幾萬里波濤與中國開仗的國家必是強國，能夠製造精緻器物的民族必是了不起的民族，「面對海上強敵，我也以為自守是上策。守外洋不如守海口，守海口不如守內河，調客兵不如練義勇，調水師不如練水勇。去年舟山義勇俘虜了幾個英夷，我有參與審問。我問他們英國在何處，其中一個叫安突德的俘虜說，英國在大西洋，接著在紙上畫了一個大圓球，把英國標在圓球上。我國歷來認為天圓地方，他卻說天不是圓的，地不是方的，天是無涯無際的浩渺空間，

38 林則徐主張放棄舟山，他對裕謙「屢言定海孤懸，先朝棄地，重兵良將，守此絕島非策，請移三鎮於內地，用固門戶」（《定海直隸廳志》卷二十八，載於《鴉片戰爭》第四冊，第 382 頁）。

地是環繞太陽不斷旋轉的大球，叫地球。」

林則徐的眼睛一亮，「我在廣州時，有一個叫裨治文的美國傳教士送我一本《四洲志》和一架地球儀，我雇了幾個通事，讓他們擇要譯成漢字，讀過後我才知曉，夷人的天地觀與我們的天地觀差若天壤。夷人把世界分為亞、非、歐、美四大洲，中國只是四大洲中的一個國家。

「與夷人打交道，必須知曉夷情，夷商在澳門辦了幾種新聞紙，我要通事們摘要翻譯新聞紙上的內容，日積月累，竟然裝訂成厚厚六大冊。英夷的新聞紙不僅報導夷情，還闢有專頁介紹西洋器物，都是我們見所未見、聞所未聞的東西。比如，量天尺、溫度計、熱氣球、蒸汽機、火輪船、風磨、風琴、水鋸、水琴、顯微鏡、自來水，還有伏打電池、靜電儀、避雷針等等。

「總而言之，西洋之器物，竭盡耳目、心思之巧智，借用風力、水力和火力，奪造化，通神明，讓人耳目一新。正是憑藉這些神奇的器物和堅船利炮，區區七八千夷兵才能以一當十，敢於跨萬里海疆，直搗我中華。」

魏源歎道：「器物看似與打仗無關，實則關係極大。工欲善其事，必先利其器，大清朝要想長盛不衰，就得打造最有功效的器物。既然夷人有長技，我們就應當不恥下問，以夷人為師。」

林則徐拊掌一笑，「大哉斯言，講得好！你與我想到一起了。國家的強盛衰弱自有因果的鐵律，今天的痛苦和恥辱，源自於過去的惡因，要想將來收穫善果，今天必須種下善因。這就像播種，有一粒一粒的種子，才有滿倉滿倉的收穫。大清要想立於不敗之地，必須放眼向洋看環瀛，師夷人之長技！」

他站起身來，從後艙的箱子裡翻揀出六大冊稿本和一個地球儀，「我本想得閒時把這些東西整理出來，編印成書，以開國人之耳目。但是，我被遣戍新疆，那裡是萬死投荒之地，不知能不能活著回來。我真想為大清、為皇上再做些事情，但不行了。你家有刻書坊，我拜託你把它們整理出來，刊刻於世，以廣國人之見聞。文字傳播雖慢，但點點滴滴，終歸能夠滴水穿石的。」

這是魏源頭一次看見地球儀，他滿心好奇地撥動球體，轉了一圈又一圈，開口問：「英國在何處？」

林則徐指著一塊指甲大小的地方，「在這裡。」

「這麼小？」

林則徐點了點頭，語氣略微深沉，「貌似小，實則不小。你看，亞、非、歐、美四大洲，全有它的屬邦。」

魏源雖然不能完全明白其中奧妙，腦筋卻動得極快，「士子百姓皆有獵奇之心，本朝從來沒有出版過一本介紹外國人文地理的書籍，這種東西一俟整理出來刊刻出版，不僅能廣國人之見識，還有利潤可圖，我或許能發一筆小財呢！」

林則徐笑道：「你是心智機敏之人，科場上雖不如意，商道上另有坦途。此事由你做最合適。」

魏源把六大冊譯稿和地球儀當寶貝似的收起來，「少穆兄，皇上讓你什麼時候到新疆？」

林則徐臉上掛著苦笑，「沒限定時間。我是急性人，一生之間總是顛沛趕場，年輕時趕科場，急急匆匆地考秀才，急急匆匆地考舉人，急急匆匆地考進士。當官後趕官場，急急匆匆地走馬上任，急急匆匆地查案件辦差。只有這次去新疆受罰，我才磨磨蹭蹭。」

魏源喝得有點多了，臉上掛著一副不問今夕是何年的表情，醉醺醺道：「少穆兄，人生不必太急匆，可以慢一點兒、從容一點兒。你看外面的霏霏細雨和淙淙流水，它們不急，當流則流，當止即止。再看江裡的魚兒，牠們也不急，吃飽了無事可急，游來游去而已。還有江畔的垂柳，天晴不急，天陰不急，桃花開了不急，荷花開了也不急，它們自有柳絮飛揚的時候。既然皇上沒限定時間，你不妨跟我渡江去揚州。揚州是一座歷史名城，值得遊觀。」

這是一種調侃，也是一種安慰。

林則徐把杯中酒一飲而盡，「我是走星照命的人，去過的地方不少，卻有旅無遊，這次恐怕依然沒有空閒去揚州。」

魏源道：「那就留一首詩或一幅字給愚弟，如何？」

林則徐點了點頭，「好。」

魏源欣喜地挪去酒杯，把一張宣紙鋪在小桌上。

林則徐一邊研墨一邊思索，而後懸腕下筆：

力微任重久神疲，再竭衰庸定不支。
苟利國家生死以，豈因禍福避趨之。

魏源讚歎一句：「皇上錯怪了您，他要是知道您有這麼堅守的情懷……」

話音未落，窗外傳來船夫的聲音，「林老爺，有驛站的差役找你，送加急文報的。」

林則徐抬頭朝窗外望去，艙外的濛濛細雨停了，一個驛卒身披油衣站在岸上，手裡牽著馬韁繩，背上背著竹簍，竹簍上插著一面黃色小旗，那是四百里快遞的標誌。

林則徐滿目嗟呀，起身出了船艙，魏源也移步出來。

驛卒手作喇叭狀，揚聲問：「您是林則徐林大老爺嗎？」

林則徐答道：「正是。」

驛卒擦了擦臉上的雨滴，「江蘇巡撫衙門轉發給您一份加急文報，要您親自簽收。」

林則徐踏著船板上岸，從驛卒手中接過信套，上面蓋有「軍機處字寄」的紅模印章，還有通政司的戳記。待林則徐在簽收單上簽字畫押，驛卒收回單子，翻身上馬，駕了一聲，揚長而去。

林則徐忐忑不安地回到艙中，用剪刀剪開信套，展紙拜讀：

……本年入伏以來，黃河水勢突漲。六月十六日，豫省開封府城西……張灣堤防潰塌，滔滔洪水一瀉千里。豫省之開、歸、陳，皖省之鳳、穎、泗六府二十三州縣被淹。

革員林則徐曾任河南布政使、東河總督，治水有方。飭諭署理江蘇巡撫程矞采，若該員尚在該省或在該省不遠，即飛飭沿途地方諭之，著林則徐免其遣戍，即發往東河效力贖罪，無稍遲疑。

林則徐心裡的酸澀苦辣滾成一團，對魏源道：「黃河決口了，朝廷要我去開封效力。」

# 拾玖 夢斷中國與生死同盟

癘疫久久不散，英軍像被死神掐住了命門，癱瘓得不能動彈，遑論揚帆北上攻打廈門。英軍把癘疫從廣州帶到香港和澳門，迅速擴散到民間，香港和澳門全都籠罩在不祥的氣氛中，田野和教堂墓地裡天天有新增的墳塋。

七月下旬是颱風盛行的季節。今年的颱風格外猛烈，熱帶氣旋的風眼恰好從珠江口經過，螺旋狀的氣旋在香港盤桓，大量潮濕空氣像吸斗一樣猛然上升，形成高聳入雲的積雨雲牆，所到之處摧枯拉朽，房屋、樹木、篷寮、船舶全都遭到巨大的破壞。英軍野戰醫院的帳篷被吹颳得影蹤全無，數千病號像螻蟻一樣匍匐在地上苟延殘喘。維多利亞灣裡的商船檣傾楫歪，一些滿載貨物的商船來不及躲避，被颱風惡狠狠地掀翻入水中。「路易莎號」和五條商船被風暴撕成碎片，英軍雇用的四條運輸船被海浪拋到岸上，「硫磺號」、「青春女神」、「阿爾吉林號」輕型兵船和二十條商船嚴重受損。為了防止傾覆，許多船舶不得不砍斷船桅。

二十天之內，颱風兩次突襲香港，每次肆虐七八個小時，破壞力大得驚人，給英軍造成的損失大大超出舟山之戰、關閘之戰、虎門之戰和廣州內河之戰的總和！

西曆八月上旬，新任對華全權使大臣璞鼎查爵士和新任艦隊司令威廉·巴加爵士乘坐「西索提斯號」火輪船抵達澳門。英國的技術革新日新月異，這條火輪船創造了一項航海史的新紀錄，它從英國到澳門只用了六十七天，扣除在孟買停留的十天，英國人從倫敦到澳門和中國人從北京到廣州的時間竟然並駕齊驅了！同時到來的還有英軍第五十五步兵團和馬德拉斯第三十六團的兩個步兵連。「西索提斯號」更帶來了數千封家信和國防大臣的命令，遠征軍的大部分官兵都晉升了軍銜，人人歡天喜地。只有義律神情沮喪，他在中國的事業黯然殂謝，只能收拾行裝準備回國。

這天清晨，卸任的義律與夫人克拉拉前往馬禮遜教堂做禮拜。三十年前，英國聖公會派羅伯特·馬禮遜來華傳教，那時的英國幾乎沒有人會講漢語。馬禮遜單槍匹馬來到中國，耗時十三年，不僅學會了漢語，還編寫世界上第一部《華英字典》，創辦了第一家學習漢語的英華書院，成立第一家教會醫院。後來，更在東印度公司的資助下，在澳門買下一塊不大的地皮，修建第一座基督教堂。他去世後，人們把那座教堂叫作馬禮遜教堂。

與天主教的聖保羅大教堂相比，馬禮遜教堂又小又簡陋，沒有唱經樓，沒有旋轉梯，沒有管風琴，只有拱形門窗和十張長椅，像一間小教室，最多可供四五十人做禮拜。教堂後面的墓園裡埋葬著死在中國的教徒。馬禮遜教堂是基督教會播撒在中國土地上的第一粒種子，誰也說不清它將漸漸枯萎還是慢慢繁衍。

澳門有五十多家英國僑商，這些浪跡天涯的遊子們需要一個聚會的場所，一個安撫和關懷心靈的地方，禮拜天是大家見面的日子，教堂裡坐滿了僑商及其家人。

主持禮拜的是文森特·斯坦頓牧師。去年他在澳門灣游泳時被中國人捉住，關押在廣州大獄裡。為了迫使林則徐放人，亨利·士密艦長不惜發動一場關閘大戰。琦善到廣州後把他放了，不僅設宴安撫他，還用轎子把他禮送回澳門。斯坦頓牧師只有二十二歲，畢業於劍橋大學神學院，一年半前到澳門。他的臉頰瘦削，皮膚白皙，鼻樑上架著一副金絲眼鏡，身穿鑲白邊黑色牧師袍，胸前垂著一個鍍金十字架。他站在佈道臺後面講經，佈道臺上有一本羊皮面的《聖經》，今日的佈道題目叫《基督為救蒼生施無限慈愛》。教堂很小，座無虛席，遲來的信眾只好站在後面。

馬儒翰陪同義律夫婦一起來到教堂，他們來得稍晚，坐在最後一排。馬儒翰是馬禮遜的兒子，父母都葬在教堂墓園裡，他對這裡一往情深，禮拜天經常來。馬地臣一家來得較早，坐在第一排，顛地一家坐在第三排。顛地很少來，他對宗教並不熱心，偶爾才陪同家人過來。

斯坦頓神父開始佈道了，他告訴信眾應當如何感受基督的愛。他說愛不是嫉妒、不是自誇、不是張狂，而是恒久的忍耐。愛不求私利，只求真理，有愛心的人凡事包容、凡事相信、凡事盼望、凡事容忍，愛是永不止息的德行。每當信眾想到耶穌基督時，就會感受到他的恩德。他宣講完後，是長時間的懺悔和默禱，教堂裡靜悄悄的，沒有干擾、沒有雜音，信眾們虔誠地低著頭。

默禱完畢後，斯坦頓牧師接著宣講：「我們受主耶穌的差遣，不遠萬里來到中國，澳門是我們進入中國的第一個臺階。蒼茫大海，迢迢水路，我們一踏上這塊土地就感受到發自內心的激動。我與在座的商人、水艄、教師、藝術家和軍人一樣，是來完成基督的那個關於麥子的比喻——落入泥土，生根開花，抽穗灌漿，把上帝的福音傳到中國。

但是，中國人嚴鎖大門，我們用最謙卑、最溫柔的聲音向中國官吏呼籲，但他們有耳不聽，有眼不視，執拗地把上帝的福音關在門外。偉大的英國不得不派出優秀的軍人來到中國，用劍與火傳播基督教文明。一些勇士不幸犧牲在戰場上，埋葬在異國他鄉，遺憾的是，他們的死受到鴉片的玷汙。」

斯坦頓牧師的最後一句話讓信眾們吃了一驚，人們困惑地注視著他。教會反對鴉片貿易，這是不爭的事實，但是，除了少數虔誠的信徒外，在華英商全都經營鴉片。在鴉片商人及其眷屬面前公開譴責鴉片貿易，無異於公開樹敵，所有牧師在佈道時都會小心翼翼避開這個話題，沒想到斯坦頓牧師居然反藉禮拜之機，抨擊鴉片貿易！人們彷彿聽到一種不諧和音，以刺耳的訴求強迫他們接受一種理念。教堂裡的氣氛變了，人群裡響起嘰嘰咕咕的議論聲。

斯坦頓猶豫了一下，隨即像背誦教義一樣堅定地講下去：「鴉片是一種毒物，染上毒癮的人會自甘墮落，甚至喪失天良。偉大的英國發動了一場偉大的遠征，這種毒物卻讓一場聖潔的戰爭變成鴉片戰爭，讓勝利的旗幟黯然失色。邱吉爾-奧格蘭德詛咒是神明的訓示和告誡，它神秘莫測，無影無形，卻無所不在，每到關鍵時刻就浮出來，用瘟疫校正人們的慾望。它不厭其煩地告誡大家，貪婪和墮落是撒旦與美杜沙的合奏，能夠啟動人們心中的惡魔，誘惑、引導人們追求邪惡。受毒的人看不見神示，追逐著邪念，地獄之火卻越燒越烈。」

馬地臣突然站起身來，「我抗議！」

人們的目光齊刷刷轉向他。這位老資歷的商人財大氣粗，在僑商中有巨大的影響力。他臉色通紅，像一頭憤怒的獅子，「斯坦頓牧師，你是神職人員，你的佈道超出宗教範圍！既然你說到鴉片，我也想說一說。上帝是公道的，他不會創造一種無用的東西。鴉片是用罌粟製造的，罌粟是種有益的植物，鴉片是高效的鎮靜劑和止痛劑，能夠治療多種疾病。但是，中國的癮君子們濫用了它。我們並沒有錯誤，只是利用它提供的商機。中國皇帝並不關心臣民們的健康，他關心的是白銀外流和貿易逆差。白銀外流是中國皇帝閉關鎖國的後果，不是宗教問題，不是道德問題，而是經濟問題和法律問題。

「在我國和歐美，鴉片貿易是合法貿易，只有中國例外。我是奉公守法的商人，我尊重中國的法律，只在公海上出售鴉片，難道錯了嗎？難道違反了大英國的法律嗎？今天，你假借神聖的講壇發表了不合時宜的言論，我非常憤慨！我不得不宣佈，從今以後，只要你主持禮拜儀式，我和我的家人拒不參加，也不會再向你的教會捐款！」說罷，他離開座位，昂著高傲的頭顱，從狹窄的過道穿過。他的家人站起身來緊隨其後。

顛地也站起來，「斯坦頓牧師，當你遭到中國人的綁架時，澳門的全體僑商為你擔心，我國勇士們不惜發動一場戰爭拯救你的性命，你卻替中國人說話！我也抗議。」他同樣領著全家人退出了教堂。

馬地臣看見坐在末排的義律夫婦，放緩了步子，「義律先生，你的離職讓我倍感遺憾。聽說你飽受非議，尤其受到軍官們的非議，但是在我看來，你是優秀的商務監督。你在戰爭與貿易之間保持了微妙的平衡，全體英商才有幸在戰爭期間運走五萬噸茶葉和生絲，我們獲得了利潤，大英國獲得了稅賦。你回國前，我將為你舉辦一場送別宴。」

顛地也在義律夫婦面前停下來，「義律先生，兩年多前，當我被林則徐軟禁在商館裡時，你及時趕來，保護了我的生命和安全，我們全家人為你的離去感到遺憾。聽說軍隊和巴麥尊勛爵對你十分不滿，我卻對你的商業意識和敬業精神表示由衷欽佩。我將與馬地臣先生一起為你安排一場告別宴。」

聽了兩位鴻商巨賈的讚許，義律心生一股難以明言的酸楚感和悖謬感。他深知鴉片是插在中國身上的毒刺，嚴重損害英中兩國的關係，但巴麥尊勛爵支持鴉片貿易，指示商務監督署不得干涉公海上的買賣。義律雖然痛恨鴉片，卻不能違背政府的訓令，客觀上成為鴉片貿易的實際保護人。對兩位鴉片鉅賈的真誠邀請，他不便當面回絕，只能點頭應允。

兩位鉅賈中途退場，教堂裡有點混亂，助理牧師靈機一動，彈起風琴，帶領唱詩班唱起了聖歌《求祢的國度降臨》：

祢的慈愛高及諸天，祢的公義存在永遠。
神啊，萬神之中，沒有可與祢匹比的，
祢的作為也無可企及。
神啊，興起，使仇敵四散，唯有義人必得歡喜，
神啊，興起，使仇敵四散，求祢的國度降臨在這裡。

其餘信眾雙手合十，低聲誦唱，直到儀式結束後，人們才念了一聲「阿門」，漸漸散去，禮拜就這麼草草收場。

義律等到最後一名信徒離開才站起身來，「馬儒翰先生，我想到墓園裡看一看，向那些不幸埋葬在這裡的老熟人、老朋友們告別，包括你的父親。他嘔心瀝血編撰了一本《華英字典》，所有來中國的英國人都用他的字典學習漢語，都是他的學生。我到中國時你父親還健

在，他贈送我一本《華英字典》，讓我受益匪淺。」

義律的夫人捧著一束鮮花站在他後頭。葉片光滑溫潤，呈掌狀散開，每個翠綠的花萼都托著一盞紫紅的花朵，如鈴如爵，煞是好看，但馬儒翰不知它叫什麼名字。

馬儒翰道：「我的父親和母親都葬在教堂墓園裡。他們夢寐以求的就是把基督教的福音傳到中國。我父親說，即使他有一千條生命，也要一條不剩地全部奉獻給中國。但是，他的夢想越不過澳門關閘，中國人把基督教的大義活生生擋在門外。我是他兒子，生在澳門，卻身不由己地捲入一場英華大戰。我真心希望這場戰爭早日結束。」

義律夫婦與馬儒翰一起走入教堂墓園，靜靜地走到馬禮遜夫婦的墓前。兩座墳塋並排而臥，周邊長著盈盈綠草，陽光透過樹木，在墓碑上投下斑駁的雜影。馬儒翰彎下雙膝，輕輕地親吻父母的墓碑。義律夫婦則對馬禮遜夫婦的墓碑行三鞠躬禮，而後向其他墳塋走去。

墓園裡有幾十座墳塋，有第一任英國駐華商務監督律勞卑男爵的，有「都魯壹號」艦長斯賓塞·邱吉爾勛爵的，有代理艦隊司令辛好士爵士等英國軍官的，有鴉片商人詹姆斯·因義士的。除了英國人的墓碑，還有美國人的、德國人的、丹麥人的。他們中有外交官、商人、軍人、傳教士、遊客、女眷、水艄。大清帝國對所有的域外文明和文化心存疑慮和敵意，有一種發自內心的抵抗力，既固執又頑強，於是，所有異邦人只好在關閘外面尋找靈魂的安息之處。

義律走到辛好士爵士的墳塋旁，他的墳塋與斯賓塞·邱吉爾勛爵的墳塋挨在一起。辛好士爵士在攻打廣州後感染時疫，撤回香港後不久死去。義律知道辛好士爵士對他十分不滿，甚至給海軍大臣和國防大臣寫信彈劾他，但是，這位海軍將領畢竟殂謝於中國的海疆，對死人說長道短有不仁不義、不倫不善之嫌，義律寧願聽任一切恩怨化作青煙。

他向辛好士爵士的墓碑鞠了一躬，喃喃道：「我在中國的公事結束了。別了，冤家。」而後佇立不動，若有所思。

義律的夫人把花束分成十多枝，分別放在每座墓碑前面。

馬儒翰見義律不肯離去，輕聲問道：「義律先生，你在想什麼？」

義律身板筆直，嘴角微微下垂，表情有點兒複雜，淡淡的話語裡帶著怨氣，「我不是公使了。對我來說，中國像一場夢，我在她的大門口盤桓了整整七年，始終無法溝通。中國是世界第一大國。第一位駐華全權公使是個風光無限的職位，足以讓人志存高遠。我卻愧對了這份職位。我痛苦地覺得我在中國的事業是一場大失敗。外交官應當用和平手段化解危機，軍事家才用戰爭手段解決難題。我對中國有取悅、有同情、有自傲、有棒喝、有容忍，十分微妙。我對她既戀又恨，戀她，是因為久住生情，恨她，是因為她頑冥不化。拋開個人恩怨，辛好士爵士是個出色的軍人，犧牲在中國，死得堂堂正正。我卻是一個糟糕的外交官，因為我沒有能力用和平手段化解對立和衝突，只好訴諸武力。我本想當和平公使，卻陰陽差錯做了戰時公使。人們都說人過留名，雁過留聲，我卻連只腳印都留不下。」

馬儒翰道：「我們都是人間的過客，不是人人都能留名的。」

義律語氣充滿哀怨，「我羨慕你父親，他是到中國拓荒的第一個基督教傳教士，聰敏過人，把福音傳到中國的大門口，培養了第一批中國信眾，編寫第一本《華英字典》，成立第一家教會醫院，創辦第一家漢語學校，他離世後，肯定有繞梁佳話嫋嫋相傳。

「我在中國的七年是嘔心瀝血的七年，只要再給我半年時間，我就能與中國皇帝簽署一項和約，改變英中兩國的現狀，在我國星光燦爛的外交史上留下一個可供後人追憶的故事。但是，我命運不逮，任期不夠長，天地不夠寬，在我展翅飛翔的時候被雨水打濕了翅膀，不得不降落至地上。當人們提起我在中國的所作所為時會怎麼說？中國人會說，查理·義律是挑起戰爭的罪魁禍首，是個可惡的侵略者；英國人會說，查理·義律是個笨蛋，外交上一事無成，軍事上也一事無成。我真想在中國幹下去，讓人們把一座山、一座島或者一條河，命名為義律山、義律島或義律河。但我命不如人，只能像隻靜悄悄的貓，來無聲，去無痕。」

過去建功立業的夢想黯然消失，取而代之的，是孤雁黃沙無著無落的淒涼感。

馬儒翰淡靜地說：「中國沒有將山川河流冠以人名的習俗，即使是富有勛業的皇帝，也沒有偉大到擁有一座山、一條河或一座島的地步。義律先生，恕我直言，世上的事有時很奇怪，有些人因為缺點而晉升，有些人因為優點而失寵。你的氣質不像軍人，也不像外交家，像傳教士，因為你有一顆寬容的心。」

義律歎了一口氣，仰頭望著天空，「中國人啊，你們將碰到一個強硬的對手，一個心如鐵石的鬥士。璞鼎查爵士絕不會像我這麼寬厚、仁慈，他會把你們的屎都打出來！」

璞鼎查抵達香港後，立即就派軍務秘書馬恭少校乘「復仇神號」前往廣州，通過余保純轉告廣東官憲，並求廣東官憲奏報朝廷，他已接替義律的全權公使兼商務監督之職，且他只與擁有全權的清朝官憲談判，以締約方式結束戰爭，談判的基礎依然是《巴麥尊外相致中國宰相書》。在英方的要求未得到全面滿足前，他將揮師北上，征戰不息。照會中還說，他將恪守義律與奕山達成的廣州停戰協議，如果廣東官憲違約，他將施以嚴厲的報復。

一個火辣燎燙的難題擺在奕山等人面前。隆文病故，楊芳因病開缺，返回湖南，廣東只剩下四大官憲。奕山不得不與祁貢、怡良和阿精阿共同商議如何處理璞鼎查的照會。

祁貢心事重重，思索了半天才開口：「《廣州和約》我們瞞了朝廷，義律聲稱擇地另戰，我們也瞞了朝廷。英夷撤到香港後，兩個半月沒有動靜，以致於我們懷疑所謂『擇地另戰』是虛張聲勢，現在看來，英夷果真要北上尋釁，另起戰端。」

奕山同樣滿心焦灼，「昨天我接到大鵬協和新安縣的稟報，香港灣裡的四十多條兵船和運輸船已經開走大半，這不是好兆頭。」

怡良百般無奈地搓著手，「英軍揚帆北驅很可能是擇地另戰，他們想在什麼地方開仗？」

阿精阿推估，「我看首當其衝是天津大沽。不過，或許是廈門、福州、寧波、舟山、上海也未可知，這些地方都是逆夷點名要求開放的通商口岸。」

奕山道：「事情急迫，得盡快奏報朝廷，諮會沿海各省督撫大員。要是隱匿不報，戰火一起，我們就罪無可逭了。」

他心裡的焦急，其餘三人也明白。他們與朝廷打啞謎玩八卦，聯手編造了一個彌天大謊，把《廣州和約》的真相捂得嚴嚴實實。他們奏報「粵省夷務大定」，恰好英軍先受癘疫折磨，後受颱風摧殘，被迫就地休整，海疆承平無事達兩個半月之久，致使皇上深信戰爭結束了，並給沿海七省下達撤軍令。但是，這不是實情！編謊者一旦開始編故事，就得想方設法編得圓通可信，要是出了破綻，被皇上識破，等於犯下欺君之罪，依律當斬！現在，奕山等人必須想方設法把謊說圓。

儘管天氣炎熱，奕山還是把門窗關得嚴嚴實實。四個人都是洞悉內情、撰寫奏折的熟門高手，何事實寫、何事虛述，何事重筆、何事輕描，何事深論、何事淺說，駕馭得如同炒小菜烹小鮮。他們閉門私議了半個多時辰，最後擬出了一份奏稿。

……茲據廣州府知府余保純……傳諭馬恭：

> 該國所重在貿易，現在將軍督撫等，業已代爾等奏明，早經奉大皇帝恩旨，准照舊通商。粵東文武官員一體保護爾等貨物，當安心遵守，何得別有干求，再行北往？且貿易處所，向在粵東黃埔，其他處港口並無洋（行）商通事，亦無海關經理……該副領事馬恭聽聞之下點頭稱善，唯口稱頭目璞鼎查駛出之後，正值連日南風，如能路途趕上，定當遵諭傳之等語……
>
> 風聞璞鼎查之來，因義律連年構兵，辦理不善，是以前來更換。今璞鼎查不待回諭，即出洋北駛，奴才等臆揣，必系義律嫁禍之計，不先告璞鼎查早經通商，詭使北上，懇求碼頭，倘開炮啟釁，廣東必絕通商，杜絕通商，必致兵端不息[39]……

這份奏折再次無中生有地編造出一個拙劣的故事，說義律因為「連年構兵」而被罷黜，英國國主派了一個叫璞鼎查的人來接替他。奏折隱瞞了璞鼎查的真實身分，只說他是領事（商務監督），隻字不提他是全權公使，不提他的使命是按照《致中國宰相書》的要求與朝廷締

39 摘自《奕山等奏英領事璞鼎查出洋北駛及團練義勇折》，《籌辦夷務始末》卷三十一。馬恭少校是璞鼎查的軍務秘書，可能因為翻譯有誤，奏摺給他「升官」為副領事。

結條約，也不提他只與清方秉權大臣談判，對擇地另戰一事更是完全避開，反倒煞有介事地編造出一個莫須有的情節——義律為了嫁禍於人，沒有把恢復通商的實情告訴璞鼎查，於是，不明真相的璞鼎查私自率軍北駛，繼續索要通商碼頭。

為了推卸責任，奕山等人還奏報說他們要求馬恭追趕傳諭，但因海風不利，馬恭很可能追趕不上。為了達到索要通商碼頭的目的，璞鼎查很可能開炮啟釁，致使戰火再起。

當四大官憲在奏折上依次署上尊姓大名時，他們的心全都灰硬如鐵。他們雖然沒有歃血為盟，但為了避禍禳災，連袂拋棄了良心，在編造謊言的險道上越走越遠，致使整個國家遭受沉重的打擊也在所不惜！

# 廿 水浸開封城

林則徐當過河南布政使和河道總督，對開封和黃河非常熟稔。又稠又濁的黃河水給他留下了深刻的印象。這條流淌了萬年的大河像頭暴烈無比的野獸，從五千里外的昆侖山千折百繞，一路東行，將數百條小溪小澗匯於一身，漸漸變成一個肌腱突兀、血脈賁張、脾氣暴烈的水母，既滋養了數千萬人口，又經常大發脾氣蹂躪一方。每年夏秋兩汛，滔滔激水如同閃電雷鳴似的一瀉而下，每次流經中下游地區都讓兩岸的老百姓懸心不寧。根據史籍記載，它曾經數百次氾濫，摧毀過億萬人的家園，葬送過無數人的性命。

林則徐不僅熟悉黃河，也熟悉開封。開封古城距離黃河約十五六里，城外的沙地又高又闊，一直蔓延到城頭。大風一起，漫天黃沙就像滾滾煙塵似的不斷飄落到人們的頭髮裡和衣褶裡。粗獷的風土滋育不了細膩的人情，當地百姓在水患和粗糲沙石的打磨下變得性情粗獷、情慾粗簡，他們胼手胝足才能掙足口糧，唯有在風調雨順的豐收季節才能喘一口氣。

河南的沙地最適種棗樹和花生。每年夏天，漫天的棗花如霧如霞，秋天一到，家家戶戶在一坡一坡的沙地上曬大棗、剝花生，那種景象令人難忘。

開封有過炫目的輝煌，戰國時的魏國首都大梁、唐代的汴州、北宋的東京、金朝的汴京、明朝的開封府，都曾在這裡留下蹤跡。但是，五代古都的輝煌和氣派被肆虐的黃河水沖蕩得殘缺不全，包公、豫劇、鐵塔和大相國寺，這些傳誦了千年的名字像蒙塵的玉石，被人們漫不經心地丟在犄角旮旯裡。隨著時光流逝，當地百姓漸漸變得乖順隱忍，激情不足可仍有活力，衣衫寒素但知足常樂。

林則徐乘驛船朝開封駛去，離開封越近，水患越觸目驚心。黃河以南的二百里土地成了茫茫巨浸，溢出河道的黃泥湯沖蕩翻滾，像力大無窮的水怪，把漂浮的樹木和死畜按下去，拉起來，再按下去，又拉起來，令行舟者無不悚然心驚。

成千上萬的村民村婦逃到高地和山岡上，用椽子、樹枝、油布搭起雜七雜八的窩棚，花花綠綠，擠擠挨挨，爛市粥棚似的難看。高地和山崗地狹人稠，到處都是骯髒、汙穢的垃圾跟糞便，還有男女老少無奈的呼號聲、呻吟聲、哭泣聲。

一片片高坡和山岡被大水分隔，像一座座孤島，每座孤島旁都泊著幾條小船，船家運來了烤餅和稀粥，價格高得離譜，平日一枚大銅錢一碗的稀粥要價十個銅子，二個銅子的燒餅要價二十。漫漫水災，反倒成了少數人發財的機會。

未時二刻，驛船駛到開封城下。開封城東高西低，北、西、南三面全都泡在水中，連城牆都被泡得酥軟。部分地段已經坍塌，未坍塌的城牆上全是難民，他們忍饑挨餓、瑟瑟露宿，匍匐扶傷，哭聲盈天，流離之狀，慘不忍睹。

林則徐知道開封城東面的地勢較高，叫驛船直接朝東面駛去。河南巡撫衙門、按察使衙門、滿漢兵營、宋朝故宮和半城民宅遭到大水的漫灌，地基酥朽，大批房屋傾圮在水中。但布政使衙門、糧道衙門、開封府衙門、鐵塔寺和貢院位於城東北，那裡地勢較高，沒有水患。十多萬難民蜂擁而至，寺廟和九千間考棚成了棲身之地。鐵塔寺周邊人滿為患，天天有人求籤問卜。

驛船從水城門進入開封，林則徐下了船，朝布政使衙門走去。十年前，他在河南當布政使時住在布政使衙門的後院。曾經九州終為客，夢魂牽繞總是情——他對衙署裡的一廳一室、一草一木都很熟悉。

布政使衙署在大門前聳立著高高低低的旗杆，旗杆上掛著寶藍色鑲黃邊官旗，上面有「欽差大臣行轅」、「河道總督行轅」、「河南巡撫部院」、「撫標中軍參將行轅」、「河營守備行轅」、「東壩總局」、「西壩總局」、「賑廠」等字樣。顯而易見，許多衙門和官局遷到布政使衙門的大院。就看天井裡支起幾十頂帳篷，這座衙署成了不折不扣的大雜院。

林則徐在途中就聽說朝廷派軍機大臣王鼎到開封治水。他向守門的兵丁遞上勘合，「請轉呈欽差大臣王鼎王閣老，就說林則徐奉命前來報到。」

門丁驚訝地注視著他，「您就是大名鼎鼎的林大人？開封的官紳兵民早就聽說您要來，像大旱盼急雨似的盼著您呢！」說罷，打千行禮，「我這就給您通報去。」雖這麼說，但他面露猶豫，指著一頂帳篷道：「王大人督率吏卒民夫堵塞決口，勞累了一天，正在小寐呢。」

欽差大臣行轅的帳篷與大門口只有二十幾步，林則徐抬眼一看，帳篷前有一乘肩輿，一個老人歪在裡面小睡，身上蓋著被單，那人正是王鼎。林則徐不由得鼻子一酸，「那就別打擾，讓他多睡會兒，我在這兒候著。」

兵丁問：「我給您通報牛鑒大人吧？」

林則徐道：「也好，也好。」

牛鑒是河南巡撫，字鏡堂，林則徐任江蘇巡撫時，牛鑒任江蘇按察使，算是老搭檔。牛鑒的帳篷與王鼎的帳篷緊挨著，他聽說林則徐來了，立即出來迎接，「哎喲，少穆兄，幾年不見，你蒼老了。」

牛鑒原本身體微胖，黃河決口後他食無味、寢難安，瘦了一大圈，頭髮鬍鬚許久未剃，兩個眼瞼灰暗下垂，抬頭紋和魚尾紋全都躥到臉上興風作亂，但聲音依舊洪亮。

林則徐拱手行禮，「鏡堂兄，你瘦多了。」

牛鑒嘆了口氣，「大水漫灌，我宵旰操勞、心憂氣燥，是瘦了。」

牛鑒講話聲高氣重，王鼎半睡半醒間依稀聽到「少穆」二字，猛然醒來，微微抬起身子，聲音蒼老，「是少穆來了？」

牛鑒對林則徐莞爾一笑，「看看，我一高興，把王閣老吵醒了。」他轉身招呼：「王閣老，是少穆來了。」

王鼎已經七十五歲，撐著身子坐起來，壽眼枯眉，滿臉皺紋。林則徐深深做了一個長揖，「晚輩林則徐參見閣相大人。」

王鼎下了肩輿，林則徐這才看清他的靴子上沾滿黃泥點子。王鼎有風濕病，膝關節的支撐力不足，但沒到拄手杖的地步，「路上順利嗎？」

林則徐道：「一路過來全是湯湯大水。潰水漫及歸德、陳州、亳州，一直沖到洪澤湖。安徽巡撫衙門調了三千官兵和四萬民夫在高堰築壩圍堵，要是高堰大堤不保，潰水能一直沖到揚州[40]，黃河以南、長江以北的四十多個郡縣，都將化為漫漫澤國，千百萬生靈將成為魚鱉之食。」

王鼎四十多歲時當過河道總督，熟悉水情，「有句古話說『攪動黃河天下反』。國家命

40 歷史上黃河屢次改道，一四九一年至一八五五年，黃河經淮河入黃海，一八五五年以後改為入渤海，故而，在道光朝時期，人們在安徽省防堵黃河水患。

運皆繫於江河，黃河不寧，天下不平啊。」

林則徐點了點頭，「是的，黃河以善淤、善決、善徙著稱。」

王鼎說：「從本朝開國算起，二百年間決溢三十四次，其中以乾隆二十六年為最。當時黃河中游大雨霖潦，河水暴漲，從三門峽到花園口先後有十五處決口，黃流狂溢之處，黎民號泣，萬頃良田化作滾湯之沸，人民與魚鱉同游。武陟、榮澤、陽武、中牟、祥符、蘭考等四十個州縣被大水淹浸。我在開封當河道總督時，當地還在流傳著乾隆朝時的民謠，『乾隆二十六，黃河漲上天，沖走太陽渡，捎帶萬錦灘』。這回決口，規模不次於那回。皇上獲悉河堤潰決後，欽差我管理河務。你當過河道總督，還寫過一篇《畿輔水利議》，有治水經驗，所以我出京前向皇上請旨，要你來襄助我。」

牛鑒在一旁幫襯，「少穆兄，你被罷官後，王閣老一直在保你，說你是磐磐大才，閒廢不用就可惜了。」

林則徐恭敬頷首，「少穆心知，大恩不言謝了。」

王鼎倚老賣老道：「少穆啊，人在官場免不了挫跌。你要從容淡定，禁得起大起大伏，否則，得意時就會趾高氣揚，失意時就會心境灰敗。」

林則徐道：「晚輩領會前輩的教誨。」

王鼎接著說：「新疆是萬死投荒之地，你去那裡荷戈戍邊是浪費人才。只要你協助我，盡心盡力把口子堵上，我就奏請皇上，按將功贖罪論，讓你復出。」王鼎是道光皇帝的老師，三朝元老，他的話是極有分量的。

林則徐詳細問：「我從來沒有見過這麼大的水。這次決口因何而起？」

牛鑒道：「七分天災，三分人禍。朝廷在寧夏硤口和陝州萬錦灘設了兩個水情觀測哨，冬季十天一報，春汛兩天一報，夏、秋兩汛一天一報，水情一俟超過警戒線，用六百里紅旗快遞報警。六月初八到十一日，寧夏府硤口觀測哨稟報水勢漲至八尺一寸，陝州萬錦灘觀測哨稟報七天內河水漲了兩丈一尺六寸，武陟的沁河觀測哨稟報三天之內水勢上漲了四尺三寸。夏汛從來沒有如此之盛，前漲未消，後漲踵至，上游水勢異常，險情迭出，沿河廳縣相繼報警。」

王鼎招呼：「何必站在外面，進去說話。」

林則徐和牛鑒跟著王鼎進了帳篷，帳篷裡的擺設十分簡陋，只有幾把椅子、兩張小桌和幾箱文牘。

三人坐在椅子上，王鼎繼續往下講：「河道總督文沖去年才上任，對河務一知半解。今年入伏後天氣亢熱，下南廳的河官認為天氣亢熱必有暴雨，張家灣一帶的大堤單薄，萬一河水氾濫，很可能釀成巨災，請求文沖增撥兩千七百兩銀子修堤。文沖上任前聽說河官們經常用各種名義索要銀子，貪贓枉法之事層出不窮，故而不信，親自去張家灣。他見黃河大溜位居中流，距離堤壩有十里之遙，覺得水勢不可能漲到河堤，認為是河官們訛詐銀子，拒不給款，結果誤了工期。」

林則徐對文沖的糊塗有點兒吃驚，「哦？黃河有枯水期和盛漲期，在枯水期河窄灘寬，河水能瘦成半里多寬的細流，在盛漲期，能把三十里河道、灘塗漲滿。要是遇上伏秋大汛，上游的大小支流水量充沛，洪水能把灘面沖成許多串溝，分溜成河，沖刷大堤，形成決口之患哪。」

王鼎點了點頭，「你不愧當過河道總督，講的是內行話。」

牛鑒道：「今年夏天，陝西、山西與河南連降大雨，開封知府步際桐見文沖懵懂，只好自掏腰包，給河營守備王進孝三十兩銀子，叫他增派河丁，盡心巡防，一有情況就立即稟報。沒想到王進孝回家聚賭，把銀子賭輸了。他坐失機宜，卻使河南、安徽六府二十多縣化為澤國，受災百姓們恨得咬牙切齒，揚言要扒他的皮、吃他的肉。王進孝自知罪責難逃，飲藥自殺了。」

王鼎喟歎一聲，「有些人是既想當官，又想發財，還以為天可欺瞞，卻不知曉官不易做，天不可欺。王進孝獲戾於天，獲戾於百姓，更獲戾於皇上，就算不自裁也必死於法！」

牛鑒繼續說下去，「文沖想撥銀修堤壩為時已晚。六月十六日午刻，滔滔河水勢如滾雪，一噴數丈，聲如驚雷，把張家灣大堤撕開一道二十丈寬的大口子。開封距離堤壩僅十五里，大水一夜就沖到城下，官民們猝不及防，四郊居民淹死者十有四五。在河堤附近居住的村夫村婦來不及攜帶衣糧，只得登屋號啕，攀樹哀鳴，可因為連續多日不得飲食，活活餓死在屋頂上或樹上，慘不堪言啊！眼下是開封城外蕩如藪，民愁官愁戶戶愁。」

王鼎道：「多虧牛大人臨危不亂，號召全城官紳和在冊生員有錢出錢，有力出力，組織全城居民防堵，才有現在這個局面。」

林則徐問：「現在決口有多寬？」

牛鑒說明：「這麼多天了，決口已被大溜刷寬至三百丈，七成河水溢出河道，只有三成河水在河道裡流。」

林則徐倒吸一口涼氣，「鏡堂兄，現在是盛漲期，秋汛過後，上游水勢才能減少，封堵這麼大的口子，非得等盛漲期過去，河水退縮到十五里以內，而且河工浩大啊！」

王鼎道：「水患為各種自然災害之首，本朝向來視治水為第一要務。國家年均稅賦四千多萬兩，每年雷打不動下撥五百萬兩銀子用於治河，遇有大汛還要追加急款，可謂擎舉國之財稅。這次決口，皇上在常項銀外特批了四百七十萬兩急款。四百七十萬貌似鉅資，實則不夠，僅河南與安徽六府二十三縣就有兩千萬人口，人均只有兩錢！為了籌措這筆巨錢，戶部把庫底都搜羅乾淨了，幸虧邊釁停止，否則朝廷騰挪不出這麼多銀子來。我與牛大人反覆商議，只能一半用於賑濟，一半用於治河。」

牛鑒接過話，「昨天一隊官船運來二百擔鍋餅，剛到城東的李莊就被饑民們蜂擁圍堵，押送鍋餅的兵丁們叱之不退，饑民們寧可引頸受刀，也不肯捨船放行。不是餓急眼，哪會出現如此亂象！你只要去各縣保甲發放賑濟款，耳朵眼裡全是餓死人和沒米下鍋的窮話。貪官汙吏、城狐社鼠們一把眼淚一把鼻涕地哭窮，卻層層克扣，從中漁利，鬧得浩蕩皇恩滋潤不到底層的小民。」

王鼎道：「少穆，你是經濟大才，現在有兩件急務，一是賑濟，一是預算。管賑濟就是管錢財，必須用廉官。一官之廉，十吏效之，百民隨之；一官之腐，百吏從之，千民附之。管賑濟非得要一個鐵面包公不可，不然就會被城狐社鼠們藉機漁利。預算是極為繁巨、極為勞累、極為仔細的差事，必須親自踏勘河道，繪製出修築埽壩的工程圖來。你挑一項。」

林則徐毫不猶豫，「則徐當河道總督時曾經踏勘過河南和山東兩省的河道，算是老馬識途。請王閣相給晚輩派幾名諳習河工的文武員弁、一百名兵丁和夫役、五條大船，則徐願在河上奔波踏勘。現在時交白露，則徐保證在寒露到來前踏勘完畢，做出切實可行的預算來。」

王鼎的壽眉壽眼笑成一團，「好！沒當過河道總督的人是不敢輕易拍胸脯的，看來你確實是老馬識途，一來就能派上用場！」

# 廿壹 廈門之戰

疫情延續了八十多天依然無法袪除，颱風給英軍的重創超過一場戰役，攻打廈門的計劃一推再推。但是，信風不等人，夏天一過，將是北風司令的季節，風帆戰艦逆風北驅是兵家大忌，要是不抓緊時間，整個作戰方案都得推遲到明年。璞鼎查、郭富和巴加商議過後，決定把「先鋒號」、「硫磺號」等五條兵船和千餘病號留在香港，保持對廣州的軍事壓力，主力部隊悉數北上，迅速攻克廈門和寧波。

義律雖回國了，但是他與伯麥、郭富制定的作戰方案依然有效，璞鼎查決定繼續執行這一方案，先打廈門，再占寧波，他只在原方案上增加重新佔領舟山的內容，那是巴麥尊勛爵特別要求的。參加這次軍事行動的共有三條火輪船、十條兵船、十五條運輸船和六條補給船。運輸船運載兩千五百多步兵和炮兵，補給船運載煤炭和輜重。

艦隊分批駛離了香港的維多利亞灣。

廈門是火山岩噴發形成的島嶼，與大陸僅隔一道海峽。海峽很狹窄，初到廈門的人往往誤以為它是一條江。海風和海浪像既柔軟又堅韌的銼刀，用萬年的耐心把火山岩銼成一圈圈一層層的海蝕形態，它們光禿禿、赤裸裸，像沉睡不醒的石鯨、石鱷、石龜、石虎，千姿百態。

廈門原本是人煙稀少的荒島，大陸人稱之為「下門」，意思是「等而下之」的地方，直到明朝初葉才有少數漁民遷居到島上。二百年前，鄭成功率兵渡海，開拓臺灣，發現下門是連接大陸和臺灣的樞紐，於是在島上屯兵駐守，改稱廈門，自此，它才漸漸呈現出人煙輻輳的模樣。

康熙初年，朝廷為了防止鄭氏後人反攻大陸，飭令沿海居民內遷三十里，廈門再次淪為廢島。鄭氏後人歸順朝廷後，大陸人重新上島，經過一百多年的開發，島上居民擴展到十五萬之多，廈門成為商船麇集的海疆重地。這裡漁業發達，一年四季海貨不斷，只要進入當地的十三鋪碼頭，人們立即就能聞到濃濃的鹹腥味。

通往廈門的水道上散佈著一群小島，南面的大擔

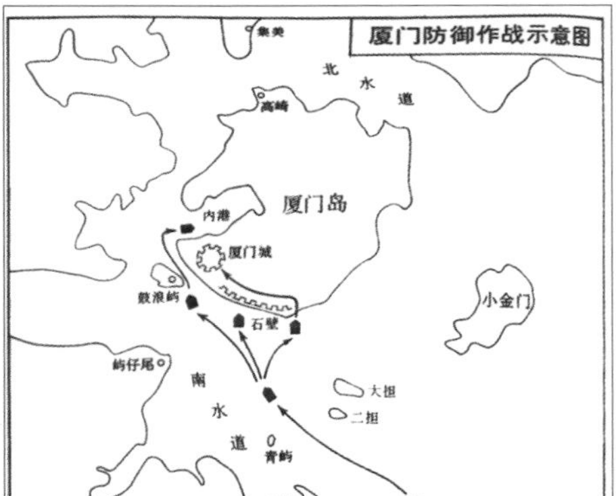


廈門之戰示意圖。據《廈門志》記載，道光十二年（1832）廈門有人口 144893 人。在戰爭爆發前，廈門駐有 5680 名水陸官兵，當地官府還組織了 9274 名義勇。取自茅海建的《天朝的崩潰》第 334 頁。

島和二擔島像浮在水上的烏龜，東南面的小金門島像海上仙境似的若隱若現，它們與青嶼、浯嶼組成島鍊，島鍊上建有炮臺，駐有汛兵，西面的鼓浪嶼和嶼仔尾也建有炮臺。炮臺上信旗招展，有鉦鼓之聲相互問答。

經過四天航行，英軍艦隊駛入廈門水域，駐紮在青嶼和浯嶼的汛兵立即用信炮發出警告，但是英軍沒有理睬它們，繼續向北行駛。

璞鼎查、郭富和巴加乘坐的「地獄火河號」行駛在艦隊最前面。「地獄火河號」與「復仇神號」一樣，也是賴爾德家族製造的，是開到中國的第二條鐵甲船。它比「復仇神號」略小，排水量五百一十噸，同樣配備兩位旋轉炮。璞鼎查、郭富和巴加命令「地獄火河號」貼近海岸航行，以便仔細觀察陌生的海島，尋找合適的登陸地點和攻擊目標。

從海圖上看，廈門像個不規則的大燒餅，左半邊被人咬去一塊，凹進去，形成一個天然的避風港。島上層疊起伏的石山和丘陵上長滿水杉、銀杏、相思樹、佛肚竹、竹節蓼，城鎮和村莊影影幢幢地藏身其間。成群的白鷺在天空飛翔，不時降落在海灘和濕地上，把又長又尖的喙插入水裡，享受著可口的魚蝦大餐。正對水道，有一道一千七百多米長的花崗岩軍事工程，猶如堅固的石壁，顯而易見，清軍作了充分的防禦準備。

英國艦隊進入廈門水域的消息像風一樣傳遍全島，當地兵民不約而同登上山坡眺望海面，鐵甲妖船引起了他們的好奇與騷動。

閩浙總督顏伯燾在金門鎮總兵江繼芸的陪同下登上虎頭山。虎頭山與鼓浪嶼的龍頭山隔海相望，如「龍虎把關」一樣控扼著廈門水道。

顏伯燾五十歲，身體微胖，剛剃過的腦殼像青皮葫蘆一樣乾淨，額頭上的皺紋繁密，從太陽穴彎到臉上，從臉上彎到嘴角，那些皺紋見證了他的閱歷。他出身於簪纓世家，爺爺顏希琛當過湘、黔、滇三省巡撫，父親顏檢當過豫、黔、浙、閩四省巡撫和直隸總督。他年少時，有一個算命先生說他有貴人相，果不其然，他的仕途一路順風，二十二歲進士及第，四十五歲官拜雲南巡撫，成為嚴家第三個當上封疆大吏的人物。那一年，一位幕賓為他家的大宅門書寫了一副楹聯：「一門三世四督撫，五部十省八花翎」，可見嚴氏家族的隆盛和煊赫。

海疆爆發戰爭後，道光皇帝要顏伯燾出任閩浙總督。他一上任，立即去福建沿海巡察，敏銳地意識到廈門非比尋常，是福建海防的重中之重，於是將民政交給福建巡撫打理，自己全心全意地投入到廈門的海防之中。

廈門到處都是花崗岩，這種石料質地堅硬，最適合建造炮臺。顏伯燾動員了大量人力、物力和財力，在廈門南面修建一道高一丈一、厚八尺五、長三里半的石壁，整個石壁用大石條打底，糖水調灰砌縫。

石壁每隔五丈五尺便設有一個炮洞，炮洞上加蓋石版，石版上覆蓋泥土，泥土上種植豬籠草和薔薇，石壁內部安放了一百五十二位大炮。他還在鼓浪嶼和嶼仔尾添建兩座炮臺，安放了七十六位大炮，使它們與石壁呈抵角之勢，形成交叉火網，抵禦來犯逆夷。他深信這道防禦工事是銅牆鐵壁，連孫悟空的金箍棒也砸不爛。

廈門是福建水師提督衙門所在地，駐有五個水師營，顏伯燾又調來兩千陸師官兵，使廈門的總兵力達到五千八百餘人，他還團練了九千二百多義勇，把當地十五歲以上、四十二歲以下的男丁全都編入勇營。

廈門距離廣州大約九百里水路，一葦可航。廣東大吏經常把夷情諮報給沿海各省，但顏伯燾並不偏聽偏信，經常單獨派人去廣州和澳門刺探敵情。他從福建布政使曾望顏那兒獲悉廣東大吏用鉅資賄和，並將此事奏報給道光，沒想到道光不僅沒有回文，還下令沿海各省撤軍，這意味著道光非常相信奕山。但顏伯燾確信戰爭沒有結束，他冒著違旨的風險，以種種理由拖延不辦，他要用時間來證明自己的判斷是正確的。而現在，英軍果然來了！

金門鎮總兵江繼芸站在顏伯燾身旁。他常年戍守海疆，黝黑的臉膛被海風反覆吹颳，像硬皮鼓面一樣粗糲。他身強體壯、敦實厚重，走起路來像石錘砸地一樣橐橐有聲。他生在海疆，在水師幹了大半輩子，見過各種夷船和過境兵船，卻是頭一次看見鐵甲船和旋轉炮，不由得目瞪口呆。

「地獄火河」鼓輪行駛進退自如，航速遠非清軍的戰船可比。它一面遊弋，一面用各種儀器測量航道，在淺水處和有暗礁的水面拋下紅白兩色的浮標。

清軍的戰船都是吃水淺的平底船，從來不用浮標，甚至不知道它們是幹什麼用的。

江繼芸道：「顏督憲，要不要派人問一問，他們想要幹什麼？」

顏伯燾點點頭，「好，派一個懂夷語的人去夷船打問一下他們有什麼干求。」

不一會兒，一條哨船搭載一名懂夷語的商人朝英國艦隊駛去，數千將士和上萬百姓懸揣不安地注視著海面。

江繼芸估算著己方的戰鬥力——福建水師共有大小戰船五十餘條，但有一半跟隨水師提督竇振彪在外海巡哨，廈門灣內現有二十六條戰船，其中一半在船塢裡大修。他對顏伯燾道：「我們的戰船皮薄炮小，無力與逆夷在海上對抗，得讓它們避入鼓浪嶼的水師營碼頭，我們只能用岸炮與敵人戰鬥。」

顏伯燾沒打過海仗，心裡忐忑，嘴巴堅強，「石壁炮臺堅如磐石，各營各汛都有準備。就算逆夷有十八般武藝，我軍將士以逸待勞，足以與他們抗衡。」

一個時辰後，哨船返回來，把英軍的照會送到顏伯燾手中。

……大英國與大清國的分歧仍在，簽署本照會之公使大臣和水陸提督，依照大英國主之訓令特告，除非上年在天津提出的要求全部得到滿足、安全得到全面保障，否則他們有責任採取敵對行動，武力強迫（中國）滿足其要求。

但是，簽署本照會之公使大臣和水陸提督慈悲為懷，不願讓貴軍官兵生靈塗炭，特敦促貴水師提督將廈門城及全部炮臺交與英軍暫時據守。貴軍官兵可以攜帶武器和行李離去，人民可以免於兵燹，待所有問題得到解決，大英國的要求得到滿足後，再歸還中國人掌控。

如蒙同意，請在所有炮臺懸掛白旗[41]。

公使大臣　璞鼎查

水師提督　巴加陸師提督　郭富

大戰顯然一觸即發，顏伯燾語氣堅定，「宵小逆夷居然張大其詞，要我軍獻城！蚍蜉撼樹，荒謬至極！升旗，命令全體官兵和義勇嚴陣以待，痛擊醜夷！」

管旗在虎頭山上升起了紅旗，號弁吹響螺號，金鐸鼙鼓響聲連天。對面的鼓浪嶼和嶼子尾炮臺立即用鼓號回應，炮兵們跑步進入石壁和炮臺，拔去炮塞，填入炮子，弓兵、藤牌兵、火槍兵們跑步進入戰位，靜候鏖戰。義勇們也行動起來，他們用沙袋封堵城門，向城樓上運送雷石、滾木，只有水師營的戰船小心翼翼退縮到鼓浪嶼的碼頭裡。

41　譯自卑路乍的《「硫磺號」環遊世界記》Vol. II，第235頁。

艦隊與岸炮作戰必須搶佔上風。巴加看了看懷錶，又觀察一番天象和水流。今天的大潮應當在下午一點到來，他有足夠的時間排兵佈陣。英軍的佈陣有條不紊，就像準備一場實彈演習。

一點整，廈門既沒回話，也沒有懸掛白旗，潮汐卻按時到來。南風漸起，海潮上漲，巴加和郭富決定分兩路作戰。他們命令胞詛率領「伯朗底號」、「都魯壹號」和「摩底士底號」，外加一支海軍陸戰隊，攻擊鼓浪嶼。巴加親自率領「威裡士厘號」、「伯蘭漢號」戰列艦和五條輕型護衛艦轟擊廈門石壁。

廈門水道響起了霹靂般的爆炸聲！一排排炮子凌空而起，紅黃綠黑四色駁雜，不一會兒，蔚藍的天空就被戰火熏得漫天黑黃。

一年多前，胞詛曾到廈門投遞過《致中國宰相書》，他瞭解這一帶的水情，可謂輕車熟路。鼓浪嶼是一個橢圓形的小島，與廈門僅隔一條五百多米寬的水道，因為經常有白鷺在空中盤旋，當地人稱之為鷺江。鼓浪嶼的兵力較弱，胞詛指揮三條兵船轟擊了一小時，就把島上的炮臺全部摧毀。四百多海軍陸戰隊乘舢板搶灘登陸，清軍迅速瓦解，整個戰鬥僅用兩小時就結束了。英軍上島後把在船塢裡的清軍戰船全部燒毀，騰起的黑煙遮雲蔽日。

但是，攻打廈門卻耗費了較大氣力。「威裡士厘號」、「伯蘭漢號」等七條兵船，在距離石壁四五百公尺處下錨，一字排開，用側舷炮輪番轟擊。英軍敢於與清軍近距離對射，是因為清軍的炮子炸力極小，除非打到身上，不能給英兵以實質性傷害。七條兵船共有二百七十餘位火炮，比清軍的岸炮多一倍，它們把石壁炸得泥土飛揚，濃煙滾滾。

江繼芸指揮清軍奮力應戰。花崗岩石壁非常結實，扛得住敵炮的連續轟擊，清軍藏身於炮洞就像披了一層厚厚的盔甲。他們訓練有素，高呼口令，填炮子，點炮撚，忙而不亂，一顆顆又黑又重的炮子飛出炮洞，拖著黑煙和嘯音射向英艦。英軍在水上，卻佔據了上風，打順風炮。清軍在岸上逆風還擊，炮口冒出的黑煙積在炮洞裡久久不散，炮兵的臉龐被熏得烏黑，像從地裡冒出的黑臉鍾馗。偶爾有英艦的炮子打入炮洞，把裡面的清軍炸得血肉狼藉，但江繼芸堅守不退，集中炮力轟擊英夷巨艦。

「威裡士厘號」和「伯蘭漢號」分別被打中十幾炮，但是它們的船板又堅又厚，打不爛、炸不翻、轟不破、擊不穿。

石壁上飛沙走石，火熱燎辣，滾滾黑煙蒸騰而起。英軍的艦炮雖然火力強大，但在石壁面前卻無能為力，除了偶然打入炮洞的幾顆炮子外，不能有效殺傷清軍，更不能摧毀它。但是，石壁的炮洞夾角小，大鐵炮又沉又重，無法旋轉，只能直擊，為了防止炸膛，每打三四炮必須等炮身冷卻才能裝藥填彈。英軍的戰艦炮火密集，打出一排側舷炮後，船體旋轉一百八十度，換用另一側舷炮連續轟擊，炮身在艦船轉體時輪番冷卻，打炮的間隔短、速度快，勝利的天秤漸漸向英方傾斜。

江繼芸和炮兵們發現他們是在同刀槍不入的水上巨怪作戰，先是驚訝，進而沮喪，最終絕望。

英軍發射了三萬多顆炮子，依然不能打爛石壁。但清軍的大炮漸漸啞火，只能零星還擊。下午三點，「復仇神號」、「地獄火河號」、「西索提斯號」火輪船拖拽著舢板，把步兵分批送到石壁東面。英軍搶灘登陸，清軍的刀矛、弓箭擋不住英軍的步槍，英軍迅速將他們驅散，迂迴進攻到石壁的後面。

江繼芸集合了全體弓兵和藤牌兵奮力抵抗，連炮兵都拿起刀槍準備肉搏，但是，英軍不給清軍打貼身近戰的機會，用排槍輪番射擊，成片的清軍應聲倒地，他們的腦袋、胸膛、大腿和胳膊被擊中，發出一陣陣淒厲的慘叫。一番搏殺後，清軍徹底喪失了抵抗力。

江繼芸沒想到英軍的炮火如此強大、猛烈，更沒想到清軍擋不住敵軍。他向海灘望去，頭戴圓帽、身穿大紅軍裝的英軍編組成隊，在軍鼓和軍號的伴奏下向石壁挺進。周圍的炮弁和親兵們全都惶惶不安，巷道裡有一百多傷兵，被敵炮炸斷腿腳或打傷胳膊，躺在地上呻吟。江繼芸意識到敗局已定，再不撤退，所有弁兵都將被包成餃子剁成餡，身為主將，他必須在戰無可勝之時保全弁兵的性命。一咬牙，他下達了撤退令，「各營汛聽令，準備撤退！傷患是咱們的親弟兄，一個也不許落下！」

軍法森嚴，誰下撤退令誰就得承擔罪責，但江繼芸這一句話，無疑給弁兵們留下了活命的機會。弁兵們大大鬆了口氣，像戰敗的螞蟻，抬著傷兵、背著槍械，負重趑趄，漸行漸遠。

轉眼間，江繼芸身邊只剩七八個親兵。

「你們也撤！」

一個親兵懇求道：「江大人，一齊撤吧！」

江繼芸一揮手，「別管我，快撤！」

幾名親兵終於也走了，他們五步一回頭，十步一回首，像離家的馬駒一樣回望著主人。

江繼芸手持短刀、藤牌目送全體弁兵安然離去，他則決定以自殺來承擔戰敗的責任。

一隊夷兵躍過堞牆，看見江繼芸的頂戴和繡獅補服，辨識出他是清軍的大官，迅速包抄過來。

江繼芸青筋暴跳，眼底生煙，一步一步朝向後退，直到終於無路可退。他與夷兵們只隔三丈遠，相互對峙，連鼻子、眼睛都看得一清二楚。衝在前面的夷兵好像只有十六七歲，臉上長著密集的粉刺疙瘩，鼻樑和臉上佈滿汗珠，像一頭急於立功的狼崽。

江繼芸寧死不當俘虜，縱身跳下石壁，踉蹌著步子朝海灘跑去。當他跑到一片礁石時，狼崽朝他開了一槍，打碎了他的藤牌，江繼芸索性丟掉藤牌，繼續朝前跑。

前面是大海，後面是夷兵，他走投無路。

英國兵們想抓活的，高喊：「Hold up! Hands up!」（站住！舉起手來！）

江繼芸聽不懂，也不想聽懂，一步步地朝海水走去。英軍收起了槍，不相信他會尋死。海水漸漸沒過江繼芸的膝蓋和腰，他停下腳步，回頭看了石壁一眼，那是全體廈門兵民耗費大量心血和巨額兵費營造的，現在已經落入敵手。江繼芸自知責無旁貸，高舉起刀，猛地朝頸項上的大血管使勁一拉，一股鮮血噴射而出。他的喉頭發出最後一聲絕叫，撕裂長空，隨即身子像伐倒的樹樁一樣栽入水裡，從頸項裡噴出的血液很快消融在海潮一來一往間，把周圍的海水染出一片慘紅。

顏伯燾有抗夷的決心，卻沒有抗夷的實力。他從來沒見過如此兇險的戰場，沒聽過如此震耳的炮響，眼睜睜看著清軍像綿羊一樣遭到宰割，不由得心口狂跳，惴惴然、惶惶然、凜凜然，腦門子上全都是冷汗。

石壁失守後，他才明白越洋而來的島夷之國敢於派數千軍隊攻擊泱泱中華，是因為他們具有不可比擬的軍事優勢。他環顧左右，周匝的將佐、胥吏和親兵們同樣沒有見過如此慘烈的場面，被震耳欲聾的炮聲驚得六神無主。

顏伯燾事先制定了一套應急方案，他預感到廈門城無法堅守，下達了撤軍令。官佐、胥吏們迅速轉移文件，二百多弁兵迅速將銀庫裡的存銀搶運走，數千清軍依次開進十三鋪碼頭，傷兵們被安排優先登船。

清軍一撤，居民們立即慌亂起來，他們都想逃生，圍著大小漁船吵吵嚷嚷。受驚的婦女和兒童像沒頭蒼蠅似的大呼小叫，呼號聲、叫罵聲與槍炮聲糅雜在一起，更有窮極無賴、鼠竊狗盜之徒趁火打劫，亂中取利，搶包袱、搶行囊、搶女人身上的金銀首飾。

夕陽西下，廈門島上濃煙滾滾，海面上殘陽如血。落日餘暉把一腔塊壘噴吐在海灣裡，給戰場披上一層滾燙的金紅。石壁上的龍紋大纛消失了，取而代之的是藍底紅條的米字旗。

英軍不熟悉地形地貌，攻佔石壁後停止前進，沒有繼續追擊，清軍得以有序撤離。夤夜時分，顏伯燾最後一個登上哨船。水兵們升起篷帆，蕩起木槳，一搖一晃地朝大陸划去。

顏伯燾回首眺望著廈門，心寒如冰，他這時才明白為什麼琦善主張撫夷，為什麼奕山等廣東大吏聯手舞弊。一種深不見底的絕望像蛇一般緊緊勒住他的咽喉，勒得他喘不過氣來。他知道戰敗的後果，如何向朝廷奏報，是道天大的難題[42]！

42 廈門之戰結束後，郭富和巴加分別撰寫了陸軍戰報和海軍戰報，編制了陸軍傷亡清單和海軍傷亡清單（載於《在華二年記》附錄XIII，第338-347頁）。根據他們的統計，英國陸軍無人陣亡，九人受傷，海軍一死七傷。根據欽差戶部左侍郎端華的《查明廈門失守情形及兵勇數目折》（《籌辦夷務始末》卷四十一），廈門共有水陸官兵五千六百八十人，戰後回營五千三百五十六人。由此推算，清軍陣亡和失蹤合計三百二十四人，受傷人數不詳。

# 廿貳 天子近臣謹言慎行

道光剛要去御膳房吃晚飯，軍機章京送來了一份六百里紅旗快遞——顏伯燾奏報英夷突襲廈門，金門鎮總兵江繼芸戰死，廈門失守。

……該夷等船三十四隻，起篷進駛，情形殊惡。臣不敢拘泥，隨將偽文折閱。偽文內稱如不議定照上年天津所討各件辦理，即應交戰……折閱之下，不勝憤恨……當即……率同在事文武，督領弁兵開炮，並排列水勇分堵隘口……開放萬斤及數千斤以下大炮數百門，傳令對岸之嶼仔尾、中路之鼓浪嶼，三面兜擊，打沈（沉）該逆火輪船一隻、兵船五隻。該逆一面回炮，一面蜂擁而進，並放下小三（舢）板，分路上岸。

……我軍連環開炮，受傷兵丁血肉狼藉，其同隊兵丁猶各裝藥下子，及見將弁內有傷亡，環視痛哭，仍復竭力回炮，而將領等奮不顧身，其受傷未死者，亦各眥裂髮指。

……見有三（舢）板夷兵上岸，盡力堵禦……斬殺無算。

……無如該逆船隻過多，其大船約有千餘人，中者五六百人，小者亦二三百人，炮越殺越多，人越殺越眾[43]……

顏伯燾是熟牘疆臣，撰寫的奏折輕重有別、曲徑通幽。他吃了敗仗，雖然沒有像奕山那樣隱瞞真情，卻大加粉飾，把廈門之戰寫得雖敗猶榮。所謂「打沈（沉）該逆火輪船一隻、兵船五隻」純屬子虛烏有，所謂「斬殺無算」是刻意誇張，所謂「大船約有千餘人，中者五六百人，小者亦二三百人」則是過分渲染。

但是，顏伯燾不如琦善觀察得仔細，琦善把兩國船炮和槍械的差異仔細奏報給朝廷，但不為皇上採信。顏伯燾則將失敗歸咎於敵眾我寡，對軍事技術的巨大差異隻字未提。不過，他畢竟把一個重要消息奏報給朝廷——夷酋要求「照上年天津所討各件辦理」，即要求朝廷按照大沽會談的要求締結條約。

道光讀罷，食慾全無。三個月前，奕山與廣東大吏會銜奏報說，只要允准逆夷通商，夷務大局可定，道光反覆思量，才決定息兵罷戰，允准通商，沒想到宵小逆夷又開啟邊釁，再

43 摘自《顏伯燾奏廈門失守情形折》，《籌辦夷務始末》卷三十一。

次糾纏。

他看了一眼大自鳴鐘，錶針指向酉時三刻，這個時候，軍機大臣們已經散班回家了。道光站起身來，「張爾漢，陪朕出宮轉一轉。」

張爾漢一看皇上的臉色就知道有壞消息，「要更衣嗎？」

「不，就這樣走。」道光不喜歡穿龍袍，因為龍袍繡滿各種圖紋，又厚又重，除了參加儀式，他平時穿藏青色的便服，踏千層底布鞋，戴六合一統帽，看上去與普通旗人沒有什麼兩樣。

道光把幾份奏折放入一只奏事匣子，讓張爾漢端上，自己背著雙手出了養心門，一副心事重重的樣子。張爾漢不敢問去什麼地方，抱著匣子亦步亦趨。他過著伴君如伴虎的日子，一個眉軒舉色的失神、一個不經意的哈欠，都可能惹得道光不高興，所以他隨時都凜凜小心。

道光的心情極為複雜。顏伯燾曾經用密折揭發奕山與廣東大吏聯手欺矇朝廷，道光留中不發，因為他不相信奕山和楊芳等六大官憲會聯手造假。奕山是皇侄，要是他不可信，天下就沒有可信之人；要是把楊芳也開革，天朝就找不出帶兵打仗的將才。可究竟是為何，兩年多來，督撫提鎮大員換了一茬又一茬，傷亡弁兵數以千計，卻沒有成效？

道光突然想起，奕山等人的會銜奏折上有「粵省夷務大定」字樣，偏巧自己忽視了「粵省」二字，幾個軍機大臣囿於習慣，也沒有體會出「粵省」的意思，懵裡懵懂給沿海七省下了撤軍令。真要追究起來，是奕山等人欺矇了朝廷，還是朝廷誤讀了奏折？想到這裡，道光不禁啞然一笑，那艱澀的一笑中有自嘲，有無奈，有心酸，有懊喪。

張爾漢發現皇帝如癡如呆，低頭苦想，不經意間露齒一笑，不由得問：「皇上，您在笑什麼？」

道光這才想起張爾漢跟在身後。他停住腳步，喟歎一聲：「我笑天下可笑之人哪。」這麼一句沒由頭的話把張爾漢說得暈頭暈腦，「皇上不是笑奴才的靴子吧？」

道光這才發現張爾漢的靴子破了，大腳趾從鞋面的前端拱出來，「朕不笑話你的靴子，是笑天下可笑之人，卻不得不容天下難容之事！」

這句話更是高深莫測，張爾漢既沒聽懂也不敢問，索性悶頭跟著走。

主僕二人一直走到東華門，張爾漢才察覺皇上要出紫禁城，他趕緊給守門的侍衛們打了個手勢。侍衛們明白皇上要微服出行，立即不即不離地跟在後面。

在斜陽的映照下，紫禁城的倒影拉得老長，護城河裡水波蕩漾，波光粼粼，人工放養的白鶴、鴛鴦和紅嘴鴨子悠然自得地游來游去，岸旁垂柳在晚風的吹拂下婆娑搖晃。道光隨手揪下一片柳葉，停住腳步，托在掌中端詳。它的大葉脈分成十幾支雪花狀的小葉脈，小葉脈又分化成無數更小的葉徑，小到肉眼無法分辨。

他對張爾漢道：「一片葉子就像千里山脈或萬里沙原，也像朕的紫禁城，有門樓、有宮殿、有城垣、有雉堞，還有永遠看不清爽的犄角旮旯和密室暗道。朕繼承大統二十一年，越發看不清這枯葉似的皇城裡究竟有多少密室暗道，犄角旮旯裡藏著什麼汙垢塵埃。」

張爾漢順著話茬應承道：「您看不清，奴才就更看不清了。」

道光見他不懂，把葉片一揉，揉碎了，「朕的意思是，你別看朕富有四海，撫有萬邦，領有億兆子民，卻越發看不透封疆大吏們的肺腑。那些奴才狗官們天天看朕的臉色說順風話，唬弄朕的耳根子。根據疆臣們的歷次奏報推算，英夷來我大清海疆的兵船不會超過五十條。林則徐奏報擊沉了四條，鄧廷楨奏報擊沉三條，琦善奏報擊了四條，楊芳奏報擊沉了五條，奕山奏報擊沉了九條，這回顏伯燾說廈門防軍擊沉了五條兵船和一條火輪船。如此算來，夷船被打沉一半，他們哪有兵力攻打廈門？疆臣們究竟在說真話還是假話，朕竟是分辨不清！」

道光突然把君臣猜忌和盤托出，講得尖刻無比，張爾漢嚇了一跳，不知如何應承。因為乾清門前立有鐵碑——太監不許干政，違者大辟！他對這條規矩熟諳於心，因此雖然經常在養心殿和軍機處之間行走傳話，卻從不插嘴議論政事。

道光仰頭望著西面的落日和晚霞，似乎在自言自語，「朕是不折不扣的孤家寡人，孤寡到無人訴說心裡話的田地。朕恨不得立即把那些狗官們撤了、罷了、黜了拘了，但這麼大的江山得靠人治理，就算把那些狗奴才們全都發配到新疆，還得起用另一撥人，那些人照樣上上下下地敷衍你。海疆釁端動關大局，任你心焦如焚、輾轉反側、夜不能寐，那些狗官們卻不急不火、慢條斯理。你想加強海防，他們就獅子大開口，要銀子、要軍械、要添兵、要募勇；你想知道真相，他們就大加粉飾，粉飾得你兩眼迷濛，什麼也看不清，可惡至極！」

道光發洩了一通無名火，繞過護城河向東踅，張爾漢才明白皇上要去潘世恩家。

北京分南北兩城，北城是首善之區，只有滿洲旗人才能入住，漢人全都住在南城。但大清的高官滿漢各半，皇上需要就近顧問六部三院的尚書，漢臣們要是全都住在南城，遇有急事就會耽誤工夫，故而，內務府在東華門外的東總布胡同和西總布胡同蓋了幾十座四合院，全是灰磚黛瓦的官產房，分配給漢官們暫住。漢官們離京或休致，房產必須交還。潘世恩就住在西總布胡同，離東華門只有幾百步遠。

張爾漢走到潘世恩家的黑漆門前輕叩門環，司閽把門打開一條縫，探出頭來，一眼認出總管太監，「張公公，有事？」

張爾漢道：「皇上來了，叫潘閣老接駕。」

司閽這才看見張爾漢身後站著一個穿青衣戴小帽的老人，幾個身穿黃馬褂的帶刀侍衛不即不離地跟在五十步遠。道光多次光顧潘世恩家，司閽認得皇上，趕緊雙膝打彎，泥首叩頭。

道光隨意地擺擺手，「平身，去通報吧。」

道光位居九五之尊，進入臣子之家如履平地，即使不待通報徑直進去，潘世恩也不敢說半個「不」字，但他恪守主客之禮。

潘世恩正要吃晚飯，聽說皇上來了，趕緊戴上大帽子、掛上朝珠朝門口走去。繞過影壁，果然見道光站在門口，張爾漢捧著一只奏事匣子跟在後面。

潘世恩打下馬蹄袖，屈膝一跪行大禮，「臣下不知皇上駕到，有失遠迎。」

道光伸手示意，「朕是微服來的，不必行大禮。」

潘世恩站起身來，引著道光來到正堂。他見天色漸暗，吩咐一聲：「掌燈。」

一個女傭小心翼翼端來銅燭臺，燭臺上插著兩支酒盅粗的大紅蠟燭，用火煤子點燃，屋裡立刻亮堂起來。另一個女傭端著食盆從側道走過，道光聞到一股淡淡的酒麴香，「哦，你還沒吃晚飯？」

「臣下正準備吃，沒想到皇上蒞臨。」

「朕也沒吃。要是不勞擾，一塊兒吃如何？」

潘世恩恭敬地道：「皇上，您在臣家用膳，是臣下的榮耀，哪能說是勞擾。」隨即回臉吩咐女傭：「告訴老夫人，皇上要與我一起用膳，有機宜訓示，叫她和家人到後屋吃飯。」

女傭答應一聲，轉身走了。

潘世恩引著道光進了側屋，女傭已經在四方飯桌上擺了三碟小菜、一個食盆。道光撩衽坐在桌旁，潘世恩斜簽著身子坐在對面，掀開食盆給道光盛了一碗，「皇上，您嘗嘗臣下親手釀造的家鄉酒羹，醪糟肉糜豆腐。」

道光抬眼望著他，「你親自下廚？」

潘世恩的吳儂軟語講得溫文爾雅，「民以食為天，吃飯乃第一要務。臣下小時候貪嘴，常看娘做飯，學過幾手，有時得閒就鼓搗兩下，也算種調劑吧。」

道光見酒羹呈微紅色，舀一勺放入口中，立刻齒頰生香，讚歎道：「你的酒羹比御膳房做得好，如何做的？」

道光的肚皮裡全是國家大事，但有時候會換一些輕鬆的話題，說一說家長里短，聽一聽日常生活，講一講瑣碎小事。他尤其喜歡聽烹飪、洗涮、縫紉、釀酒之類的小故事。

潘世恩娓娓細說：「臣下少年時喜歡吃醪糟，跟我娘學過做米酒。她老人家在鍋裡放上江米，加入少許紅棗、番茄和枸杞，蒸熟後在中間挖個洞，塞幾顆酒麴子，然後用布包裹好，放在草筐裡，外面捂上一層棉被。

我那時好奇，聽見缸裡有咕咕嚕嚕的聲音，細若柔絲，就一臉饞相，把手伸進被子裡摸，居然是熱的！我趁娘不在時把鍋蓋揭開，原來是發酵的米酒在冒泡，咕咕嚕嚕的聲音是酒泡的破裂聲。這東西真厲害，一揭蓋子，滿屋酒香，我娘的鼻子靈，嗅見氣味立即進來，擰住我耳朵飽飽地教訓一頓，我才知道做酒時不能中途揭蓋，否則香甜的醪糟就會變得酸溜溜的，不好吃。那時候，我作過一個大頭夢，長大了要開間醪糟酒坊，雇一個英俊的小夥計，把酒坊裡的器皿擦得纖塵不染。」

道光笑道：「你的大夢要是成真，朕可就少了一個能臣。」他又舀一勺放入嘴中。

潘世恩道：「這道酒羹是臣下閒時琢磨的，臣下年歲漸長，牙口不好，咬不動肉，就把肉糜和豆腐放在醪糟裡蒸，試了幾次，味道還好。」

道光指著自己的嘴巴，「我的牙口也不好。這也難怪，一吃飯，所有牙齒都得衝鋒陷陣，死磨硬咬，勞苦勝過三軍將士，到如今損兵折將，只剩一半了。」

他想讓君臣差異消融在熱氣騰騰的美味中，故意放下身段換了稱謂，用「我」替代「朕」，「孔子曰『食不厭細，膾不厭精』，只要不浪費，就應把食物做細做精。只是我缺口福，人未老，牙先老，吃不了大肉，只能吃肉糜。明天我叫御膳房的廚子跟你學一學。」

儘管皇上改稱「我」，潘世恩卻恪守君臣之道，因為他深知，臣工與皇上沒有私誼，橫亙著一道不可逾越的深溝，「臣下一定手把手地教會他。」

不一會兒，道光把一碗酒羹喝得精光，潘世恩要再幫盛一碗，道光卻拿起湯勺，「我自己來。」

他親自舀了一碗，「我這個皇帝當得累，有時候很羨慕普通百姓。我小時候也貪吃貪玩，喜歡放風箏，放我娘親手糊的百腳蜈蚣，用染色絹糊的，一丈多長。放風箏的線用的是胡琴的中弦，又輕又結實。我和弟妹們在城郊野地裡牽線瘋跑，多快活！當了皇帝後，兒時的遊戲全成了不可重現的追憶。人人都說皇帝好，卻不知曉皇帝累；人人都說龍袍華貴無比，卻不知曉它的重量讓人吃不消。」

潘世恩一聽道光發牢騷就知道他又碰上煩心事了，「皇上，出什麼事了？」

道光一轉頭，「張爾漢。」

「奴才在。」

「把奏事匣子拿來。」

張爾漢遞上匣子，道光取出顏伯燾的奏折，「廈門出事了，你看一看。」

潘世恩接過奏折，戴上老花眼鏡，湊到燭臺下細讀，越讀臉色越凝重。顏伯燾是他保薦的，他生怕道光追問保舉不當之責，小心翼翼地不吭聲。

道光放下湯勺，「廈門遭襲，恐怕只是釁端，逆夷又要北上，武力要脅本朝重開談判。奕山和廣東大吏們奏報粵省夷務大定，朕以為河清海宴，天下太平，該過幾年安生日子了，才向沿海七省頒發撤軍令，沒想到逆夷再次啟釁，兵連禍結沒完沒了！」道光恨得咬牙切齒，腮間筋肉微微聳動。

潘世恩有點兒吃驚，「皇上，您的意思是，奕山沒有奏報實情？」

道光再次打開奏事匣子，取出顏伯燾的密折和夾片。潘世恩接了密折，折子的封皮寫著《探聞廣州敗戰納款真實情形折》字樣，裡面夾著三元里鄉民的誓詞和幾件逆夷偽示。

它們早在一個多月前便已經寄到北京。因為是密折，軍機大臣沒拆閱，直接呈報給皇上，但皇上留中不發，所以潘世恩一直不知道顏伯燾在密折裡頭說了些什麼。他湊到燭臺前細讀了一遍。

《探聞廣州敗戰納款真實情形折》和幾件夾片很長，道光估計潘世恩得讀一會兒，他站起身來，環視客廳四壁的字畫。他每年都會到訪潘世恩家兩三次，堂屋佈置得簡單，除了幾件楠木傢俱比較考究外，其他東西一概從簡。正中央掛著一個紅底「壽」字，是潘世恩六十大壽時道光的御賞，西面牆上掛著梅蘭菊竹四條屏，是鄭板橋的寫意畫。東牆上掛著宮廷畫師許伯傑的《九曲黃河圖》，圖的兩側是廣西巡撫梁章鉅撰寫的對聯：

佛地本無邊，看排闥層層，紫塞千峰平檻立，
清泉不能濁，笑出山滾滾，黃河九曲抱城來。

潘世恩讀罷密折才知道，奕山與廣東大吏聯手遮天，用六百萬元贖城費換取英夷退兵！福建與廣東互為唇喉，呼吸相通，顏伯燾擔心廣東禍水流向福建，不敢鬆懈，派人去廣州和澳門打探敵情。他認定這是一場驚天騙局。

道光估摸著潘世恩讀完了，才重新坐下，「潘閣老，你替朕拿個主意。」

潘世恩這時才憬悟過來，奕山等廣東大吏用「粵省夷務大定」六字與朝廷玩了一場文字

遊戲——粵省夷務大定，不等於全國夷務大定，但是皇上和自己都沒看明白，所以才下令沿海各省撤軍。

這麼荒唐的事情要是張揚出去，勢必成為天下的第一笑話！此外，奕山是皇侄，當過領侍衛內大臣，要是追究起來，勢必引發一場官場大地震。

潘世恩沉思良久後才緩緩開口：「依臣下看，這事以穩妥處置為好。」

道光眉毛一挑，「如何才穩妥？」

潘世恩是恪守臣子之道的聰明人，只承順，不逆言，即使洞見入微，也用拾陋補缺的方式成全皇上的想法。他斟酌著字句道：「依照常理，朝廷瞭解下情，既要聽奕山和廣東大吏的，也要聽巡疆御史的，兩相參照才能避免偏聽偏信。」

道光哼了聲：「朕派巡察御史駱秉章去廣東暗查，他沒有查出眉目來，卻告了十三行總商伍秉鑒父子一狀。」他又從奏事匣子裡翻揀出駱秉章的密折遞給潘世恩。

總之，廣東英夷恃洋（行）商為護符，非將伍洋商（即伍秉鑒父子）嚴加治罪，籍抄其家產，則夷情斷難懾服。

逆夷恃該商為護符，官欲絕其飲食，而該商為之源源接濟；民欲絕其鴉片，則該商為其陸續運送，並有劣幕陳某為其爪牙。得將軍消息，無不輾轉以相告，此逆夷之所以膽愈壯而驕愈恣也[44]。

潘世恩越發驚詫。伍秉鑒父子是本朝有名的官商，幾十年來捐資助軍無數，因而道光破例賞給伍秉鑒三品頂戴，還親筆為伍家宅院題寫「忠義之家」的匾額。奕山在奏報有功人員名錄裡把伍紹榮和伍元菘列在捐資助軍者之首，說他們有功，如今駱秉章卻說他們有罪，是非曲直究竟如何，竟然是看不清楚。

潘世恩道：「伍家人代朝廷經理越洋貿易，雖然是官商，畢竟是商人，他們怎能影響戰局？此外，自從開仗以來，伍家捐資無數，說他們運送鴉片、為逆夷傳遞消息，恐怕不可信。伍家人富甲天下，樹大招風，難免引起外人的嫉妒，駱秉章聞風奏事，恐怕有些誇大。」

道光歎了一口氣，「坐在皇帝的位子上，看見的不一定是真的，聽見的不一定是真的，讀到的也不一定是真的。」

這幾句話意味深長，潘世恩琢磨了片刻，「顏伯燾是閩浙總督，跨省彈劾廣東大吏，恐怕有點兒蹊蹺。他手中有證據，朝廷不能不信，也不能全信。駱秉章的密折與奕山的奏折說

44 《駱文忠公自訂年譜》，《中國近代史資料叢刊·鴉片戰爭》第四冊，第619頁。

法兩歧，孰是孰非，難以定奪。懲辦奕山和廣東大吏，官場勢必震動；懲辦伍家人，商界勢必震動。眼下戰火又起，臨陣換人不一定穩妥。依臣下愚見，朝廷不妨另派專人去廣州明察暗訪，而後再作裁決。」

「誰去合適？」

「梁章鉅如何？」

道光抬眼望了一眼東牆上的對聯，「讓楹聯大師去？」

梁章鉅官拜廣西巡撫，對楹聯頗有興趣，忙裡偷閒編了一本《楹聯叢話》，收錄天下十八省的六百餘則楹聯，分為故事、應制、廟祀、廨宇、勝跡、格言、佳話、挽詞、集句、集字、雜綴、諧語等十二卷，刊印出來。道光讀過《楹聯叢話》，對這種文字遊戲也有興趣，故而稱梁章鉅為「楹聯大師」。

潘世恩點點頭，「此事不宜打草驚蛇。梁章鉅是廣西巡撫，廣西與廣東很近，派他去廣東辦事順理成章。」

道光也覺得可行，「那就給梁章鉅發一份廷寄，叫他去廣州密查。顏伯燾丟了廈門，如何懲罰？」

潘世恩道：「臣下以為，處罰疆臣不宜過重。」

「朕處罰得重嗎？」

「臣下的意思是，處罰過重，疆臣就會畏懼，畏懼過頭就會粉飾，粉飾過頭，朝廷就無法瞭解真情。」

道光琢磨著潘世恩的話意，「你指哪件事？」

潘世恩低著頭，「臣下指的是前幾任疆臣。」

道光皇帝站起身來，背手、遊著步子道：「廣東夷情紛紛雜雜、斷斷續續，搞得沿海諸省大警連連。難道朕處罰錯了？」

潘世恩說：「處罰得對，只是稍微重了些。尤其對琦善，罰之偏重。」

怡良密折奏報琦善私割香港，惹怒了皇上，道光沒調查就降旨「革職抄家、鎖拿嚴訊」，要睿親王、莊親王等人，與刑部、都察院、大理寺和六部尚書會審。

琦善事事認罪，唯獨不承認私割香港，並辯稱朝廷以風聞定罪與事實不符。但琦善的案子是欽定的，先定罪，再抄家，後審判，法理順序顛倒。

阿勒清阿總計抄了十二萬兩銀子，其中五萬兩用作皇上小女兒的陪嫁，五萬兩劃入宗人府銀庫，兩萬兩被內務府用於放貸，等於將琦善的家財變成皇上的私財。辦理這個案子時，親王和大臣們充分考慮了皇上的臉面，給琦善擬了一個「守備不設、失陷城寨」的罪名，判絞監候，但由皇上最終裁決。

道光也知道對琦善處罰過重，「有時候朕對琦善恨得咬牙切齒，但人無完人，金無足赤，朕有心重重地懲處他，思來想去，還是高高舉起，輕輕放下，不宜狠摔。國亂思良將，家貧念賢妻。琦善這個人，打仗不行，承平時期還是可用的。」

潘世恩又道：「琦善被鎖拿後，昔日侯府一落千丈，他的一妻二妾和子孫後代居無定所，浪跡街頭，令人不勝唏噓，但沒人敢在這個節骨眼上施以援手，人情薄涼，讓人心寒。唯有刑部大獄的典獄官張仙島思念舊情，他原是琦善家的包衣奴才，悄悄給主子的妻妾們送一點散碎銀子。」

經潘世恩這麼一說，道光才知道琦善的眷屬浪跡街頭，不由得動了惻隱之心，「嗯，琦善這個人嘛，朕還是要用的。你安排一下，不要讓他的眷屬流離失所。」

潘世恩這才抬起頭，「將琦善發往軍臺效力如何？」

新疆阿勒泰都統的轄區和蒙古邊地設有軍臺，兼行驛站和巡檢衙門的職責。所謂「發往軍臺效力」，就是發配到新疆或蒙古，當一個微不足道的邊陲胥吏，皇上要是想起用，隨時可以召回；若棄之不用，也不至於置人於死地。

「那就讓琦善去察哈爾軍臺效力。」察哈爾離北京最近，只有很快就起用的廢臣才發配到那裡。

潘世恩頷首，「臣下遵旨。臣下的意思是，國以人興，功無幸成，封疆大吏都是經過千遴萬選、反覆考量才擢拔起來的人才，即使有過失，也是人才之過失，處置他們，重、輕、快、慢，都得思量。

「顏伯燾一家三代累受皇恩，忠誠是沒有疑問的，朝廷應當留有情面，否則，群臣會引為前車之轍，一旦辦砸差事，輕則粉飾，重則隱匿，朝廷就無從知悉各地真情，容易對局勢作出誤判。時間長了，有些人會變得圓滑警敏，跟朝廷玩『信不信由你』的把戲。皇上，聽不到實情很可怕，聽到偽情更可怕。」

潘世恩明於識，練於事，忠於君，寥寥幾句話講得入情入理。

道光沉吟片刻，「依你看，如何處罰顏伯燾？」

潘世恩身子微躬，目露探詢的微光，「臨陣易帥，千軍譁然。給他降三級留用的處分，限期收復廈門，可好？」

道光想了半天，沒吭聲。潘世恩看出皇上有妥協的意思，「臣下還有一個小見識，不知當說不當說。」

「朕到你家，就是想聽一聽你的建議。」

「臣下以為，用功臣不如用罪臣。」

此話頗有卓見，道光不由得低聲重複了一遍，「用功臣不如用罪臣——你是說對顏伯燾要留情？」

「臣下有這種想法，不知對不對。」

道光想了想，「照你這麼說，伊里布也得高高舉起，輕輕放下？」

「是。人有剛柔，才有長短。用違其才，君子亦恐誤事；用得其當，即使是小人，亦能濟事。」

道光想了會兒，一拍腿，「就這麼辦理。」

潘世恩又問：「逆夷再次要求按照大沽會談的條件辦理，如何處置？」

這是道光最頭痛的事情，但他絲毫不服輸，「廣州和廈門雖不得意，英夷畢竟也有重大損失。要是泱泱天朝因為兩次挫折就認輸服軟，朕的顏面何在？」

# 廿參 驚濤駭浪

英軍乾淨利索地吞下廈門，卻消化不掉，不得不立即吐出來。

英軍總共只有七千多人，既要分兵留守香港，又要北上攻打舟山和寧波。對他們來說，廈門太大、人口太多，戍守艱難，管理更難。

秋天就要到了，璞鼎查、郭富和巴加必須抓緊時間乘風北駛。

他們僅在廈門逗留四天就決定棄守，命令亨利·士密中校率領三條兵船、五百步兵和一支小型炮兵隊戍守鼓浪嶼，封鎖廈門水道，主力則繼續揚帆北上直撲浙江。

臨行前，英軍摧毀了石壁，燒掉廈門城裡所有官衙、軍用碼頭和船塢。

他們還特意照會福建官憲，索要六百萬元贖城費，作為英軍歸還鼓浪嶼和廈門的條件[45]。

郭富坐在「馬利翁號」運輸船的單間裡。單間很小，只有六平方米。木板牆上掛著手槍水壺，床旁放著一只草筐，筐裡有幾件瓷器，是他在一家瓷器店裡買的，其中有一把茶壺，燒製成草籃狀，上面趴著一只肥胖的瓷蟈蟈，恰好是壺蓋的提鈕。小木桌上放著一雙繡花鞋，是為纏足女人製作的。中國女人的纏足陋俗名傳世界，歐洲人沒見過實物，想像不出纏足的樣子，他特意買了一雙，想讓妻子見識一下什麼叫三吋金蓮。

船開行了，郭富隔窗望著廈門，島上黑煙滾滾。

戰爭造成大混亂，英軍棄之不管，中國官府不敢管，失控的廈門成為地痞無賴和流民乞丐活躍的舞臺，他們哄搶店鋪、私闖民宅，趁火打劫，騷擾無辜，致使美麗的廈門淪落成半個地獄！郭富不由得對這座海濱大城滿懷同情。

船隊漸行漸遠，廈門終於從視線中消失了。郭富坐在舷窗旁給妻子寫信：

**我周邊的景象令人心碎，每一棟房子都被撬開，遭到洗劫，大部分是中國盜賊幹的，他**

45 索要六百萬元贖城費見英文版《綠茶之國，馬德拉斯炮兵上校 C.L. 巴克的信函與冒險經歷》第 98 頁，但清代文獻中沒有相應的記載。

們有兩萬之眾，聚在城裡，我們一離開，他們就要搶劫。我召集當地紳商開了幾次會，敦促他們幫助我（選派四個人，佈置在城門口，識別誰是房主、誰是搶劫者），但他們拒絕了，因為我派出巡邏隊保護財產時，隊中難免會有人攔阻房主帶走屬於自己的東西。

每撬開一棟房子，中國人（指英軍雇用的漢奸）、士兵和隨軍工役就砸毀一切。那些寶貴的財物被肆無忌憚地砸得稀爛，令人傷心。我對戰爭厭惡透了。我加大了懲罰士兵、隨軍工役和中國人（漢奸）的力度，有些人甚至被懲罰三四次……頭兩天，士兵們尚能遵守紀律，但是，當他們發現我們即將放棄這個地方時，當他們發現我們走後大群惡棍將把所有房屋洗劫一空時，就再難控制他們了[46]。

剛放下筆，蒙泰敲門進來，「郭富爵士，開飯了。」他端來兩只行軍飯盒，裡面有幾片麵包，還有炒豆角、小南瓜和幾片風乾牛肉。

郭富道：「謝謝。來，坐下，一塊兒吃。」

「馬利翁號」搭載了三百多名官兵和大批輜重，艙位緊張，人均占地三平方米，沒有食

---

46 郭富一八四一年九月四日致妻子的信，轉引自《陸軍元帥郭富子爵的戎馬生涯》第216-217頁。

堂，官兵們只能在自己的鋪位上吃飯。

蒙泰把飯盒放在小桌上，一眼瞥見那雙漂亮的繡花鞋，它的做工極為精巧，藍色的緞面上用綠絲線繡出如意花紋，每一道花紋裡繡著一朵蓮花，蓮花瓣由粉向白漸漸過渡，精美絕倫。鞋的前端還繡著兩隻小鳥，好像是一對鴛鴦。

蒙泰問：「給夫人的禮物？」

「是的，我想讓她見識一下中國人的三吋金蓮是什麼樣。」

蒙泰拿起鞋子仔細端詳，「哦，我很難理解，為什麼有人會為一些莫名其妙的東西消耗大量時間。比如這雙鞋，繡這麼多花鳥非得耗工半年不可，穿在腳上走路，很快就又髒又臭，十分可惜。」

郭富微微一笑，「你不懂女人，女人是為美而生的，她們把時間，乃至生命，都消耗在對美的追求上。為了美，她們發明一些莫名其妙的東西，甚至寧肯活受罪。我們歐洲女人以三撅一挺為美，以為如此能夠展示女人的曲線，於是發明了高跟鞋。女人穿一雙五公分厚的高跟鞋絕不會舒服，她們把全身的重量壓擠在腳尖上，後腿肌肉繃緊，時間長了，腿腳會因為疲勞而變形，但是，她們願意忍受。中國女人以小腳為美，她們不惜用纏足的方式把腳弄殘。印度女人為了懸掛黃金裝飾品，不惜在耳朵和鼻翼鑽孔打眼。」

蒙泰還是很不以為然，「不過，為一雙鞋耗費半年時間，真不值當。」

郭富微微聳肩，「女人的時間就是用來耗費的，不是耗費於生兒育女，就是耗費於烹飪、女紅。」

蒙泰把繡花鞋放到紙盒裡，擱在床上，「要是不小心打翻飯盒，油汙了鞋，你夫人會抱怨我的。」

郭富從箱子裡拿出一瓶杜松子酒，酒液呈暗黃色，「在陸上，我們忙得不可開交，現在開船了，我們可以休息幾天。來，喝一點兒。」

軍旅生活一切從簡，蒙泰用一只空飯盒盛酒，郭富則直接對著瓶口小飲。

喝了幾口，郭富放下酒瓶，「蒙泰中校，你發現沒有？我軍的紀律越來越差，報復心越來越強，對中國人越來越狠。」

「是的。我軍攻佔舟山時紀律嚴明，想把它變成一個模範殖民地，從來沒有發生過強買強賣、搶劫商鋪的事情。第一次廣州內河之戰，堪稱溫柔之戰，士兵們盡量避免傷害中國平民和商人，各艦懸掛安撫人心的漢字標語，刻意保全黃埔島和扶胥碼頭，雖然誤擊誤燒民居的事情不可避免，但數量較少。第二次攻入廣東內河，士兵們對背信棄義的中國人十分憤慨，轟擊了兩岸所有倉庫和作坊，摧毀大量商業設施，致使大批中國商民流離失所。在與三元里義勇和村民的衝突中，我軍開槍開炮毫不手軟，簡直就是一場大屠殺。」

郭富說：「在攻打廈門前，我擔心軍隊入城後會有少數人賊膽包天，恃強搶劫，事先發佈命令，上帝和人間的法律嚴禁打劫私有財物，巧取豪奪私有財物的行徑在英國叫搶劫罪，在中國同樣是臭名昭彰的惡行。我特別聲明，對搶劫民財者要處以死刑，對不請假擅自離營者要嚴加懲罰，但部分士兵依然我行我素。」

蒙泰慘澹一笑，「郭富爵士，我們不能太責怪他們，他們一無所有、疾病纏身、身體疲勞、精神緊張，每天都在血與火中生存。飲水可能被下毒，外出可能被伏擊，萬一被俘，可能受到虐待和肢解……戰爭把人變成冷血殺手，他們無法溫和，只能像兵蟻一樣有進無退、嗜血嗜殺。在戰爭期間，法律緘默無語。你一定要處罰他們的話，我請求溫柔處罰。」

「如何溫柔？」

「罰他們清掃廁所、搬運輜重、擦洗甲板，或者延長巡邏時間。」

郭富一本正經地糾正，「那不是處罰，是他們的本職工作。」

蒙泰道：「我知道你有一個著名的主張——私有財產不能成為戰利品。但是，奧克蘭勛爵、璞鼎查公使和巴加爵士不這樣看。」

「那你如何看？」

「恕我直言，我也不贊同。你的主張適於和平時期，不適於戰爭。假如我們必須區分公產和私產，士兵們就會縮手縮腳，無所適從。」

郭富緊著眉頭，「軍隊要是不加管束就會成為野獸。我擔心攻打寧波時，士兵們會更殘忍。」他預感到寧波要遭受一場大破壞。

二十多名英軍戰俘曾經被關押在寧波，被清軍釋放後，他們誇張地渲染了受到的虐待，裕謙兩次殺俘也發生在那裡，這些事件激起英軍的強烈反應。

此外，義律和伯麥擬定的作戰方案明文規定要打一場震懾性的戰爭，目標就是寧波，寧波要麼支付高額贖城費，要麼被徹底摧毀！現在軍隊正向寧波進發，士兵們信誓旦旦，要以血還血，以牙還牙。

郭富是虔誠的基督徒，「我已經六十多歲了，打了一生的仗，越來越認為征服一個民族或一個國家不能靠槍炮，武力只是輔助手段，最終要靠宗教，靠偉大的聖派翠克[47]精神。」

蒙泰道：「郭富爵士，我也是基督徒，也有一顆慈悲的心，但軍人的職業不允許我濫施慈悲，尤其在戰爭期間。」

郭富沒有反駁，「但願駐守寧波的清軍識時務，乖乖地交出一筆贖城費，以免厄運降臨

---

47 聖派翠克是英國人。西元四三二年，受羅馬教皇派遣前往愛爾蘭傳教。當地的原住民認為他是歐洲派來的征服者，企圖用石頭砸死他。他臨危不懼，以真誠之心解說教義，終於使愛爾蘭人皈依羅馬教會。西元四九三年三月十七日，聖派翠克逝世，愛爾蘭人把這天定為他的祭日（St.Patrick's Day），並視他為愛爾蘭的保護神。聖派翠克主張堅忍慈悲、化敵為友，是愛爾蘭的守護神。

在他們頭上。」

天有不測風雲，初秋是東南風與西北風交會的季節，閩浙海面風向無常，水流和氣流變化萬端。英軍出發的第三天，信風就開始轉向，帆兵們不得不採用調戧技術，做之字形航行。這是非常累人的航行方法，水手、帆兵輪流上陣，使足氣力拉動帆索，不斷調轉帆篷，原計劃五天的航程被大大延長。

到了第七天，海面上突然狂風大作、暴雨傾盆，九級狂浪迎頭而來，把船艏高高撩起，突地一甩，猛然下落，摔入水中時炸開一片浪花。

在甲板上操作帆索的帆兵們像可憐的瓢蟲，隨時都可能被狂風巨浪捲入海裡，船艙裡的步兵和隨軍工役們站不穩、坐不住，全都趴在艙板上。掛在牆板上的行李背包掉落下來，廚房裡的鍋碗瓢盆滿地亂滾，撞得噹噹亂響。

此時人們才感到，人工造物太脆弱了，禁不起大自然的蹂躪，即使像「威裡士厘號」和「伯蘭漢號」那樣的艨艟大艦也不行。它們像微不足道的花生殼，無可奈何地聽任暴風雨撕扯和噬咬。

當「復仇神號」駛到牛鼻水道時，狂風巨濤達到了極致。哈爾發現這裡島礁叢集、暗礁林立，一不小心就可能因觸礁而沉沒。為了安全起見，他果斷地發出命令：「拉動帆索，降下帆篷！」

兩個帆兵聞令而動，企圖降下主桅的桁帆，但風太大，拽不動，一旁連忙又上來兩個帆兵，四個人使足氣力猛拽，卻依然拽不動。原來桁帆頂端的繩索被狂風吹亂，纏成死結。桁帆被狂風吹得鼓鼓的，像脹起的氣球，只要風力再大一點兒，「復仇神號」就可能檣傾楫歪，翻倒在海中，全體乘員都將葬身大海。

哈爾吼了一聲：「斯坦利，你立即爬上桅杆砍斷繩索！」

這是一個令人恐懼的命令，在風高浪急之時爬上桅頂，稍有不慎就可能被狂浪吞噬得無影無蹤，但是，不降下帆篷，「復仇神號」將有傾覆之虞。那個叫作斯坦利的人不免有點兒猶豫。

但哈爾的命令不可置疑，「上去！」

斯坦利無法退縮，他猛地吸氣，抽出匕首，用牙齒咬住，以保險索繫住身子，手腳並用朝桅頂攀去。

船體大起大伏，他在劇烈的搖晃中攀上桅頂，衣服被風吹得鼓脹起來。他一隻手拉緊帆索，另一隻手抓住匕首，使勁切割繩索。

繩索突然間斷開，狂風把整面桁帆捲入空中，把他死死裹住，保險索倏地失靈，斯坦利發出一聲絕命的呼號，像被彈弓射出似的從桅頂飛起，飛出一百多米才墜入海中，人們還沒反應過來，他已被海浪吞噬得無影無蹤！

帆兵們驚魂未定，沒人敢攀上桅頂。哈爾急了，抄起一把十五磅重的鋒利大斧，使足力氣朝主桅劈去。一斧，兩斧，三斧……一連劈了五斧，主桅的底部被劈出一道深溝，它再也抗不住風力，嘩啦啦地連帆帶篷坍塌下來，從左舷掉入海中，差一點把哈爾一起裹走。

哈爾用罄了氣力，身子軟得像麵團，站立不住。風越來越猛，他跪在甲板上急急吼叫：

「砍斷副桅！」

一個帆兵接過斧子，踏著海浪的節奏，一步一晃挪到副桅旁，掄圓臂膀使勁劈砍。半分鐘後，副桅斷了，連桅帶帆隨風而去。「復仇神號」終於擺脫帆篷的羈絆，像花生殼似的隨浪顛簸，但不再有傾覆之虞。

幾小時後，大海像發完脾氣的魔女，展示出嫵媚、蔚藍的一面，但艦隊被風吹散了，無影無蹤，只有「復仇神號」孤零零地在海上漂蕩，誰也不知道其他船舶位於何方。

「復仇神號」沒有桅杆，船上的煤炭僅夠兩天使用，煤炭燒完後，它將失去動力，成為浮在水上的廢銅爛鐵。

遠征軍租了三條運輸船運送煤炭，它們在加爾各答和中國之間不停行駛，但是遠不濟急，「復仇神號」必須盡快找到燃料或桅杆。

哈爾用六分儀測算自己的位置，「復仇神號」距離浙江的石鋪碼頭僅有十五海里之遙，他決定冒險闖到那裡尋找木料，那是煤炭的代用品。

象山縣石鋪碼頭駐有二百汛兵，碼頭外側的銅瓦門有一座炮臺，安有八位火炮。不期而至的鐵甲船讓汛兵們大吃一驚，他們立即進入戰位，開炮應戰。「復仇神號」的兩位旋轉炮威力巨大，僅打了幾炮就把炮臺摧毀，它還發射一串康格利夫火箭，把清軍的營柵和帳篷全部點燃，石鋪碼頭火焰沖天，黑煙滾滾。清軍從來沒見過如此厲害的武器，像狐群一樣驚潰四散。

「復仇神號」有如一條闖入魚池的猙獰大鱷。碼頭裡停泊了幾百條漁船和商船，既躲不開，也逃不掉，漁公漁婆們慌不擇路，跳到岸上星散逃命。

哈爾目光銳利，很快發現三條載滿木料的沙船，他興奮得像找到獵物的花斑豹，手把輪舵，將船開過去。水手們跳到沙船上，抓緊時間用滑輪吊鉤強行卸載。

沙船上的工役和船艄們已經逃到二里以外，眼睜睜看著自己的財物被洗劫一空，卻只能痛哭流涕、自哀自怨，誰也不敢返回。四小時後，「復仇神號」揚長而去，他們總共搶了七十噸木料，還搶了兩根適合做船桅的木杆，外加一噸新鮮蔬菜和肉蛋。

哈爾是第一個指揮官兵搶劫民財的英國軍官。要是查理．義律主政，他可能受到處分，但是，現在是璞鼎查和巴加主持軍務，他們都主張毫不手軟地打擊中國。

「復仇神號」很先進，即使沒有主桅和副桅，依然有蒸汽機做動力。其他兵艦和運輸船則沒這麼幸運，為了躲避厄運，大部分船隻砍掉桅杆，待風雨過後，個個像瘸腿的海狼，在恣肆的汪洋上顛簸掙扎，蹣跚而行，吹散，聚攏，再吹散，再聚攏，直到第十八天，它們才陸續到達歧頭——那是事先約定的集合點。郭富的司令船「馬利翁號」是最後到達的。但是，一條運輸船和一條補給船失蹤了[48]。

48 載有兩百七十四人的「納布達號」（Nerbudda）運輸船和載有五十七人的「安妮號」（Anne）補給船失蹤了。根據英方記載，它們被狂風吹至臺灣附近失事，一部分人死於海難，一部分人被臺灣清軍捕殺，只有九人活到戰後，清方依照《南京條約》的有關條款將他們釋放。

# 廿肆　文武鬩牆

廈門失守的消息傳到鎮海，接著，石鋪、盛嶴、雙嶴等地的汛兵紛紛稟報有英軍在附近水域活動滋擾。余步雲立即緊張起來，他預感到舟山和鎮海將有大戰，每隔一會兒就在招寶山上用千里眼掃視海面，不敢有絲毫懈怠。

外委把總陳志剛汗涔涔地登上招寶山的三百二十個臺階，氣喘吁吁地稟報：「余宮保，裕大人要您和鎮海營的全體軍官去關帝廟參加神前大誓，他要用夷人的頭顱祭旗。」

余步雲左眼的筋肉微微一顫，「他要殺俘？」

「是。他要凌遲處死夷俘。」

幾天前，盛嶴鄉的義勇捕獲兩名英國人，余步雲主張以俘虜為人質，好生養活，隨時詢問敵情，以作別用，裕謙則認為善待俘虜意味著撫順夷情，對寇仇示弱，斬殺夷俘有益於整固軍心堅定鬥志。他說，大敵當前不能首鼠兩端，必須讓全體文武官員和兵丁拋棄幻想，戰鬥到底。今日他特意在鎮海縣的關帝廟安排一場誓師大會，要用英俘的頭顱祭旗，並下令鎮海縣的所有文武官員和保長、甲長們必須參加。

余步雲怒衝衝地罵：「殺俘算他娘的什麼英雄！自古以來就有『馮唐易老，李廣難封』之說。李廣有飛將軍之稱，功可參天卻不能封侯，為什麼？就是因為他殺俘！殺俘不祥，只會給軍隊帶來災難和戾氣！你殺他們的俘虜，他們就殺你的俘虜，冤冤相報，倒楣的還是當兵的。」

陳志剛的臉上露出尷尬，「余宮保，還是去吧。」

余步雲硬邦邦地一口回絕，「不去！」

最近兩個月，他與欽差大臣裕謙的矛盾達到冰炭不相容的地步，弄得手下將弁左右為難。陳志剛苦著臉道：「余宮保，卑職以為，哪怕只派兩三個人應付一下，別讓裕大人臉上掛不住。」

余步雲擰著腳踱了幾步，考慮片刻，「也好，你再叫一個外委把總去。大敵當前，其他軍官一律堅守戰位，不得擅離職守。至於我，你告訴裕謙，就說本提督有腳疾，不便下山，特此告假。」

「遵命。」

陳志剛轉身，準備要離去，余步雲突然叫住他，「裕謙在會上放什麼屁，你回來仔細說給我聽。」

「遵命。」

裕謙是蒙古人，出身於將門世家，他的曾祖班第在乾隆朝時率兵出征準噶爾，立過大功，後來因為回部叛亂被困伊犁，兵敗殉國，乾隆皇帝追封班第為一等誠勇公。裕謙的爺爺巴祿和父親慶麟都擔任過二品以上武官，可謂四代簪纓。

裕謙二十二歲進士及第，步入文官序列，但是，他具有強烈的尚武精神，文官其貌，武將其心，喜歡談兵論武。去年英夷攻佔舟山時，他任江蘇巡撫，卻關注著浙江的敵情，接連寫了三道奏折，請求皇上命令浙江官兵潛師暗渡，收復舟山，理由是英夷「大炮不能登山施攻，夷刀不能遠刺，夷人腰硬腿直，一擊即倒」，與夷人「不識地利，又艱於登陟，笨於行走，不敢離城離船」等。這麼一番不著邊際的議論居然被皇上和軍機大臣們採信了，抄發給伊里布和余步雲，要他們參酌，制定出收復舟山的萬全方案，弄得伊里布和余步雲左右為難。那時余步雲就認為裕謙是狗拿耗子多管閒事，只會紙上佈陣，誇誇其談。

後來，裕謙對琦善和伊里布的撫夷之論十分不滿，另寫兩道折子，一道指責琦善犯有「張惶欺飾」、「弛備損威」、「違制擅權」、「將就苟且」、「失體招釁」五大罪狀，另一道指控伊里布濫用幕賓張喜，收受逆夷禮物，酒肉養贍夷俘，在能夠聚殲舟山英軍的條件下讓敵人滑腳而逃。裕謙的言論與一團和氣的官場風氣格格不入，卻與道光宣威海疆的思路絲絲入扣。琦善和伊里布的垮臺，與裕謙的指控絕對有直接關係。余步雲與伊里布私交極好，他深知清軍不是英軍的對手，主張避免與英夷正面交鋒，因此雖然嘴上不說，心裡卻為伊里布鳴不平。

沒想到不是冤家不聚頭，皇上罷了伊里布後，要裕謙接任兩江總督，掛欽差大臣銜兼管浙江防務。裕謙下車伊始發號施令，頗有一副「天下英雄，捨我其誰」的氣概。

余步雲身經百戰，知道武事艱難，主張以逸待勞，以守為攻。水師總兵葛雲飛久歷戎行，暢曉軍務，認為渡海作戰不切實際，等於派獵狗下海與鮫鱷作戰，不僅咬不死敵人，還會被敵人吃掉。

裕謙沒打過海戰，卻熟讀武經七書。他對逆夷極為輕視，心裡裝的全是滾燙的決心、昂揚的誓言、凱旋的捷報、將士們殺敵的矯健身影、打碎敵人牙齒的痛快淋漓。甫一上任，就與余步雲話不投機、見識不同，攻防謀略全不搭調。幾番交談後，余步雲認為裕謙不曉軍務，只會紙上談兵，裕謙則認為余步雲畏夷懼敵，是不學無術的粗鄙武夫。

裕謙是個言辭激越、辦事不留餘地的人，居然上了一道折子貶斥余步雲，連帶著把葛雲飛也說成膽小鬼，「提臣余步雲雖久歷戎行，卻為陸路出身，於海疆夷性未能諳熟，聽信葛雲飛張惶搖惑之詞。雖經奴才委屈開導，終不免中懷疑懼。」這麼狠毒的刁言惡語直達天聽，就像在背後捅了余步雲一刀，把葛雲飛也捎帶上。

天下沒有不透風的牆，奏折上的話七扭八拐傳回浙江，余步雲氣得七竅生煙。他畢竟是戰功赫赫的人物，有繪像紫光閣的殊榮，不是三言兩語就能扳倒的，但是，他與裕謙的矛盾卻就此達到勢不兩立的地步。

狼山鎮總兵謝朝恩、徐州鎮總兵王志元、江寧協副將豐伸泰、鎮海知縣葉堃、鎮海炮局委員龔振麟等文武官員，和一百多縉紳聚在鎮海縣關帝廟前。寺廟的石階上放著一張小桌，桌上有三百兩紋銀，廟前搭了一座刑臺，刑臺上面跪著一名白夷，是英國船「哩哪號」的副船主，叫溫哩。

幾天前，「哩哪號」因為缺少食物和淡水，派了五個水梢乘舢板駛向盛嶴就地採購，卻遭盛嶴的鄉民引誘入村，設計擒獲。一名黑夷在打鬥中受傷，溫哩被活捉，另外三人僥倖逃回舢板。鄉民們將溫哩和受傷的黑夷押往清軍大營，不過黑夷傷勢過重，在途中死亡。

溫哩被五花大綁，跪在刑臺上。兩個彪形大漢袒胸露乳，手持明晃晃的鬼頭刀，威風凜凜站在刑臺兩側，四周擠滿了圍觀的百姓。

裕謙身穿八蟒五爪的仙鶴補服，危襟正坐在大殿前，一字橫眉，一身錚勁，一睨一睥透著威不可辱的氣度。

裕謙到浙江後立即幹了三件事，第一，不許夷骨汙染中華土地，將舟山的英軍墓園全部鏟平，骨骸拋入大海。

第二，追查漢奸，英軍在定海駐紮了七個多月，沒有當地鄉民售賣糧米，根本待不下去，裕謙命令，凡是為英軍書寫過偽示、指引過道路、探聽過消息、售賣過牲畜者，一律按漢奸罪論處，軍前正法，首級傳示沿海各廳縣。

第三，追究戰敗的責任，定海水師戰敗後，總兵張朝發傷重身亡，羅建功等人被拘拿到京，其他人以為自己人微言輕，可以免責，沒想到裕謙一上任就拘押了定海水師鎮全體軍官，飭令他們相互揭發。一番甄別後，將他們全數斥革，不少人被判杖一百，流徙三千里。兩個在外執行公務的軍官也未能免責，受到杖八十、斥革回家的處分。

這三件事應了「立威三把火」的古訓，燒得裕謙威名大起，浙江官兵提起他的名字就觳觫而心裡發緊，接到參加神前大誓的通告後，沒有一個敢遲到。

很快地，所有人員都到齊了，只差余步雲和鎮海營的軍官。裕謙耐著性子坐在太師椅上，食指和中指並在一起，篤篤篤地敲打椅子扶手。親兵們知道，每當他心煩氣躁，兩個手指就會不停動彈，不是敲擊椅背就是輕敲茶托，要麼就是敲擊桌面。此時必須格外小心，一個舉措不當，就可能惹得他大發雷霆。

終於，陳志剛和另一個軍官走進關帝廟。他很難為情地到裕謙跟前，瞄一眼其臉色，畢恭畢敬地打千行禮，「啟稟欽差大人，提標中營外委把總陳志剛等二人奉命前來會議。」

裕謙要求所有軍官必須到會，余步雲卻只派兩人來應付。他的眸子一閃，彷彿要迸出火星，「余宮保為什麼不來？」

「他說有腳疾，不便行走，特此告假。」

「其他軍官為什麼不來？」

「啟稟欽差大人，余宮保說招寶山防務緊要，軍官們不得擅離職守。」

這是公開抗命，若不是余步雲有太子太保之尊，裕謙立馬就會黑下臉來。一股怒氣從丹田上湧，直沖天靈蓋。裕謙啪的一聲拍響桌子，用狠狠的口齒斷然喝道：「余宮保不來，本部堂也要用夷人的頭顱祭旗誓師！入列！」

「喳。」陳志剛腳後跟啐地一磕，邁著正步，進入軍官佇列。

裕謙撩衽而起，昂然站在石階上。四個親兵威風凜凜一字橫站，像四大金剛似的烘托著他的冷厲和威嚴。官員和縉紳們立即鴉雀無聲，連刑臺上的英國俘虜也抬起頭來注視他。

裕謙咳了一聲，發音吐字像鐵塊相撞似的鏗鏘作響，「諸位官弁，諸位在籍士紳和父老鄉親們，英夷是我大清不共戴天的寇仇，自從朝廷禁煙以來，不法夷商不僅不加收斂，反而變本加厲在沿海大肆侵擾。本朝開國二百年來，聲威遠震，四夷臣服，但有不恥之逆臣，張惶其事，遷就逆夷，在天津大沽以牛酒犒勞夷師，在廣州挫軍損威，委曲求全，既為逆夷所藐視，也為西洋各國所恥笑。因而，山東和浙江才相繼效尤，饋送絡繹，竟待侵犯本朝之逆夷如賓客一般，後更以大辱國體之事欺矇天聽，任憑外夷挾制中國。是可忍孰不可忍！」

雖然沒點名，但人人聽出他在斥責琦善和伊里布。

「一個多月前，本大臣接到靖逆將軍奕山和兩廣總督祁貢的諮文，說逆夷揚帆起碇，卷眾北趨，到浙江洋面騷擾。閩浙總督顏伯燾大人也諮會本大臣，說英夷突襲廈門，凌辱官員、毒虐軍民，燒殺劫掠，無惡不作。這幾天，浙江洋面接連報警，象山、乍浦、海寧、盛嶴、雙嶴和大浹江口相繼有逆夷兵船逡巡遊弋，甚至公然登岸採買淡水、蔬菜、肉蛋、牲畜。本大臣勸諭各色人等不得接濟逆夷，如有不法漁商和小民，為小利而接濟逆夷，以死罪論斬，籍沒財產，坐連眷屬！即使潛逃，本大臣也要頒下海捕文書，設法緝拿，梟示海濱。

「本大臣曾高懸賞格，擒拿一名白夷賞銀二百，擒獲一名黑夷賞一百。三天前，有夷匪二十餘人，座駕舢板在盛嶴潛行，登岸刺探我方軍情。盛嶴軍民圖賞戒備，奮力剿擊，捕捉了兩名逆夷，其中一名傷重身亡，其餘夷匪逃回大船。本大臣依照前定賞格，獎勵盛嶴軍民三百兩紋銀。參將文斌！」

「有！」

「盛嶴鄉秀才何大力！」

「有！」

一個軍官和一個鄉紳相繼出列。

裕謙拿起紅紙包，「這是賞銀，請你們二人代領，查明確實出力之兵丁和義勇，秉公分賞，以便鼓舞士氣激勵鄉民。」說罷，將兩包紋銀分別遞給他們。

頒完賞銀後，他繼續鼓舞士氣，「逆夷不過是浮海而來的跳樑小丑，不是本朝的對手。據本大臣看，英逆犯順犯了兵家八大忌。第一，千里運糧，食不宿飽，糧食一匱，後繼為難。第二，萬里調兵，遠涉重洋，前師一敗，後師莫援。第三，國富民窮，不憐兵丁，驅關於萬里之外與我中華開仗，豈有敵愾之氣？第四，夷炮雖猛，不利仰攻，仰炮上攻難打得準。第五，船身笨重，吃水過深，一遇水淺沙膠，轉動萬難。第六，敵船堅厚，懼怕火攻。第七，腰硬腿直，結束緊密，一仆不能復起，不利於陸戰。第八，夷兵生於外洋，不服中國水土，一染時疫，死亡相繼。有此八忌，斷難取勝，我軍只要同仇敵愾，沒有不勝之理。」

裕謙是個快意情仇的人，喜怒哀樂露於言表。他突然口鋒一轉，一股怒氣破喉而出，「去年，前欽差大臣伊里布拿獲夷囚二十餘名，本應即行正法，但他不但不加誅戮，還用酒肉贍養，其中有夷婦一口，竟然派二名中國老婦服侍。天下居然有此等善待寇仇之怪事，本省士民無不憤恨不平。盛嶴鄉民義勇誘捕夷匪後，有人說應當將他們好生餵養，以備別用！」

陳志剛立即聽出弦外之音。裕謙沒點名，卻在影射余步雲。

裕謙斜睨著陳志剛，彷彿故意要他給余步雲傳話，「本大臣絕不能容忍善待寇仇之怪事。為此，本大臣躬率文武官員刑牲醴酒，誓於關帝神像前。自今日起，本省文武將佐和在籍士紳，凡有接受逆夷書信者，明正典刑，幽遭神殛。本大臣特頒此令——與逆夷接仗，張惶搖惑、望影驚風、蛇竄跳退者，殺無赦！向逆夷售賣米糧、接濟淡水、漏洩軍情者，殺無赦！

替逆夷傳遞消息、謠言惑眾、擾亂軍心者，殺無赦！調動之際結舌不應、低眉俯首、面有難色者，殺無赦！託傷詐病以避征伐、捏謊假死以求活命者，殺無赦！主掌錢糧克扣俸給，使士卒結怨者，殺無赦！」

他一連公佈了十二條「殺無赦」，重錘似的把每個字砸入人們的心底。他要堵死士卒的退縮之心，讓他們牢記，與其死於軍法，不如死於陣前。在場的將佐官弁和士紳百姓們凝神諦聽，全都感到一股前所未有的重壓。

裕謙聲聲如鐵，「好男兒活在世間，應當轟轟烈烈拚殺一場。當兵吃糧就得有股子精神，國家需要之時，凍死迎風站，餓死不低頭，刀架在脖子上不眨眼，艱苦卓絕不認輸。本大臣頒此嚴令，並非逞匹夫之勇孤注一擲，蓋因鎮海地處前沿，稍有疏虞，即出罅隙，潰國防之大堤於微小之陋習。故而，本大臣容不得雞膽鴨心之徒，需要狼心虎膽之兵。今天，本大臣特此申明，凡伸國威者，皆忠義之臣、忠義之民，而不顧國體者皆奸佞之臣、奸佞之民。為警戒奸佞之人，特用夷匪之血祭我大纛，誓與逆夷血戰到底！」言畢，抓起一支令箭往地上擲去，「擂鼓鳴號！」

四個號兵鼓起腮幫子把螺號吹得嗚嗚山響，兩個鼓手把紅漆大鼓敲得滾雷一般震耳。兩名劊子手發出唬人的殺威喝，把夷俘的衣服剝光，接著喝下大碗烈酒，舉起明晃晃的尖刀。

這一瞬，眾人的目光全都集中在刑臺上。

溫哩不懂中國話，但從周匝的氣氛悟出自己將要受中國式酷刑，面色惶恐得變了形。

裕謙再次發令：「凌遲處死！」

話音一落，明晃晃的利刃朝夷匪身體割去，刑臺上響起淒厲的絕死哀號，猶如殺豬！

・更多精彩內容，請看《鴉片戰爭　肆之肆：大纛臨風帶血收》

# 鴉片戰爭　肆之參：海疆煙雲蔽日月

作　　者　王曉秦

發 行 人　林敬彬
主　　編　楊安瑜
編　　輯　盧琬萱
內頁編排　盧琬萱
封面設計　蔡致傑
編輯協力　陳于雯、丁顯維
出　　版　大旗出版社
發　　行　大都會文化事業有限公司
11051臺北市信義區基隆路一段432號4樓之9
讀者服務專線：(02) 27235216
讀者服務傳真：(02) 27235220
電子郵件信箱：metro@ms21.hinet.net
網　　　址：www.metrobook.com.tw
郵政劃撥　14050529 大都會文化事業有限公司
出版日期　2018年08月初版一刷
定　　價　420元
ISBN　978-986-96561-3-9
書　　號　Story-32



國家圖書館出版品預行編目（CIP）資料

鴉片戰爭．肆之參：海疆煙雲蔽日月／王曉秦著．-- 初版．
-- 臺北市：大旗出版：大都會文化發行，2018.08
352面；　14.8×21公分．--(Story)

ISBN 978-986-96561-3-9(平裝)

857.7　　　　107012101

大都會文化

# 大都會文化　讀者服務卡

書名：鴉片戰爭　肆之參：海疆煙雲蔽日月

謝謝您選擇了這本書！期待您的支持與建議，讓我們能有更多聯繫與互動的機會。

A. 您在何時購得本書：_____年_____月_____日

B. 您在何處購得本書：__________書店，位於__________(市、縣)

C. 您從哪裡得知本書的消息：
1.□書店　2.□報章雜誌　3.□電臺活動　4.□網路資訊
5.□書籤宣傳品等　6.□親友介紹　7.□書評　8.□其他

D. 您購買本書的動機：（可複選）
1.□對主題或內容感興趣　2.□工作需要　3.□生活需要
4.□自我進修　5.□內容為流行熱門話題　6.□其他

E. 您最喜歡本書的：（可複選）
1.□內容題材　2.□字體大小　3.□翻譯文筆　4.□封面　5.□編排方式
6.□其他

F. 您認為本書的封面：1.□非常出色　2.□普通　3.□毫不起眼　4.□其他

G. 您認為本書的編排：1.□非常出色　2.□普通　3.□毫不起眼　4.□其他

H. 您通常以哪些方式購書：(可複選)
1.□逛書店　2.□書展　3.□劃撥郵購　4.□團體訂購　5.□網路購書
6.□其他

I. 您希望我們出版哪類書籍：（可複選）
1.□旅遊　2.□流行文化　3.□生活休閒　4.□美容保養　5.□散文小品
6.□科學新知　7.□藝術音樂　8.□致富理財　9.□工商企管
10.□科幻推理　11.□史地類　12.□勵志傳記　13.□電影小說
14.□語言學習（____語）　15.□幽默諧趣　16.□其他

J. 您對本書(系)的建議：

K. 您對本出版社的建議：

讀者小檔案
姓名：____________ 性別：□男　□女　生日：____年____月____日
年齡：□20歲以下 □21～30歲 □31～40歲 □41～50歲 □51歲以上
職業：1.□學生 2.□軍公教 3.□大眾傳播 4.□服務業 5.□金融業 6.□製造業
7.□資訊業 8.□自由業 9.□家管 10.□退休 11.□其他
學歷：□國小或以下 □國中 □高中／高職 □大學／大專 □研究所以上
通訊地址：____________________
電話：（H）____________（O）____________ 傳真：____________
行動電話：____________ E-Mail：____________
◎謝謝您購買本書，歡迎您上大都會文化網站（www.metrobook.com.tw）登錄會員，或至Facebook（www.facebook.com/metrobook2）為我們按個讚，您將不定期收到最新的圖書訊息與電子報。

# 鴉片戰爭

## 肆之參 海疆煙雲蔽日月

王曉秦 著

北區郵政管理局
登記證北臺
字第9125號
免貼郵票

**大都會文化事業有限公司**

**讀者服務部 收**

11051臺北市基隆路
一段432號4樓之9

寄回這張服務卡〔免貼郵票〕
您可以：
◎不定期收到最新出版訊息
◎參加各項回饋優惠活動